許謙卷

北山四先生全書

黄靈庚　李聖華　主編

許白雲先生文集

附絳守居園池記注

〔元〕許謙／撰　崔小敬　黄靈庚／整理

上

上海古籍出版社

浙江文化研究工程重大項目成果

中共金華市委宣傳部重大文化研究工程項目成果

首都師範大學中國詩歌研究中心成果

浙江師範大學江南文化研究中心成果

浙江省越文化傳承與創新研究中心成果

二〇二一年國家古籍整理出版資助項目

浙江省文化研究工程指導委員會

主　任：袁家軍

副主任：黄建發　王　綱　劉　捷　彭佳學　陳奕君
劉小濤　成岳沖　任少波

成　員：胡慶國　朱衛江　陳　重　來穎杰　盛世豪
徐明華　孟　剛　毛宏芳　尹學群　吴偉斌
褚子育　張　燕　俞世裕　郭華巍　鮑洪俊
高世名　蔡袁强　蔣國俊　陳　偉　盛閱春
朱重烈　高　屹　何中偉　李躍旗　胡海峰
陳　浩

浙江文化研究工程成果文庫總序

有人將文化比作一條來自老祖宗而又流向未來的河，這是説文化的傳統，通過縱向傳承和横向傳遞，生生不息地影響和引領着人們的生存與發展；有人説文化是人類的思想、智慧、信仰、情感和生活的載體、方式和方法，這是將文化作爲人們代代相傳的生活方式的整體。我們説，文化爲群體生活提供規範、方式與環境，文化通過傳承爲社會進步發揮基礎作用，文化會促進或制約經濟乃至整個社會的發展。文化的力量，已經深深熔鑄在民族的生命力、創造力和凝聚力之中。

在人類文化演化的進程中，各種文化都在其内部生成衆多的元素、層次與類型，由此決定了文化的多樣性與複雜性。

中國文化的博大精深，來源於其内部生成的多姿多彩；中國文化的歷久彌新，取決於其變遷過程中各種元素、層次、類型在内容和結構上通過碰撞、解構、融合而産生的革故鼎新的强大動力。

中國土地廣袤、疆域遼闊，不同區域間因自然環境、經濟環境、社會環境等諸多方面的差異，建構了不同的區域文化。區域文化如同百川歸海，共同匯聚成中國文化的大傳統，這種大傳統如同春風化雨，滲透於各種區域文化之中。在這個過程中，區域文化如同清溪山泉潺潺不息，在中國文化的共同價值取向下，以自己的獨特個性支撑着、引領着本地經濟社會的發展。

從區域文化入手，對一地文化的歷史與現狀展開全面、系統、扎實、有序的研究，一方面可以藉此梳理和弘揚當地的歷史傳統和文化資源，繁榮和豐富當代的先進文化建設活動，規劃和指導未來的文化發展藍圖，增强文化軟實力，爲全面建設小康社會、加快推進社會主義現代化提供思想保證、精神動力、智力支持和輿論力量；另一方面，這也是深入瞭解中國文化、研究中國文化、發展中國文化、創新中國文化的重要途徑之一。如今，區域文化研究日益受到各地重視，成爲我國文化研究走向深入的一個重要標誌。我們今天實施浙江文化研究工程，其目的和意義也在於此。

千百年來，浙江人民積澱和傳承了一個底蘊深厚的文化傳統。這種文化傳統的獨特性，正在於它令人驚嘆的富於創造力的智慧和力量。

浙江文化中富於創造力的基因，早早地出現在其歷史的源頭。在浙江新石器時代最爲著名的跨湖橋、河姆渡、馬家浜和良渚的考古文化中，浙江先民們都以不同凡響的作爲，在中華民族的文明之源留下了創造和進步的印記。

浙江人民在與時俱進的歷史軌迹上一路走來，秉承富於創造力的文化傳統，這深深地融匯在一代代浙江人民的血液中，體現在浙江人民的行爲上，也在浙江歷史上衆多傑出人物身上得到充分展示。從大禹的因勢利導、敬業治水，到勾踐的卧薪嘗膽、勵精圖治；從錢氏的保境安民、納土歸宋，到胡則的爲官一任、造福一方；從岳飛、于謙的精忠報國、清白一生，到方孝孺、張蒼水的剛正不阿、以身殉國；從沈括的博學多識、精研深究，到竺可楨的科學救國、求是一生；無論是陳亮、葉適的經世致用，還是黄宗羲的工商皆本；無論是王充、王陽明的批判、自覺，還是龔自珍、蔡元培的開明、開放，等等，都展示了浙江深厚的文化底蘊，凝聚了浙江人民求真務實的創造精神。

代代相傳的文化創造的作爲和精神，從觀念、態度、行爲方式和價值取向上，孕育、形成和發展了淵源有自的浙江地域文化傳統和與時俱進的浙江文化精神，她滋育着浙江的生命力、催生着浙江的凝聚力、激發着浙江的創造力、培植着浙江的競争力，激勵着浙江人民永不自滿、永不停息，在各個不同的歷史時期不斷地超越自我、創業奮進。

悠久深厚、意韵豐富的浙江文化傳統，是歷史賜予我們的寶貴財富，也是我們開拓未來的豐富資源和不竭動力。黨的十六大以來推進浙江新發展的實踐，使我們越來越深刻地認識到，與國家實施改革開放大政方針相伴隨的浙江經濟社會持續快速健康發展的深層原因，就在於浙江深厚的文化底蘊和文化傳統與當今時代精神的有機結合，就在於發展先進生産力與發展先進文化的有機結合。今後一個時期浙江能否在全面建設小康社會、加快社會主義現代化建設進程中繼續走在前列，很大程度上取決於我們對文化力量的深刻認識、對發展先進文化的高度自覺和對加快建設文化大省的工作力度。我們應該看到，文化的力量最終可以轉化爲物質的力量，文化的軟實力最終可以轉化爲經濟的硬實力。文化要素是綜合競爭力的核心要素，文化資源是經濟社會發展的重要資源，文化素質是領導者和勞動者的首要素質。因此，研究浙江文化的歷史與現狀，增强文化軟實力，爲浙江的現代化建設服務，是浙江人民的共同事業，也是浙江各級黨委、政府的重要使命和責任。

二〇〇五年七月召開的中共浙江省委十一届八次全會，作出《關於加快建設文化大省的決定》，提出要從增强先進文化凝聚力、解放和發展生産力、增强社會公共服務能力入手，大力實施文明素質工程、文化精品工程、文化研究工程、文化保護工程、文化産業促進工程、文化陣地工程、文化傳播工程、文化人才工程等「八項工程」，實施科教興國和人才强國戰略，加快建設教育、科技、衛生、體育等「四個强省」。作爲文化建設「八項工程」之一的文化研究工程，其任務就是系統研究浙江文化的歷史成就和當代發展，深入挖掘浙江文化底藴、研究浙江現象、總結浙江經驗、指導浙江未來的發展。

浙江文化研究工程將重點研究「今、古、人、文」四個方面，即圍遶浙江當代發展問題研究、浙江歷史文化專題研究、浙江名人研究、浙江歷史文獻整理四大板塊，開展系統研究，出版系列叢書。在研究内容上，深入挖掘浙江文化底藴，系統梳理和分析浙江歷史文化的内部結構、變化規律和地域特色，堅持和發展浙江精神；研究浙江文化與其他地域文化的異同，釐清浙江文化在中國文化中的地位和相互影響的關係；圍遶浙江生動的當代實踐，深入解讀浙江現象，總結浙江經驗，指導浙江發展。在研究力量上，通過課題組織、出版資助、重點研究基地建設、加强省内外大院名校合作、整合各地各部門力量等途徑，形成上下聯動、學界互動的整體合力。在成果運用上，注重研究成果的學術價值和應用價值，充分發揮其認識世界、傳承文明、創新理論、咨政育人、服務社會的重要作用。

我們希望通過實施浙江文化研究工程，努力用浙江歷史教育浙江人民、用浙江文化熏陶浙江人民、用浙江精神鼓舞浙江人民、用浙江經驗引領浙江人民，進一步激發浙江人民的無窮智慧和偉大創造能力，推動浙江實現又快又好發展。

今天，我們踏着來自歷史的河流，受着一方百姓的期許，理應負起使命，至誠奉獻，讓我們的文化綿延不絶，讓我們的創造生生不息。

二〇〇六年五月三十日於杭州

浙江文化研究工程成果文庫序言

袁家軍

浙江是中華文明的發祥地之一，歷史悠久、人文薈萃，素稱「文物之邦」「人文淵藪」，從河姆渡的陶竈炊烟到良渚的文明星火，從吴越争霸的千古傳奇到宋韵文化的風雅氣度，從革命紅船的揚帆起航到建國初期的篳路藍縷，從改革開放的敢爲人先到新時代的變革創新，都留下了彌足珍貴的歷史文化財富。縱覽浙江發展的歷史，文化是軟實力，也是硬實力，是支撑力，也是變革力，爲浙江幹在實處、走在前列、勇立潮頭提供了獨特的精神激勵和智力支持。

二〇〇三年，習近平總書記在浙江工作時作出「八八戰略」重大决策部署，明確提出要進一步發揮浙江的人文優勢，積極推進科教興省、人才强省，加快建設文化大省。二〇〇五年七月，習近平同志主持召開省委十一届八次全會，親自擘畫加快建設文化大省的宏偉藍圖。在習近平同志的親自謀劃、親自布局下，浙江形成了文化建設「3＋8＋4」的總體框架思路，即全面把握增强先進文化的凝聚力、解放和發展文化生産力、提高社會公共服務力等「三個着力點」，啓動實施文明素質工程、文化精品工程、文化研究工程、文化保護工程、文化産業促進工程、文化陣地工程、文化傳播工程、文化人才工程等「八項工程」，加快建設教育、科技、衛生、體育等「四個强省」，構建起浙江文化建設的「四樑八柱」。這些年來，我們按照習近平總書記當年作出的戰略部署，堅持一張藍圖繪到底、一任接着一任幹，不斷推進以文鑄魂、以文育德、以文圖强、以文傳道、以文興業、以文惠民、以文塑韵，走出了一條具有中國特色、時代特徵、浙江特點的文化發展之路。

文化研究工程是浙江文化建設最具標誌性的成果之一。隨着第一期和第二期文化研究工程的成功實施，產生了一批重點研究項目和重大研究成果，培育了一批具有浙江特色和全國影響的優勢學科，打造了一批高水平的學術團隊和在全國有影響力的學術名師、學科骨幹。二〇一五年結束的第一批浙江文化研究工程共立研究項目八百十一項，出版學術著作千餘部。二〇一七年三月啓動的第二期浙江文化研究工程，已開展了五十二個系列研究，立重大課題六十五項、重點課題二百八十四項，出版學術著作一千多部。特別是形成了《宋畫全集》等中國歷代繪畫大系、《共和國命運的抉擇與思考——毛澤東在浙江的七百八十五個日日夜夜》等領袖與浙江研究系列、《紅船逐浪：浙江「站起來」的革命歷程與精神傳承》等「浙一百年」研究系列、《浙江通史》《南宋史研究》等浙江歷史專題史研究系列、《良渚文化研究》等浙江史前文化研究系列、《儒學正脈——王守仁傳》等浙江歷史名人研究系列、《吕祖謙全集》等浙江文獻集成系列。可以說，浙江文化研究工程，賡續了浙江悠久深厚的文化血脈，挖掘了浙江深層次的文化基因，提升了浙江的文化軟實力，彰顯了浙江在海内外的學術影響力，爲浙江當代發展提供了堅實的理論支撑和智力支持，爲堅定文化自信提供了浙江素材。

當前，浙江已經踏上了實現第二個百年奮斗目標的新征程，正在奮力打造「重要窗口」，争創社會主義現代化先行省，高質量發展建設共同富裕示範區。文化工作在浙江高質量發展建設共同富裕示範區中具有决定性作用，是關鍵變量；展現共同富裕美好社會的圖景，文化是最富魅力、最吸引人、最具辨識度的標識。我們要發揮文化鑄魂塑形賦能功能，爲高質量發展建設共同富裕示範區注入强大文化力量，特别是要堅持把深化文化研究工程作爲打造新時代文化高地的重要抓手，努力使其成爲研究闡釋習近平新時代中國特色社會主義思想的重要陣地、傳承創新浙江優秀傳統文化革命文化社會主義先進文化的重要平臺、構建中國特色哲學社會科學的重要載體、推廣展示浙江文化獨特魅力的重要窗口。

新時代浙江文化研究工程將延續「今、古、人、文」主題，重點突出當代發展研究、歷史文化研究、「新時代浙學」建構，努力把浙江的歷史與未來貫通起來，使浙學品牌更加彰顯、浙江文化形象更加鮮明、中國特色哲學社會科學的浙江元素更加豐富。新時代浙江文化研究工程將堅守「紅色根脈」，更加注重深入挖掘浙江紅色資源，持續深化「習近平新時代中國特色社會主義思想在浙江的探索與實踐」課題研究，努力讓浙江成爲踐行創新理論的標杆之地、傳播中華文明的思想之窗；擦亮以宋韵文化爲代表的浙江歷史文化金名片，從思想、制度、經濟、社會、百姓生活、文學藝術、建築、宗教等方面全方位立體化系統性研究闡述宋韵文化，努力讓千年宋韵更好地在新時代「流動」起來、「傳承」下去；科學解讀浙江歷史文化的豐富内涵和時代價值，更加注重學術成果的創造性轉化，探索拓展浙學成果推廣與普及的機制、形式、載體、平臺，努力讓浙學成果成爲有世界影響的東方思想標識；充分動員省内外高水平專家學者參與工程研究，堅持以項目引育高端社科人才，努力打造一支走在全國前列的哲學社會科學領軍人才隊伍；系統推進文化研究數智創新，努力提升社科研究的科學化水平，提供更多高質量文化成果供給。

偉大的時代，需要偉大作品、偉大精神、偉大力量。期待新時代浙江文化研究工程有更多的優秀成果問世，以浙江文化之窗更好地展現中華文化的生命力、影響力、凝聚力、創造力，爲忠實踐行「八八戰略」、奮力打造「重要窗口」，争創社會主義現代化先行省，高質量發展建設共同富裕示範區，提供强大思想保證、輿論支持、精神動力和文化條件。

目録

總序 …… 黄靈庚　李聖華　一
凡例 …… 一
許白雲先生文集
整理説明 …… 崔小敬　三
許白雲先生文集序 …… 三五
許白雲先生文集序 …… 三六
元史載白雲先生行實 …… 三八
許白雲先生文集卷之一 …… 四一
四言古詩
白烏 甲辰六月十一日 …… 四一
鬱松贈陶思齊任通波驛長 …… 四二
松澗 頌趙治書自號 …… 四二
五言古詩
王申伯和此詩，不會予意，其言甚悲，余心少之，又作以終其説 …… 四三
上李照磨四首 …… 四四
酬潘明之 …… 四五
贈禽演周梅鼎 …… 四五
觀水 …… 四五
寺中有蔣身卿索詩，即席贈 …… 四六
題曹提領湘靈廟聞樂見燈詩卷 …… 四六
遣興十首 …… 四六
送蕭仲堅隨伯兄赴江陰 …… 四八

次韻 丙午 …… 四九
次韻木冰 正月 …… 四九
次韻景文杭州見寄 …… 五〇
贈金月華 …… 五一
贈江行父 …… 五二
送高經歷 …… 五三
孔衍聖幼年能書大字，以女妻之 …… 五四
趙天樂見示所著詩歌，因賦短句奉贈 …… 五五
遊山二首 …… 五五
潁川趙璉從予遊逾二載，復同夜坐草亭，考索理義，始至大辛亥十月癸未，至皇慶壬子五月癸丑而止。誦講之餘，時相與步武庭中，倚樹凝立，仰觀俯察，莫匪佳趣，間以所見輯成韻語，得十餘篇，於璉之行，書以贈之 …… 五六
送李榮甫知事還淮西 …… 五九
送姜君澤赴浦江縣教 …… 六〇
牧牛圖 …… 六〇
孔濤巨源携八世祖中丞擊蛇槐笏求詩 …… 六一
酬石抹州判 …… 六一
送何雲巘 …… 六二
石門洞 …… 六三
思遠樓 …… 六三
華蓋山 …… 六四
中川龍翔興慶寺 …… 六四
暮過東津館 …… 六五
遊鍾山至八功德水 …… 六五
酬胡古愚 …… 六六
題蔣廟 …… 六六

舟中雜興……六七
釣臺詩 并序……六八
送胡秋白衢州學正……六九
送敬參政……七〇
山中次韻酬馬生……七一
採藥……七一
贈相士蔣竹山……七二
城東南有虎群行，有司命獵者捕其二
以獻……七二
種松……七三
對竹……七三
寄友人……七四
用潘明之韻贈陶思齊……七五
又用韻遣興……七五
遊里城棲霞寺，衆將還書塾……七五
蔣聲父和前韻後，衆不果還，再用韻
酬吴正傳……七六
五言律詩
莫春郊外……七七
遯山先生挽詩……七八
遊智者寺……七八
贈閑雲屋……七九
戲題智者法師所浴瓶 玻璃瓶也……七九
次韻潘明之見勉之作……七九
蕭兄臨行索詩即席賦贈……八〇
次韻丘以道……八〇
金先生挽辭……八〇
鄭夫人挽辭……八一
己酉余年四十……八二
花溪道中……八二
浦川方仲觀入城從學，繼入公門，今……八三

歸侍親，求詩 …… 八三
秋夜 己酉 …… 八四
過太湖 …… 八四
偕璉南城晚望 …… 八五

七言古詩

次韻鄭性之遊多寶寺 …… 八五
題延月樓 …… 八六
酬潘明之 在嘉興，來相招。 …… 八六
聞潘明之來錢唐，因何先生行聊用
寄懷 丁未 …… 八七
題金月華藥物火候二圖 …… 八八
贈滕玄一 庚戌 …… 八八
再贈江行父 …… 八九
酬趙玉相併寄意方存雅 …… 九〇
遊龍回寺碧雲堂，有何無適草書 …… 九〇
次韻方存雅登八詠樓感舊 …… 九一
立秋日寄趙璉 …… 九二
題趙氏復墳詩卷 …… 九二
送方存雅遊永嘉 吴公父任永嘉文學，約與
同往。未幾，公父殁，今自爲此行。 …… 九三
送諸暨俞州判 …… 九四
馮公嶺 …… 九四
題姑蘇臺 …… 九五
雨華臺 …… 九六
春城晚步分我字 …… 九六
友人招飲榴花下 …… 九七

七言律詩

送焦達夫 戊申 …… 九八
贈王斗山 …… 九八
謝趙肅甫遺著 …… 九九
次韻潘明之易巾 巾，陶思齊所製，并戲之。
…… 九九

三月十五夜登迎華觀……九九
青田大鶴洞　有葉法善試劍石，舊有玄鶴巢于上，復有青牛在下。……一〇一
放棹行……一〇一
自飛霞觀登積穀山　癸丑……一〇二
自江心回，復遊西山……一〇二
西山萬象亭……一〇二
故宫……一〇三
九月十七日登清凉寺翠微亭故址……一〇三
春夜次韻……一〇三
送余之問赴烏臺……一〇四
次韻子昭……一〇四
次韻王中齋登拱翠樓……一〇四
秋莫有懷……一〇五
次韻王景元春莫……一〇五
寄許克勤……一〇五
七言絶句
即席用蘇世賢韻送郭子昭……一〇六
社日……一〇六
哭空谷師……一〇七
次韻潘明之秋思……一〇七
舟中贈璉……一〇八
過西湖……一〇八
夜過黄泥渡……一〇八

許白雲先生文集卷之二

許白雲先生文集卷之二……一〇九
賦
擬古戰場賦　甲辰……一〇九
序
贈李仲謙序……一一一
送胡古愚序……一一二
送郭子昭序……一一四

送林中川序……一一五
送尉彦明赴開化教諭序……一一六
送許克勤赴新昌教序……一一七
送逯公平赴武義教序……一一八
記
故朝列大夫婺州路總管府治中致仕朱公壙記……一一九
行狀
總管黑軍石抹公行狀……一二一
治書侍御史趙公行述……一二四
許白雲先生文集卷之三……一二八
啓
答潘明之啓　辛亥歲，以厚幣相招，欲使廢學家塾，辭之。繼書來，欲不廢學，而受幣。……一二八
上憲使劉約齋啓　辭舉茂異……一三〇
回潘縣尉啓……一三二
賀趙松澗除行臺治書啓……一三三
賀憲使敬威卿除江西參政啓……一三五
賀蕭北野萬户破賊啓……一三六
文
復張子長文……一三八
代副使趙公祭扎忽觧平章……一四〇
代副使趙公祭王仁卿中丞……一四一
祭朱治中文……一四二
書
上宋經歷書……一四三
上李照磨書……一四五
答吴正傳書……一四七
上劉約齋書……一四九
回南臺都事鄭鵬南浼點書傳書……一五二
與趙伯器書　延祐乙卯……一五三
代人上書補儒吏……一五五

許白雲先生文集卷之四 …… 一五七

論

學校論 乙巳 …… 一五七

朋黨論 …… 一五九

雍姬論 …… 一六〇

説

夾谷可與字説 …… 一六二

姚原魯字説 …… 一六三

雜著

跋潘明之所藏吾丘衍書素書 …… 一六五

跋陳君采家藏東坡墨蹟 …… 一六六

跋妙沙經 …… 一六七

回南臺都事鄭鵬南凂點書傳書 蓋鄭有讀書凡例之問。 …… 一六七

跋趙閑閑注心經 …… 一六八

書菴贊爲石抹執中作 …… 一六九

北野兀者贊 并序 …… 一六九

李齊賢真贊 …… 一七〇

題趙仲明神 …… 一七一

趙昌甫詩卷 …… 一七一

答或人問 …… 一七一

七政疑 …… 一七四

八華講義 …… 一七七

題節婦朱氏詩卷 …… 一八一

詞

次韻潘明之祝英臺 秋思 …… 一八二

蝶戀花 正月十一日 …… 一八二

附録

學箴 …… 一八三

題許白雲先生文集後 …… 一八六

許白雲先生文集補遺卷一 …… 一八七

史詠詩集序 …… 一八七

論孟集注考證序 …… 一八九
通鑑前編序 …… 一九〇
絳守居園池記注後序 …… 一九三
跋趙孟頫題畫詩 …… 一九四
蘭溪南陽趙氏宗譜序 …… 一九五
至順辛未年重修宗譜序 …… 一九七
范氏世牒題詞 …… 一九八
題倪氏譜 …… 一九八
題吴氏家述 …… 二〇〇
圖説 …… 二〇一
汝南周氏淵源考 …… 二〇二
仁山先生墓志銘 …… 二〇四
郡馬山堂先生行實 …… 二〇六
象州知州永康天薦公壙誌 …… 二〇八
送存翁王君之天台學録序 …… 二〇九
王邁贊 …… 二一〇
樓徵士公贊 …… 二一一
處士丙三公像贊 …… 二一二
張彦光徵君畫像贊 …… 二一三
元承節郎良瑞祖像贊 …… 二一三
沈允承先生贊 …… 二一四
宋處士百一公贊 …… 二一五
始遷祖宋隱士貴道公像贊 …… 二一五
雅畈始祖十朝奉敬甫公遺像贊 …… 二一六
老老堂銘 …… 二一七
洞山如存精舍説《白雲集》《遺芳集》《遺文考》 …… 二一八
文懿許公上仲咸公書 …… 二二〇
文懿許公上仲咸公書第二書 …… 二二一
八華學規 …… 二二二
童稚學規 …… 二二五
張伯誠先生（殘句） …… 二二七

題仙都碩畫(殘句) …… 二二八
倪伋贊 …… 二二九
金山始祖塤公贊 …… 二二九
宋蘭陰州學正諱經公像贊 …… 二三〇
許白雲先生文集補遺卷二 …… 二三一
送劉漢臣歸武川 …… 二三一
幽居有感寄劉漢臣隱居 …… 二三一
秋夜不寐，觸物感事，雜然成章，言無汖例，適興而已，凡十二首 …… 二三二
題浩然齋 …… 二三六
贈許三畏留别三首 …… 二三九
贈金月華 …… 二四〇
詠揚州瓊花 …… 二四一
朝真洞詩 …… 二四一
宿鹿田西寺 …… 二四二
題張嗣留教授自家意思齋 …… 二四三
題蔡氏世譜 …… 二四三
題徐偃王廟 …… 二四四
陳景傳索予賦鄭氏義門詩，走筆奉此，觀者采其意而略其辭可也 …… 二四四
贈耕雲先生拯溺詞 …… 二四五
附許亨佚文
手卷序 …… 二四六
明故處士北山公墓志銘　金華許存禮北平府儒學教授 …… 二四七
附録一　碑傳誌銘 …… 二五一
元史・許謙傳 …… 二五一
新元史・許謙傳 …… 二五三
元史類編・許謙傳 …… 二五五
史傳三編・許謙 …… 二五七
廿二史考異・許謙 …… 二五九

元儒考畧・許謙傳……二五九
兩浙名賢録・許白雲先生（子元附）……二六一
金華徵獻略・許謙（子許元附）……二六三
金華理學粹編・許文懿公……二六六
宋元學案・文懿許白雲先生謙……二七五
理學宗傳・許文懿謙……二七九
學統・許謙……二八一
闕里文獻考・許謙……二八四
明一統志・許謙……二八六
大清一統志・許謙……二八七
浙江通志・許謙……二八七
東陽縣志・許謙……二八八
續高士傳・許謙……二九一
元許謙一代真儒傳見《元紀》。……二九二
白雲公實録……二九五
白雲文懿公道學事實傳……［明］朱子亨　二九七
白雲許先生墓誌銘……［元］黄　溍　二九八
許氏白雲先生孝子仰高祠移批語……三〇五
祭許徵君益之文……［元］吴師道　三〇六
白雲先生許君哀頌辭……［元］吴　萊　三〇七
祭許益之文……［元］柳　貫　三〇九
許益之訃至慟餘有作五首……［元］柳　貫　三一二
祭先師白雲許先生文……［元］吕　浦　三一三
哭先師白雲許先生……［元］吕　浦　三一四
許益之先生挽詩……［元］鄭　玉　三一四
挽許益之二首……［元］胡　助　三一五
許文懿公謙像贊……［明］孫承恩　三一五
元儒諱謙文懿公像贊……［清］齊召南　三一六

附録二　序跋提要

白雲集四卷編修朱筠家藏本 …… 三一七
[清]紀昀 …… 三一七
白雲存藁後 …… [明]陳綱 三一八
白雲存藁後序 …… [明]黄瑗 三一九
許白雲先生文集跋 …… 鄧邦述 三二〇
藏園祭書十期未間 …… 許寶蘅 三二〇
白雲先生文集跋 …… [清]胡璉 三二一
白雲集提要 …… [清]紀昀 三二一
重刻許白雲先生遺集序 …… [清]王崇炳 三二二
許白雲先生傳集序 …… [清]戴錡 三二四
白雲先生文集跋 …… [清]黄廷元 三二五
白雲先生許文懿公傳集跋二則 …… [清]查慎行 三二六
白雲集序 …… [清]馬日炳 三二六
許白雲先生文集跋 …… [清]韓應陛 三二八
許白雲先生文集跋 …… [清]訒庵 三二八
許白雲先生文集跋 …… [清]丁丙 三二九
讀書叢説六卷浙江吴玉墀家藏本 …… [清]紀昀 三二九
白雲先生讀書叢説序 …… [元]張樞 三三一
讀書叢説序 …… [清]胡鳳丹 三三三
詩集傳名物鈔八卷内府藏本 …… [清]紀昀 三三四
詩集傳名物鈔序 …… [元]吴師道 三三四
詩集傳名物鈔序 …… [清]胡鳳丹 三三七
讀四書叢説提要 …… [清]紀昀 三三八
讀四書叢説序 …… [元]吴師道 三三九
讀四書叢説序 …… [清]胡鳳丹 三四〇
四書叢説跋 …… [清]許炳 三四二
論語叢説三卷提要 …… [清]阮元 三四二

讀中庸叢説二卷提要 ……［清］阮　元　三四三
絳守居園池記跋 ……［元］張　樞　三四四
絳守居園池記注跋 ……［清］胡宗楙　三四六
儀禮經注點校記異後題 ……［元］吴師道　三四六
白雲歷代指掌圖説 ……［元］戚崇僧　三四七
元東陽許氏詩譜鈔跋 ……［清］吴　騫　三四八
許益之秋夜雜興詩 ……［元］吴師道　三四九
跋許益之古詩序 ……［元］陳　旅　三五〇
題許先生古詩後 ……［明］宋　濂　三五一
秋夜不寐，觸物感事，雜然成章，言無汖例，適興而已，凡十二首跋 ……［元］蔣　易　三五二

附録三　其他傳文交遊資料 …… 三五三

宋元詩會・許謙 …… 三五三
元詩選・白雲先生許謙 …… 三五四
歷代詩餘・許謙 …… 三五五
詞綜補遺・許謙 …… 三五五
大觀録・文懿許謙 …… 三五六
六藝之一録・許謙 …… 三五六
佩文齋書畫譜・許謙 …… 三五七
論元詩絶句・許謙 ……［清］謝啓昆　三五七
金華縣志・觀山 …… 三五七
金華縣志・許謙宅 …… 三五八
金華縣志・許謙墓 …… 三五八
東陽縣志・八華書院 …… 三五八
金華府志・觀山 …… 三五九
金華府志・八華山 …… 三五九
金華府志・白雲許文懿公墓 …… 三六〇
金華府志・白雲亭 …… 三六〇
萬姓統譜・許謙 …… 三六〇
禪寄筆談・高尚 …… 三六一

南村輟耕録・許文懿先生 …… 三六一
閑適劇談・許謙 …… 三六二
語林・許謙 …… 三六二
弘道録・許謙 …… 三六三
請傳習許益之先生點書公文 ……［元］吴師道 三六四
代孫幹卿御史請刊近思録發揮等書公文 ……［元］吴師道 三六六
送許益之赴趙侍御招二首 ……［元］吴師道 三六七
四月癸卯原父杜徵君自武夷山道蘭江，道傳子長來會，明日往拜許君益之墓，道傳有詩，因次其韻 ……［元］吴師道 三六七
與許益之書 ……［元］吴師道 三六八
白雲亭記 ……［元］胡　翰 三六九
跋北山遊記後 ……［元］宋　褧 三七一
答張率性書 ……［元］虞　集 三七二
奉陪郡大夫謁白雲許先生墓 ……［元］戚剛中 三七四
倒倉法 ……［元］朱震亨 三七四
虞文靖公并白雲先生門人與張率性書解 ……［明］張　寧 三七五
仰高祠記 ……［明］王　崇 三七六
重建仰高祠碑記 ……［清］盧炳濤 三七八
論許白雲先生出處貽孫石臺書 ……［明］趙祖鵬 三八〇
集義軒詠史詩・許謙 ……［清］羅惇衍 三八一
挽青士侄集白雲公詩句得七言絶三首 ……［清］許　鼎 三八二
萬壽觀 ……［清］劉續祖 三八二

（梅峴文昌閣）匾額……［清］姚思恭　三八三
許文懿公因飲食作痰……［明］汪　瓘　三八三

附録四　許元許亨資料……三八五

明史・許存仁傳……三八五
明史・許存仁傳……三八五
宋元學案・祭酒許先生元……三八七
寄許存仁……［元］戴　良　三八七
許祭酒存仁……［清］嚴遂成　三八八
送許祭酒還京師序……［明］胡　翰　三八八
南華謫居圖記……［明］蘇伯衡　三八九
祭許祭酒文……［明］蘇伯衡　三九一
與許存仁祭酒……［明］許林塘　三九二
宋元學案・教授許先生亨……三九三
寄許存仁存禮……［元］金　涓　三九三
與許存禮北平府教授……［明］許林塘　三九四
王嵩聘許存禮女啓……［明］許林塘　三九六
病中許存禮葉孟咨見訪示桃巖詩，因次韻……［元］吴景奎　三九六
送許存禮赴北平教授任
序……［明］宋　濂　三九七
題北山紀遊卷後……［明］宋　濂　三九八
跋樗散生傳後……［明］宋　濂　三九九
樗散雜言序……［明］宋　濂　四〇〇

附録五　八華山志……四〇二

卷首

許文懿公遺像……四〇二
八華山圖……四〇四
彭山書院原圖……四〇六
序……四〇八
序……四〇九
原叙……四一〇
編校大意……四一一

目録……四一二
卷上
形勝志一……四二〇
院宇志二……四三二
卷中
道統志三……四四八
崇學志四……四八〇
卷下
勝事志五……五〇八
藝文志六……五五〇

絳守居園池記注

整理説明……黄靈庚 五七九
絳守居園池記注解序……五八三
絳守居園池記注……五八五
絳守居園池記補曰：不曰絳州園池，又不曰絳州刺史園池，而曰絳守居園池，亦故異其題引也。……五八五
絳守居園池記此吴先生録東陽許氏圈點批畫。……五九八
絳守居園池記此記守居之園池，非記守居也。舊注兼守居言，故多誤。此吴先生録東陽許氏定句疏説。……六〇〇

總序

南宋乾淳間，吕祖謙東萊之學、陳亮永康之學、唐仲友説齋之學同時並起，金華之學彬彬稱盛。吕祖謙尤著，與朱熹、張栻并稱「東南三賢」，又與朱熹、陸九淵并稱「朱陸吕三大家」。祖謙惜早逝，麗澤門人無大力者繼之，永康、説齋之學亦無紹傳。嘉定而後，何基、王柏振起。何基（一一八八—一二六九），字子恭，金華人。親炙於朱熹高弟子黄榦，居北山之陽，學者稱北山先生。門人王柏（一一九七—一二七九），字會之，一字仲會，號長嘯，改號魯齋，金華人。家學源於朱、吕，而已則師於何基。何、王轉承朱子之統，王柏又私淑東萊。王柏門人金履祥（一二三二—一三〇三），字吉父，號次農，蘭溪人。從學王柏，并得何基指授。宋、元易代，以遺民終，隱居講學，許謙、柳貫諸子從學。許謙（一二六九—一三三七），字益之，號白雲山人，東陽人。年三十一師履祥，爲元世大儒。後世推許何、王、金、許，并稱「金華四賢」「金華四先生」「金華四子」「何王金許四君子」，又稱「北山四先生」。

四先生爲講學家之流，名相并稱始於元末，流行於明初。杜本《吴先生墓誌銘》：「浙之東州有數君子，爲海内所師表。蓋自朱子之學一再傳，而何、王、金、許實能自外利榮，蹈履純固，反身克己，體驗精切，故其育德成仁，顯有端緒。」①黄溍《吴正傳文集序》：「初，紫陽朱子之門人高弟曰勉齋黄氏，自黄氏四傳，曰北山何氏、魯齋王氏、仁山金氏、白雲許氏，皆婺人。」②宋濂《故丹谿先生朱公石表辭》：「而考亭之傳，又唯金華之四賢續其世胤之正。」③張以寧《甑山存稿序》：「婺爲郡儒先東萊吕成公之里也。近何、王、金、許氏，得勉齋黄公之傳於徽國朱文公者，以經學教於鄉。」④蘇伯衡《洗心亭記》：「伯圭，何文定公、王文憲公、金文安公、許文懿公里中子，而四賢實以朱文公之學相授受。」⑤鄭楷《翰林學士承旨宋公行狀》：「初，宋南渡後，新安朱文公、東萊吕成公並時而作，皆以斯道爲己任。婺實吕氏倡道之邦，而其學不大傳。朱氏一再傳，爲何基氏、王柏氏，又傳之金履祥氏、許謙氏，皆婺人，而其傳遂爲朱學之世適。」⑥以上爲元末明初諸家并提四家之説。導江張𩑹爲王柏高弟子，「以其道顯於

---

① 吴師道《禮部集》附録，文淵閣《四庫全書》本。
② 黄溍《金華黄先生文集》卷十八，元刻本。
③ 宋濂《宋學士文集》卷十九，明天順五年黄譽刻本。
④ 張以寧《翠屏文集》卷三，明成化間刻本。
⑤ 蘇伯衡《蘇平仲文集》卷八，《四部叢刊》景明正統刻本。
⑥ 程敏政《明文衡》卷六十二，《四部叢刊》景明本。

北方」①，柳貫與許謙同學於履祥，元時又有黄溍、吴萊、吴師道、胡長孺并著聞，何以不入「四賢」之目？以上所引諸説已明言之：一則四先生遞相師承，非嫡傳不入；二則四先生於吕學既衰之後，上接紫陽之傳，以講學明道爲己任，非一般詞章文士；三則皆不肯仕，高蹈遠引，以經學教於鄉；四則學行著述堪爲師表，足傳道脈。元末明初學者多稱説「何王金許」、「金華四賢」，盛明而後始多稱「金華四先生」。「北山四先生」之稱，則始於全祖望修補《宋元學案》，改《金華學案》爲《北山四先生學案》。蓋以北山一脈起於何基，何基居金華北山下，取以自號，王柏、金履祥亦居北山之下，隱於斯，遊於斯，講學於斯。北山秀奇，得四先生名益彰，北山有靈，亦莫大幸焉。

在中國學術史上，四先生成就雖不足與朱、陸、吕三大家相提并論，但皆不愧一代學者。且其上承朱、吕，下啓明清理學及浙學一脈，有功於浙學與宋元明清儒學匪淺，學術貢獻不下於王陽明、黄宗羲諸大家。

① 吴師道《敬鄉録》卷十四，明抄本。

一、朱子世適，兼取東萊

四先生爲朱子嫡脈，除何基「確守師説」外，餘三家承朱子之學，繼朱子之志，鑒取東萊之學，兼容并包，已構成朱學之變。即浙學而言，由此復興，雖與東萊、永康、永嘉所引領浙學初興有異，但亦是浙學之「新變」。全祖望《北山四先生學案序録》稱金履祥爲「浙學之中興」，卓有見解。

（一）傳朱一脈

金華爲東萊講學之邦，何基、王柏奮起於吕學衰没之際，承朱學之統，亦自有故。

按王柏《何北山先生行狀》，何基早歲從鄉先生陳震習舉子業，已能潛心義理。弱冠隨父伯慧宦遊臨川，適黄榦爲令，伯慧令二子何南、何基師事之。黄榦首教以「爲學須先辨得真實心地，刻苦工夫」，臨别告以「但讀熟《四書》，使胸次浹洽，道理自見」。何基「終身服習，不敢頃刻忘也。一室危坐，萬卷横陳，存此心於端莊静一之中，窮此理於研精覃思之際。每於聖賢微詞奥義疑而未釋者，必平其心，易其氣，舒徐容與，不忘不助，待其自然貫通，未嘗參以己意。不立異以爲高，不狥人而少變。蓋其思之也精，是以守之也固。充其知而反於身者，莫不踐其實」①。

雖説何基開金華朱學之門，但居鄉里未嘗開門授徒，聞名而來學者，亦未嘗爲立題目、作話頭。王柏從學何基，及金履祥從學王柏、許謙問師履祥，皆有偶然性。王柏身出望族，少慕諸葛亮之爲人，年逾三十，與友人汪開之同讀《四書》，取《論孟集義》求朱子去取之意，以黄榦《四書通釋》尚闕答問，乃約爲《語録精要》以足之，題曰《通旨》。間從朱子門人楊與立、劉炎、陳文蔚問朱門傳授之端，與立告何基得朱氏之傳，即往從學②。何基授以「立志居敬」之旨，舉胡宏之言曰：「立志以定其本，居敬以持其志。志立乎事物之表，敬行乎事物之内。」③王柏自是發憤讀書，來學者必先教之讀《大學》。

金履祥年十八試中待補太學生，有能文聲。旋自悔，屏舉子業，研解《尚書》。與同郡王相爲友，知向濂洛之學。聞何基得朱子之傳，欲往從之無由。年二十三，由王相之介，得從王柏受業。初見，問爲學之方，即教以「立志居敬」，問讀書之目，則曰「自《四書》始」。未幾，由王柏之介進於何基之門，自是講貫益密，造詣益精，講求褆躬搆物，如何、王所訓「存敬畏心，

① 何基《何北山先生遺集》卷四，《金華叢書》本。
② 金履祥《仁山文集》卷三，明萬曆二十七年刻本。
③ 王柏《復吴太清書》，《魯齋集》卷八，明崇禎刻本。

尋恰好處」，「真實心地，刻苦工夫」。柳貫《故宋迪功郎史館編校仁山先生金公行狀》云：「二先生鄉丈人行，皆自以爲得之之晚，而深啓密證，左引右掖，期底于道。雖孫明復之於石守道，胡翼之之於徐仲車，不是過也。然文定之所示曰『省察克治』，文憲之所示曰『涵養充拓』，語雖甚簡，而先生服之終身，嘗若有所未盡焉者。」①

大德五年，履祥年七十，講道蘭江之上，許謙始來就學，年已三十一。明年，履祥設教金華呂祖謙祠下，許謙從之卒業。履祥告曰：「吾儒之學，理一而分殊。理不患其不一，所難者分殊耳。」許謙由是致辨於分之殊，而要歸於理之一。屏居八華山，率衆講學，教人「以五性人倫爲本，以開明心術變化氣質爲先，以爲己爲立心之要，以分辨義利爲處事之制」②。吴師道《祭許徵君益之文》云：「烏乎紫陽！朱子之傳，其在吾鄉，曰何與王。傳之仁山，以及於公，其道彌光。仁山之門，公晚始到。獨超等夷，遠詣深造。」③

① 柳貫《柳待制文集》卷二十，《四部叢刊》景元至正本。
② 黄溍《白雲許先生墓誌銘》，《金華黄先生文集》卷三十二。
③ 吴師道《吴禮部文集》卷二十，《金華叢書》本。

（二）兼采吕學

何、王崛起於吕學衰落之際，傳朱子之學。然生於東萊講學之鄉，麗澤之潤已入士人肌理。故自王柏以下，返本溯源，遂成學朱爲主、參諸吕學之格局。此一變化自王柏始。

王柏家學出於吕氏。按葉由庚《王魯齋先生壙誌》，王柏祖師愈從楊時受《易》《論語》，後與朱、張、吕遊。父瀚與其叔季執經問難於考亭、麗澤之門，世其家學。王柏早孤，抱志宏偉，三十而後「始知家學授受之原，慨然捐去俗學以求道」。既師何基，發憤奮厲，「研窮愈刻深，則義理愈呈露；涵養愈細密，則趣味愈無窮」①。金履祥《魯齋先生文集目後題》追溯魯齋家學云：「初，公之大父煥章公與朱、張、吕三先生爲友，父仙都公早從麗澤，又以通家子登滄洲之門。公天資超卓，未及接聞淵源之論而早孤。年長以壯，謂科舉之學不足爲也，而更爲文章偶儷之文；又以偶儷之文不足爲也，而從學於古文、詩律之學，工力所到，隨習輒精。今存於《長嘯醉語》者，蓋存而未盡去也，公意不謂然。因閲家書，而得師友淵源之緒，間從搗堂先生劉公、船山先生楊公、克齋先生陳公考問朱門傳授之端。而於楊公得聞北山何子恭父之名，於是尋訪盤溪之上，盡棄

① 王柏《魯齋王文憲公文集》附録，《金華叢書》本。

所學而學焉。」①所言王柏既見何基，「盡棄所學」，非謂盡棄家學，而指前之所好。吴師道《仙都公所與子書》亦載：「魯齋先生之學，世有自來矣。先生大父崇政講書直焕章閣致仕，諱師愈，師事龜山楊公，後又從朱、張、吕三公遊，朱子誌墓稱其有本有文者也。父朝奉郎、主管仙都觀，諱瀚，執經朱、吕之門，克世其學。此其所與子書，莫非《小學》書、《少儀外傳》之旨也。」②

東萊之學，與朱、陸有同有異。概言之，東萊主於經史不分，《五經》、史學皆擅；近接北宋理學之緒，遠采漢儒考據訓詁，并重義理、考據；博收廣覽，以文獻見長，講求通貫；重於用實，揆古用今。吕祖謙與陳亮等人好讀史，學問「博雜」，朱熹深有不滿，指爲「浙學」風習。然東萊之學自成一系。王柏嘗爲履祥作《三君子贊》，分贊「東南三賢」朱熹、張栻、吕祖謙，《吕成公》云：「片言妙契，氣質盡磨。八世文獻，一身中和。手織雲漢，心衡今古。鼎峙東南，乾淳鄒魯。」③於東萊評價高矣。然王、金諸子終不明言取則東萊，而標榜傳朱一脈。葉由庚《壙誌》、金履祥《後題》、吴師道《仙都公所與子書》追溯王柏家學出於吕氏，亦皆重於載述從何基接軌朱子一脈，而不言返本吕學。

① 金履祥《仁山先生文集》卷三。
② 吴師道《吴禮部文集》卷十七。
③ 金履祥《濂洛風雅》卷一，清雍正間金律刻本。

論四先生之學，當察其言，觀其行，亦必考其實跡，始可得真實全貌。王、金、許三家，於《五經》之好不減《四書》，既重性理探求，復事於訓詁考據；守朱子之説，而欲爲「忠臣」，以求是爲本；朱子不喜學者嗜讀史，三家未盡遵行；朱子不喜浙學「博雜」，三家貫通經史、諸子百家，喜輯録文獻；朱子不喜浙人好言事功，三家負經濟之略，而身在草萊，心存當世，欲出所學措諸政事。柳貫《金公行狀》稱履祥「先生夙有經世大志，而尤肆力于學，凡天文地形、禮樂刑法、田乘兵謀、陰陽律曆，靡不研究其微，以充極於用」。史學、考據乃東萊所長，朱子亦借助訓詁，并出其餘力研史，此史學、考據終爲其所短。王、金、許三家取朱子言性理之長，去其所短，兼師東萊，遂精於史學、考據。

王、金、許三家援漢儒訓詁考據以治《四書》《五經》，得力於東萊頗多。生於東萊講學舊邦，風氣霑熏，有其不自知者。尤可言者，四先生好「標抹點書」，殆傳東萊文獻之學。東萊標抹圈點之書，如《儀禮》《漢書》《史記》《資治通鑑》等，久爲士林所重。吕喬年稱其「一字一句，點畫皆有深意，而所得之精，多見於此」①。吴師道屢言四先生「標抹點書」，乃鑒用東萊之法。《請傳習許益之先生點書公文》：「當職生長金華，聞標抹點書之法始自東萊吕成公，至今故

① 吴師道《吴禮部文集》卷十八。

家所藏猶有《漢書》《資治通鑑》之類。」①《題程敬叔讀書工程後》：「蓋自東萊呂成公用工諸書，點正句讀，加以標抹，後儒因之，北山何先生基子恭、魯齋王先生柏會之俱用其法」，「金、張亦皆有所點書，其淵源有自來矣。」②章懋《楓山語録》云：「何最切實，王、金、許不免考索著述多些。」又，「東萊於香溪，四賢於東萊，皆無干涉」③。王、金、許「考索著述多些」，即三家重於文獻。然稱四先生與東萊「無干涉」，未盡合於實。東萊文獻之學冠於海内，四先生生長其鄉，著述相接，故論者曰：「吾婺固東南鄒魯也，中原文獻之傳甲於天下。」④全祖望稱王應麟承東萊文獻之學，爲「明招之大宗」。以文獻之傳而言，王、金、許何嘗不可稱「明招之大宗」？

四先生緣何不明言取徑東萊，今蠡測之，蓋有數因：一則重於師承，稱説師門，但言朱子，不言其他。二則東萊之學不能無弊，麗澤後學治經，輯討文獻，或疏於性理求索；四先生以明道爲先務，篤信朱子問學要義。三則朱子批評浙人「好功利」，四先生亦警醒，關注世用而不急功求利，不標舉東萊之學，或有此故。由此不難理解葉由庚《壙誌》所言：「證古難也，

---

① 吴師道《吴禮部文集》卷二十。
② 吴師道《吴禮部文集》卷十七。
③ 章懋《楓山語録》，文淵閣《四庫全書》本。
④ 張祖年《婺學志》集前序，清刻本。

復古尤難也；明道難也，任道尤難也。朱、張、吕三先生同生於一時，皆以承濂洛之統爲身任者也。張、吕不得其壽，僅及終身，經綸未展，論著靡竟。獨文公立朝之時少，居閑之日多，大肆其力於聖經賢傳，刊黜《詩》《書》之小序，紹復《易》《春秋》之元經，定著《論語》《孟子》《中庸》《大學》章句，以立萬世之法程。北山、魯齋二先生同生於一鄉，亦皆以續考亭之傳爲身任者也。」①

四先生之學，以朱學爲本，參諸東萊，朱、吕互爲表裏。海寧查慎行爲黄宗羲高弟子，《得樹樓雜鈔》卷一云：「魯齋上承吕、何之緒，下開金、許之傳，其功尤大。」②卓有識見。數百年來，學者罕直言四先生私淑東萊，而述及學統，或指出接緒朱、吕。成化三年，浙江按察司僉事辛訪奏請將宋儒何基等封爵從祀，下禮部尚書兼翰林學士陳文議：「昔者晦庵朱文公熹與東萊吕成公祖謙皆傳聖道，而金華郡儒者何基、王柏、金履祥、許謙師徒，累葉出於文公之後，以居于成公之鄉，其於斯道不爲不造其涯涘，然達淵源則未也；不爲不躡其徑庭，然造堂奥則未也。」③張祖年《八婺理學淵源序》云：「子朱子挺生有宋，疏洙泗，瀹濂洛，決横渠，排金

① 王柏《魯齋王文憲公文集》附録《壙誌》。
② 查慎行《得樹樓雜鈔》卷一，民國《適園叢書》本。
③ 姚夔《姚文敏公遺稿》卷十，明弘治間姚璽刻本。

豁，補苴罅漏，千古理學淵源，渾涵渟滀，稱會歸矣。維時吾婺東萊成公倡道東南，而子朱子、南軒宣公聲應氣求，互相往來」，「是麗澤一泓，固八婺理學淵源也，猗歟盛哉！三先生爲東南理學鼎峙，吾婺學者翕然宗之」，「而毅然卓見斯道者，未之有聞。幸北山先生父伯慧者，佐治臨川，欽勉齋黄氏學，命北山師事之，遂載紫陽的傳而歸。以授之魯齋，魯齋以授之仁山，仁山以授之白雲，踵武繩繩，機籥相印，而麗澤溶瀁灝瀚矣」①。胡宗楙謂趙宋南渡，婺學昌盛，鉤稽派别，可約分政學、理學、文學三派，其理學則自范浚以下，繼以東萊，復繼以四先生。《續金華叢書序》云：「二曰理學，香溪《心箴》，導其先河。東萊吕氏，麗澤講席。北山、魯齋，溯源揚波。仁山、白雲，一脈相嬗。莘莘學子，追蹤鄒魯。咸淳之際，於斯爲盛。」②當然，論者迄今仍多只認四先生爲朱子嫡傳。近歲，我們昌言「浙學復興」，强調四先生兼傳東萊之學，諸論始有所改觀。

（三）從「確守師説」到「要歸於是」

四先生中，何、王歿於宋，金履祥由宋入元，許謙則爲元世名儒。四先生尊德性，道問學，

① 張祖年《婺學志》集前序。
② 胡宗楙《夢選樓文鈔》卷上，民國二十五年刊本。

遞相師傳，百餘年間亦有前後變化。兼采吕學，即是自王柏後一大變化。另一顯著變化，即從「確守師説」到願爲「朱子之忠臣」，篤於求是。

何基之學，立志以定本，恭敬以持志，力學以致知，篤守朱、黄之傳，虚心體察，不欲參以己意，不以立異爲高。王柏《何北山先生行狀》稱「思之也精」，「守之也固」。《啓蒙發揮後序》又説：「晚年纂輯朱子之緒論，羽翼朱子之成書，不敢自加一字，而條理粲然，羣疑盡釋。」①《同祭北山何先生》則云：「公獨屹然，堅守勿失」，「發揮師言，以會於歸」②。黄宗羲論云：「北山之宗旨，熟讀《四書》而已」，「北山確守師説，可謂有漢儒之風焉。」③

王柏問學，重視求於《四書集注》《周易本義》之内，然好探朱子發端而未竟之義，考訂索隱朱子所未及，視此爲繼朱子之志，較何基已有變化。葉由庚《壙誌》云：「先生學博而義精，心平而識遠，考訂羣書，如干將、莫邪，所向肯綮，迎刃自解。凡文公發其端而未竟，致其疑而未决，與夫諸儒先開明之所未及者，莫不該攝融會，權衡裁斷，以復經傳之舊」，「上自羲畫，下逮魯經，莫不索隱精訂，以還道經之舊，以承考亭之志，確乎其任道之勇也！」金履祥《祭魯齋

① 王柏《魯齋王文憲公文集》卷五，明崇禎間刻本。
② 王柏《魯齋王文憲公文集》卷十九。
③ 黄百家《金華學案》。

先生文》云：「論定諸經，決訛放淫。辯析羣言，折衷聖人。究其分殊，萬變俱融。會諸理一，天然有中。見其全體，靡所不具。」①

金履祥爲王柏所授，重於求是，不標新奇之論，亦不拘於一説，欲爲「朱子之忠臣」。《論孟集注考證跋》云：「文公《集注》，多因門人之問更定，其問所不及者，亦或未修，而事跡名數，文公亦以無甚緊要略之，今皆爲之修補。或疑此書不無微牾者，既是再考，豈能免此？但自我言之，則爲忠臣；自他人言之，則爲讒賊爾。此履祥將死真切之言，二三子其詳之！」②李桓《論孟集注考證序》云：「其於《集注》也，推其意之未發，佐其力之不及，以簡質之文，達精深之義，而名物度數、古今實事之詳，一皆表其所出。後儒之説，可以爲之羽翼者，間亦採摭而附入之。觀之時若不同，實則期乎至當，故先生嘗自謂朱子之忠臣。夫忠臣者，固不爲苟同，而其心豈欲背戾以求異哉？蓋將助之而已矣。斯則《考證》之修所以有補於《集注》者也。」③

許謙承履祥之傳，於先儒之説未嘗處不敢苟同，敷説義理，歸於平實，考據訓詁，「要歸於

① 金履祥《仁山文集》卷三。

② 金履祥《孟子集注考證》，《率祖堂叢書》本。

③ 陸心源《皕宋樓藏書志》卷十，清同治、光緒間刻《潛園總集》本。

是」。黄溍《白雲許先生墓誌銘》云：「先生於書無不觀，窮探聖微，蘄於必得，雖殘文羨語，皆不敢忽。有不可通，則不敢强。於先儒之説，有所未安，亦不敢苟同也。讀《四書章句集注》，有《叢説》二十卷。敷繹義理，惟務平實」，「讀《詩集傳》，有《名物鈔》八卷。正其音釋，考其名物度數，以補先儒之未備，仍存其逸義，旁採遠援，而以己意終之。讀《書集傳》，有《叢説》六卷。時有與蔡氏不能盡合者，每誦金先生之言曰：『自我言之，則爲忠臣；自他人言之，則爲讒賊。』要歸於是而已。」①

四先生之學，從何基「確守師説」，到金履祥、許謙「要歸於是」，乃其前後一大變化。四先生傳朱子之學，重於涵養功夫、踐履真實。何基常是一室危坐，存此心於端莊静一之中，研精覃思。履祥從學何、王，何基示曰「省察克治」，王柏示曰「涵養充拓」，履祥服之終身，常若有所未足。許謙習静，晚年尤以涵養本原爲務，講授之餘，齋居凝然。應典《八華精舍義田記》云：「迨其晚年，有謂：聖賢之學，心學也。後之學者雖知明諸心，非諸事，而涵養本原，弗究弗圖，則雖博極群書，修明勵行，而與聖賢之心猶背而馳也。」②

① 黄溍《金華黄先生文集》卷三十二。
② 党金衡纂修《道光東陽縣志》卷十，民國三年石印本。

（四）發揮表箋，漢宋互參

何基「確守師説」，毋主先入，毋師己意，虛心體察，述自得之意，名其著述曰「發揮」，所撰有《易學啓蒙發揮》《易大傳發揮》《大學發揮》《中庸發揮》《語孟發揮》《太極通書西銘發揮》。《近思録發揮》未詮定而殁，金履祥與同門汪蒙、俞卓續抄校訂，付其家藏之。柳貫《金公行狀》云：「凡文公語録、文集諸書，商確考訂之所及，取其已定之論，精切之語，彙敘而類次之，名爲《發揮》，已與諸書並傳於世矣。而若文公、成公所輯周、程、張子之微言曰《近思録》者，宜爲宋之一經，而顧未有爲之解者，亦隨文箋義，爲《近思録發揮》，未詮定而文定殁。」

自王柏以下，雖力戒先入之見，不標榜己意，然欲爲通儒，折衷羣言，出入經史百家，索隱朱子發端而未竟之義，考訂朱子所未及之書，故不苟同先儒之見，且倚重於訓詁考據，已不能不與何基有異。所著述於「標抹點書」「發揮」外，或名「考證」，或曰「精義」「衍義」「疏義」「指義」，或曰「表注」「叢説」。王柏考訂羣書，葉由庚《壙誌》稱「無一書一集不加標注，於《四書》《通鑑綱目》，精之又精。一言之題，一點之訂，辭不加費而義以著明，無非發本書之精髓，開後學之耳目」。又論其與何基異同云：「北山深潛沖澹，精體默融，志在尚行，訒於立言；魯齋通睿絶識，足以窮聖賢之精藴，雄詞偉論，足以發理象之微著。」履祥出入經史，天文地理、禮樂刑法、田乘兵謀、陰陽律曆無不究研。謂古書有注必有疏，作《論孟集注考證》，以爲朱子《集注》有疏，補所未備，增釋事物名數。注解《尚書》，推本父師之意，正句畫段，提其章旨，析其義理之微，考證文字之誤，表於四闌之外，曰《尚書表注》。柳貫《行狀》云：「研窮經義，以究窺聖賢心術之微；歷考傳注，以服襲儒先識鑒之確。無一理不致體驗，參伍錯綜，所以約其變；無一書不加點勘，鉛黄朱墨，所以發其凡。」許謙《上劉約齋書》云：「其爲學也，於書無所不讀，而融會於《四書》，貫穿於《六經》，窮理盡性，誨人不倦，治身接物，蓋無毫髮歉，可謂一世通儒。」①許謙追步王、金，欲爲一世通儒。黄溍《白雲許先生墓誌銘》云：「先生於天文地理、典章制度、食貨刑法、字學音韻、醫經數術，靡不該貫，一事一物，可爲傳聞多識之助者，必謹志之。至於釋老之言，亦皆洞究其藴，謂學者孰不日闢異端，苟不深探其隱，而識其所以然，能辨其同異、别其是非也幾希。」許謙每念履祥所言欲爲「朱子之忠臣」、「要歸於是」，所著《詩集傳名物鈔》《讀書叢説》《讀四書叢説》，考訂索隱，以補先儒所未備，存其逸義，而終以己意。在王、金、許三家看來，其著述不離於孔孟遺意，惟求是求真，乃可繼朱子之志。

四先生著述，無論彙敘發揮、隨文箋義，抑或考證衍義、辨誤訂訛，都不離於言説義理。王、金、許三家治學，與何基有所不同。總體以觀，有三大特點：一是治《五經》而貫穿性理，治《四書》而倚重訓詁考據，《四書》《五經》融會貫通。二是以理學爲本，兼采漢學。漢、宋兼

① 許謙《許白雲先生文集》卷三，明成化二年陳相刻本。

采，本爲東萊所長，三家蓋以朱學爲主，兼采東萊。三是欲爲通儒之學，貫穿經史百家，重於世用，不避「博雜」之嫌，此亦與東萊之學相通。

二、四先生治《四書》《五經》及其史學、文學

四先生長於《四書》，自王柏以下，《五經》貫通，兼治史學，重於文獻。其治《四書》，義理闡説與訓詁考據并重；治《五經》，疑古考索，尚於求是，并重義理；研史則經史互參，會通朱、吕；詩文雖其餘事，不離於講學家風習，然發攄性靈，陶冶性情，文以載道，裨益教化，各具其致。以文章合於道，扶翼經義、世教，通於世用，故金、許傳人尚文風氣日盛。以下分作論述：

（一）《四書》學

朱子之學，萃於《四書集注》。門人黄榦得其傳，有《四書通論》。世推四先生爲朱子適傳，亦以其得朱門《四書》之傳也。

何基從學黄榦，黄榦臨别告以熟讀《四書》，道理自見。何基以此爲讀書爲學之要，教門人治學以《四書》爲主，以《朱子語録》爲輔。嘗曰：「學者讀書，先須以《四書》爲主，而用

《語録》以輔翼之」，「但當以《集注》之精嚴，折衷《語録》之疏密；以《語録》之詳明，發揮《集注》之曲折。」王柏《行狀》稱「此先生編書之規模也，他書亦本此意」。何基後又覺得《四書》「義理自足」，當深探本書，「截斷四邊」。王柏稱「此先生晚年精詣造約，終不失勉齋臨分之意」（《何北山先生行狀》）。

王柏得北山之教，深味其旨，教門人爲學亦以《四書》爲本。寶祐二年，履祥來學，問讀書之目，告以「自《四書》始」。是年冬，履祥作《讀語論管見》，凡有得於《集注》言意之外者則録之。王柏讀後，勸説當沉潛涵泳於《集注》之内，有所自得，不當固求言外之意，發爲新奇之論①。履祥終生沉潛涵泳不輟，作《論孟集注考證》。殁前一歲，即大德六年，在金華城中講學，以《大學》爲第一義，諸生執經問難，爲之毫分縷析，開示藴奥，因成《大學指義》一書。許謙聞履祥緒論，精研《四書》。黄溍《白雲許先生墓誌銘》稱其每戒學者曰：「聖賢之心盡在《四書》，而《四書》之義備於朱子。顧其立言，辭約意廣，讀者或得其粗，而不能悉究其義。或以一篇之致自異，而初不知未離其範圍。世之詆訾貿亂、務爲新奇者，其弊正坐此耳。始予三四讀，自以爲了然，已而不能無惑，久若有得，覺其意初不與己異，愈久而所得愈深，與己意合者，亦大異於初矣。童而習之，白首不知其要領者何限？其可以易心求之哉！」

① 王柏《金吉甫管見》，《魯齋王文憲公文集》卷九。

四先生闡説性理，遞相師承，治《四書》皆所擅長。何基有《大學發揮》《中庸發揮》《語孟發揮》，王柏有《論語通旨》《論語衍義》《魯經章句》《孟子通旨》《批點標注四書》，金履祥有《大學疏義》《中庸表注》《論語集注考證》《孟子集注考證》，許謙有《讀四書叢説》。從朱子《四書章句集注》《四書或問》，到黄榦《四書通釋》，再到四先生著述十餘種，可見四先生《四書》學淵源，亦可見朱學流傳及其盛行浙東之況。

何基《四書發揮》，取朱子已定之論，精切之説，以爲發揮，守師説甚固，研思亦精。王柏、金履祥、許謙三家，傳何基之學，復繼朱子之志，索隱微義，考證注疏，以爲羽翼。其索隱考證，倚於訓詁考據，以性理爲本，重於求是。許謙《論孟集注考證序》云：「先師之著是書，或檃栝其説，或演繹其簡妙，或攄其幽，發其粹，或補其古今名物之略，或引羣言以證之。大而道德性命之精微，細而訓詁名義之弗可知者，本隱以之顯，求易而得難。吁！盡在此矣。」吴師道《讀四書叢説序》稱《四書》自二程肇明其旨，至朱子集其大成，然一再傳之後，泯没畔涣，「其能的然久而不失傳授之正，則未有如於吾鄉諸先生也。蓋自北山取《語録》精義，以爲《發揮》，與《章句集注》相發明；魯齋爲標注點抹，提挈開示；仁山於《大學》有《疏義》《指義》，《論》《孟》有《考證》，《中庸》有《標抹》，又推所得於何、王者，與其己意併載之」，「今觀《叢説》之編，其於《章句集注》也，奥者白之，約者暢之，要者提之，異者通之，畫圖以形其妙，析段以顯其義。至於訓詁名物之缺，考証補而未備者，又詳著焉。其或異義微牾，則曰：『自我言之，則爲忠臣，自他人言之，則爲殘賊。金先生有是言也。』此可以見其志之所存矣」（《吴禮部文集》卷十七）。《四庫全書總目》著録《論孟集注考證》，《提要》云：「其書於朱子未定之説，但折衷歸一，於事蹟典故，考訂尤多。蓋《集注》以發明理道爲主，於此類率沿襲舊文，未遑詳核，故履祥拾遺補闕，以彌縫其隙，於朱子深爲有功」，「然其旁引曲證，不苟異，亦不苟同，視胡炳文輩拘墟迴護，知有注而不知有經者，則相去遠矣。」此可見四先生《四書》學及其「家法」之大端。

（二）《五經》學

朱子研《易》《詩》，并涉獵禮制，而東萊則《五經》貫通。何基於《五經》僅《易經》有撰著，仍題曰「發揮」。其治《四書》，雖與《五經》參讀，大抵「發揮師言，以會於歸」。自王柏以下，不惟尊德性，且好治經研史。王、金、許三家研討《五經》，既通於朱子經學，又通於東萊經學及文獻之學。概言之，一是崇義理而并事訓詁考據。二是好纂輯、音釋、標抹、考訂、表注，以翼經傳。三是好考證名物度數，補先儒之未備。四是不苟同，不苟異，「要歸於是」。前已言及，此更舉例以明之。

王柏於《五經》皆有撰述，著《讀書記》十卷、《讀詩記》十卷、《讀春秋記》八卷、《書附傳》四十卷、《詩可言》二十卷、《詩疑》二卷、《書疑》九卷、《涵古易説》一卷、《大象衍義》一卷、《左氏正傳》十卷等。葉由庚《壙誌》稱其嗜於索隱考訂，好「復經傳之舊」，「先生一更一定，皆有授證，一析一合，不添隻字，秩秩乎其舊經之完也，炳炳乎其本旨之明也」。并舉其大端如：於《易》，作《易圖》，推明《河圖》《洛書》先後。謂《河圖》爲先天後天之宗祖，逐位奇偶之交，後天爲統體奇偶之交。古之册書，作上下兩列，故《易》上下經非標先後。謂今之三百五篇非盡孔子之三百五篇，孔子所删，或有存於閭巷浮薄之口者，漢儒概謂古詩，取以補亡。乃定二《南》各十一篇，還兩兩相配之舊，退《何彼穠矣》《甘棠》歸之《王風》，而削去《野有死麕》。若風、雅、頌，亦必辨其正變，次其先後，謂鄭、衛淫詩，皆當在削。

世人或稱經以講解辯訂而明，釐析類合則陋，王柏則不以爲然，好參訂疑經。何基嘗告之：「治經當謹守精玩，不必多起疑端。有欲爲後學言者，謹之又謹可也。」①然王柏終勇於「任道」「求是」，《書疑序》云：「不幸秦火既焰，後世不得見先王之全經也。惟其不全，固不可得而不疑。所疑者，非疑先王之經也，疑伏生口傳之經也。讀書者往往因于訓詁，而不暇思經文之大體，間有疑者，又深避改經之嫌，寧曲説以求通，而不敢輕議以求是」，「聖人之經不可改，伏氏之言亦不可正乎？糾其繆而刊其贅，訂其雜而合其離，或庶幾乎得復聖人之舊，此

① 戴殿江《金華理學粹編》。

有識者之不容自已。」①

後世於王柏疑經，頗多争議。錢維城《王柏删詩辯》：「宋儒之狂妄無忌憚，未有如王柏之甚者也」，「朱子惟過於慎，故寧爲固而不敢流於穿鑿，而孰知一再傳之後，其徒之肆無忌憚，乃至於此也。」②成僎《詩説考略》卷二《王柏詩疑之舛亂》：「夫以孔子所不敢删者，而魯齋删之；以孔子所不敢變易者，而魯齋變易之。世儒猶以其淵源於朱子而不敢議，此竹垞所以嗤爲無是非之心也。」《四庫全書總目》著録《書疑》九卷，《提要》云：「然柏之學，名出朱子，實則師心，與朱子之謹嚴絶異」，「柏作是書，乃動以脱簡爲辭，臆爲移補」，「至於《堯典》《皋陶謨》《説命》《武成》《洪範》《多士》《多方》《立政》八篇，則純以意爲易置，一概托之於錯簡」，「是排斥漢儒不已，並集矢於經文矣，豈濂、洛、關、閩諸儒立言垂教之本旨哉？托克托等修《宋史》，乃與其《詩疑》之説並特録於本傳，以爲美談，何其寡識之甚乎？」又著録《詩疑》二卷，《提要》云：「《書疑》雖頗有竄亂，尚未敢删削經文。此書則攻駁毛、鄭不已，並本經而攻駁之；攻駁本經不已，又並本經而删削之。」爲之辯護析論者亦多。如胡鳳丹《重刻王魯齋詩疑序》：「朱子所攻駁者《小序》耳，於本經未嘗輕置一議也。先生黜陟《風》《雅》，竄易篇次，非

① 王柏《魯齋王文憲公文集》卷五。

② 錢維城《茶山文鈔》卷八，清乾隆四十一年眉壽堂刻本。

惟排詆漢儒，且幾幾乎欲奪宣聖删定之權而伸其私說。其自信之堅，抑何過哉」，「是書設論新奇，雖不盡歸允當，而本其心所獨得，發爲議論，自成一家，俾世之讀其書者足以開拓心胸，增廣識見，引而伸之，觸類而長之，未始非卓犖觀書之一助也。」①皮錫瑞《論王柏書疑疑古文有見解特不應並疑今文》：「王氏失在並今文而疑之耳，疑古文不得謂其失也。」「王氏知古文之僞，不知今文之真。其並疑今文，在誤以宋儒之義理準古人之義理，以後世之文字繩古人之文字。」「《書疑》多本前人，亦非王氏獨創，特王氏於《尚書》篇篇獻疑，金履祥等從而和之，故其書在當時盛行，而受後世之掊擊最甚。平心而論，疑經改經，宋儒通弊，非止王氏，皆由不信經爲聖人手定。（注：王氏《詩疑》删鄭、衛詩，竄改《雅》《頌》，僭妄太甚，《書疑》猶可節取。）」②王柏以義理治《詩》《書》，索隱太過，不免其弊，後人盡黜之則未當，宜小心考求，平允論之。

金履祥承王柏疑經之緒，以爲秦火之後全經不存，漢儒拘於訓詁，輕於義理，循守師傳，曲說不免。亦自勇於「任道」「求是」。其考訂諸經，用力最多乃在《尚書》，有《尚書注》十二卷、《尚書表注》二卷。《尚書表注序》稱全書不得見，「考論不精，則失其事迹之實；字辭不

---

① 胡鳳丹《退補齋文存》卷一，清同治十二年退補齋鄂州刻本。
② 皮錫瑞《經學通論》，清光緒間思賢書局刻本。

辨，則失其所以言之意」，「夫古文比今文固多且正，但其出最後，經師私相傳授最久，其間豈無傳述附會」，「後之學者，守漢儒之專門，開元之俗字，長興之板本，果以爲一字不可刊之典乎？幸而天開斯文，周、程、張、朱子相望繼作，雖訓傳未備，而義理大明，聖賢之心傳可窺，帝王之作用易見」①。履祥鈎玄探賾，折衷群説，力求平心易氣，不爲浚深之求，無證臆決，考訂較王柏爲慎。《四庫全書總目》著録《尚書表注》二卷，《提要》云：「大抵攟摭舊説，折衷己意，與蔡沈《集傳》頗有異同。其徵引伏氏、孔氏文字同異，亦確有根原。」胡鳳丹《重刻尚書表注序》云：「故先生之功在注釋，而先生之志在表章。以視抱經硜硜索解於章句之末者，其相去爲何如耶？」陸心源《重刊金仁山先生尚書注序》云：「《尚書》則用功尤深，《表注》一書，爲一生精力所萃。是書即《表注》之權輿，訓釋詳明，頗多創解。」②

按柳貫《行狀》，履祥殁時，所注書僅僅脱稿，未及正定，悉以授門人許謙。許謙遵其遺志，讎校刻板以傳。許謙考訂諸經，用力尤勤者在《詩》《書》，撰《讀書叢説》六卷、《詩集傳名物鈔》八卷，長於正音釋、考證名物度數。讀《春秋三傳》，撰《温故管窺》。讀《三禮》，參互考訂，發明經義。句讀標抹《九經》《儀禮》《三傳》，注明大旨要解、錯簡衍文。吴師道《詩集傳名

① 金履祥《仁山文集》卷三。
② 金履祥《書經注》集前序，《十萬卷樓叢書》本。

物鈔序》云：「君念朱《傳》猶有未備者，旁搜博采，而多引王、金氏，附以己見，要皆精義微旨，前所未發。又以《小序》及鄭氏、歐陽氏《譜》世次多舛，一從朱子補定。正音釋，考名物度數，粲然畢具。其有功前儒，嘉惠後學，羽翼朱《傳》於無窮，豈小補而已哉！」(《吴禮部集》卷十五)《名物鈔》羽翼《詩集傳》，猶金履祥作《論孟集注考證》爲《集注》之疏。王柏重訂《詩經》篇目，《名物鈔》取用之，然未盡鑿採《詩疑》。蓋《名物鈔》於朱子《詩集傳》、王柏《詩疑》各有訂正。要之，折衷群説，能指明師説之不然。《四庫全書總目提要・詩集傳名物鈔》云：「研究諸經，亦多明古義。故是書所考名物音訓，頗有根據，足以補《集傳》之闕遺。惟王柏作《二南相配圖》」，「而謙篤守師説，列之卷中，猶未免門户之見」，「然書中實多採用陸德明《釋文》及孔穎達《正義》，亦未嘗株守一家」。許謙繼履祥作《讀書叢説》，大指類於《名物鈔》，以《書集傳》出於朱子門人蔡沈之手，尤當疏注辨明。《叢説》多有與《書集傳》意見不合者。張樞《讀書叢説序》云：「先生嘗誦金先生之言曰：『在我言之，則爲忠臣，在人言之，則爲殘賊。』要歸於是而已，豈不信哉！」《四庫全書總目提要・讀書叢説》云：「謙獨博核事實，不株守一家，故稱《叢説》」，「然宋末元初説經者多尚虚談，而謙於《詩》考名物，於《書》考典制，猶有先儒篤實之遺，是足貴也。」

（三）史學

歷來論四先生之學，大都明其傳朱子之統，講説性理。至於自王柏以下兼采東萊史學、文獻之學，研經兼通史，宗程朱兼取法於漢儒，則鮮有討論。

浙學興起之初，吕祖謙、陳亮諸子好讀史，朱熹指爲「博雜」，告誡門人讀書以《四書》爲本。何基謹守師説，問學欲求朱子之醇。王柏、金履祥、許謙欲爲一世通儒，出入經史百家，研史與治經相發明，雖與東萊經史不分、漢宋互參，重於文獻有所不同，但也多有相通之處。此一變化，一定程度上體現了王柏等人向浙學的回歸。

王柏標注《通鑑綱目》，著《續國語》四十卷、《擬道學志》二十卷、《江右淵源》五卷、《雜志》二卷、《地理考》二卷等書。金履祥著《通鑑前編》十八卷、《舉要》二卷。《尚書表注》經史互證，探求義理，綜概事跡，考正文字，《通鑑前編》亦取此義。司馬光作《資治通鑑》，周威烈王二十三年之前事未載，劉恕《外紀》紀前事，不本於經，而信百家之説。履祥以爲出《尚書》諸經者爲可考信，出子史雜書者多流俗傳聞、鄙陋之説，因撰《通鑑前編》，一以《尚書》爲主，下及《詩》《禮》《春秋》，旁采舊史諸子，表年繫事，考訂辨誤，斷自唐堯，以下接《資治通鑑》。履祥《通鑑前編序》兼言朱、吕，云：「朱子曰：『古史之體可見也，《書》《春秋》而已。《春秋》編年通紀，以見事之先後；《書》則每事别紀，以具事之始末。』」「今本之以經，翼之以史子傳記，附之以諸家之論。且考其繫年之故，解其辭事，辨其疑誤。如東萊呂氏《大事記》，而不敢盡倣其例。」朱子編《通鑑綱目》，裁剪《通鑑》，考訂嫌於疏淺。東萊邃於史，《大事紀》頗有史裁。如《四庫全書總目提要·大事紀》所云：「當時講學之家，惟祖謙博通史傳，不專言性命。《宋史》以此黜之，降置《儒林傳》中，然所學終有根柢」，「凡《史》《漢》同異，及《通鑑》得失，皆縷析而詳辨之。又於名物象數旁見側出者，並推闡貫通，夾注句下」。履祥頗取法《大事紀》，第不盡倣其例。即經史不分而言，履祥較王柏更近於東萊。《通鑑前編》一書，履祥生前未遑刊定，臨歿屬之許謙。天曆元年《通鑑前編》刻行，鄭允中采録進呈。《元史·金履祥傳》評云：「凡所引書，輒加訓釋，以裁正其義，多儒先所未發。」許謙著《觀史治忽幾微》。黄溍《白雲許先生墓誌銘》云：「倣史家年經國緯之法，起太皞氏，訖宋元祐元年秋九月尚書左僕射司馬光卒，備其世數，總其年歲，原其興亡，著其善惡。蓋以爲光卒，則宋之治不可復興。誠一代理亂之幾，故附於續經而書孔子卒之義，以致其意也。」

王、金、許三家研討經義，兼及治史，以史翼經，與東萊史學有相通處，然相較東萊經史并重、經史不分，仍有所不同。

（四）文學

宋代理學大興，儒者「大要尚道義而下詞章」，昌學古者「崇理致，黜崛奇而主平易，忌艱深而貴敷鬯」，又恐沿襲而少變，故「其詞紆餘而曲折」。後來學者「融之以訓詁，發之以論説，專務明乎理，是以其詞詳盡而周密。其於詩也亦然」①。朱、陸、吕爲講學大家，不廢詩文。四先生尊德性、道問學，詩文亦自可觀，各自有集。

總體來説，四先生文章扶翼經義、世教，文以載道，闡明義理，裨益教化，通於世用。詩發攄性靈，陶冶性情，既爲悟道之具，又得天機自然之趣，超然物表，不事雕琢藻繢，非激壯之音，亦無寒蹙之態。

王柏《何北山先生行狀》稱何基：「以其餘事言之，先生之文，温潤融暢；先生之詩，從容閒雅，皆自胸中流出，殊無雕琢辛苦之態。雖工於詞章者，反不足以闖其藩籬。」王柏早歲爲文章，縱心古文、詩律，有《長嘯醉語》。及師北山，乃棄所學，餘力所及，文集尚有七十五卷之多，又編《文章指南》十卷、《朝華集》十卷、《紫陽詩類》五卷等集。何基文章「温潤融暢」，詩歌「從容閒雅」，而王柏文章於温雅外，尚多雄偉之辭，詩於沖澹外，復好剛健之調。楊溥《魯齋集序》云：「金華王文憲公，天資高爽，學力精至，以其實見發爲文章，足以明道德。使其見用，足以建事功，而卒老於丘園，惜哉！若其詩歌，又其餘事也。」《四庫全書總目提要·魯齋集》云：「其詩文雖亦豪邁雄肆，然大旨乃一軌于理。」

① 張以寧《甑山存稿序》，《翠屏文集》卷三，明成化間刻本。

金履祥詩文自訂爲四集，又編集《濂洛風雅》七卷。唐良瑞《濂洛風雅序》云：「『詩者，志之所之也。』志有正有偏，有通有蔽，則詩有純有駁，有晦有明。故偏滯之詞，不若中正之發，而放曠悲愁之態，不若和平沖淡之音」，「然皆涵暢道德之中，歆動風雩之意，淡平者有淳厚之趣，而浩壯者有義理自然之勇」，「竊以爲今之詩，非風雅之體，而濂洛淵源諸公之詩，則固風雅之意也。」①履祥詩和平沖澹，不事字句工拙，不倚於奇崛跳踉、發揚蹈厲之辭。文則湛深經史，辭義高古，醇潔精深，非矜句飾字者可比。徐用檢《仁山金先生文集序》云：「愚惟先生之文，析微徹義，自成一家言；律詩取意而不泥律，古風宣而語勁，純如也。」

許謙與履祥相近，詩沖澹自然，文湛深經史，辭意深厚，然亦有變化，即詩歌理氣漸少，文頗有韓、柳、歐、蘇法度。黄溍《白雲許先生墓誌銘》云：「文主於理，詩尤得風人之旨。」《四庫全書總目提要·白雲集》云：「謙初從金履祥遊，講明朱子之學，不甚留意於詞藻，然其詩理趣之中頗含興象。五言古體，尤諧雅音，非《擊壤集》一派惟涉理路者比。文亦醇古，無宋人語録之氣，猶講學家之兼擅文章者也。」

四先生之學傳朱一脈，自王柏以下有變，詩文自王柏以下亦有一小變，至許謙及北山後學更有一大變，能文之士日衆，宋濂、王褘則其尤著者。文爲載道之器，道爲出治之本，文道

① 唐良瑞《濂洛風雅》集前序。

不相離，乃許謙及其門人所持重之義。許謙延祐二年《與趙伯器書》云：「道固無所不在，聖人修之以爲教，故後欲聞道者，必求諸經。然經非道也，而道以經存；傳注非經也，而經以傳顯。由傳注以求經，由經以知道，藴而爲德行，發之爲文章事業，皆不倍乎聖人，則所謂行道也。」①皇慶二年（一三一三），元仁宗詔復科舉，至是年始開科取士。許謙發爲此論，非爲科舉。王褘《宋景濂文集序》追溯金華文章源流，稱南渡後，吕祖謙、唐仲友、陳亮「其學術不同，其見於文章，亦各自成其家」，范浚、時少章「皆博極乎經史，爲文温潤縝練，復自成一家之言」，入元以後，柳貫、黄溍精文章，「羽翼乎聖學，而黼黻乎帝猷」，又有四先生傳朱學，理學遂以甆爲盛。因論云：「所貴文章之有補者，非以其明夫理乎？理之明，不由其學術之有素乎」，「然爲其學者，上而性命之微，下而訓詁之細，講説甚悉。其頗見於文章者，亦可以驗其學術之所在矣」②。《送胡先生序》又辯稱吕、唐、陳之學「雖不能苟同，然其爲道皆著於文也，其文皆所以載道也，文義、道學，曷有異乎哉」。金、許以道學名家，胡長孺、柳貫、黄溍、吴師道以文知名，「雖若門户異趨，而本其立言之要，道皆著於文，文皆載乎道，固未始有不同焉者」，「以故八十年間，踵武相望，悉爲世大儒，海内咸所宗師。夫何後生晚進，顧乃因其所不

① 許謙《許白雲先生文集》卷四。
② 王褘《王忠文公集》卷五，明嘉靖元年刻本。

同而疑其所爲同，言道學者以窮研訓詁爲極致，言文章者以修飭辭語爲能事，各立標榜，互相排抵，而不究夫統宗會元之歸，於是諸公之志日微，而學術之弊遂有不可勝言者矣」①。

黄百家纂《金華學案》，留意北山一脈前後變化，於宋濂傳後案云：「金華之學，自白雲一輩而下，多流而爲文人。夫文與道不相離，文顯而道薄耳。雖然，道之不亡也，猶幸有斯。」學案前又有案語：「而北山一派，魯齋、仁山、白雲既純然得朱子之學髓，而柳道傳、吴正傳以逮戴叔能、宋潛溪一輩，又得朱子之文瀾，蔚乎盛哉！」有一派學問，有一派文章。此説有其道理，但稱金華之學「多流而爲文人」，歸柳貫、宋濂等人文章爲「朱子之文瀾」，仍未盡然。自王柏以下，北山一脈文章已非僅朱子之文餘波。且北山一脈文道不相離，尚文别有意屬，許謙、王禕言之已明。全祖望承黄百家之説，《宋文憲公畫像記》更論云：「予嘗謂婺中之學，至白雲而所求於道者疑若稍淺，觀其所著，漸流於章句訓詁，未有深造自得之語，視仁山遠遜之，婺中學統之一變也。義烏諸公師之，遂成文章之士，則再變也。至公而漸流於佞佛者流，則三變也。猶幸方文正公爲公高弟，一振而有光於先河，幾幾乎可以復振徽公之緒。惜其以凶終，未見其止，而并不得其傳。」②其説亦未可盡信。金、許傳人多文章之士，亦躬行之士，文章

① 王禕《王忠文公集》卷七。
② 全祖望《鮚埼亭集外編》卷十九，清嘉慶十六年刻本。

明道經世，載出治之本。此乃一時風氣。迨孝孺以金華一脈好文而不免輕於明道，遂糾正其偏。此亦一時風氣。

三、四先生與「浙學之中興」

學術史發展變遷，是一種歷史存在，也是學術批評接受的結果。明人此一述朱，彼一述朱，審視宋元學術多於此下論其合與不合。清初學者著意區分漢、宋，兼采居主。乾嘉而後，宗漢流行，學者多不囿於述朱之説。近四百年來，有關四先生的認識，深受時代學術風尚影響。而清初以後，學者又頗沿《宋元學案》之論，以迄於今。以下略述四先生與浙學中興之關係及其學術史意義。

（一）從《金華學案》到《北山四先生學案》

清康熙間，黄宗羲以周汝登《聖學宗傳》、孫奇逢《理學宗傳》未粹，多所遺闕，撰《明儒學案》，繼而發凡《宋元學案》，子百家纂輯初稿。清道光間何紹基重刊本《宋元學案》卷八十二爲《北山四先生學案》，總目標云：「黄氏原本，全氏修定。」卷端録全祖望案語：「勉齋之傳，得金華而益昌。說者謂北山絶似和靖，魯齋絶似上蔡，而金文安公尤爲明體達用之儒，浙學之中興也。 述《北山四先生學案》。」王梓材案：「是卷梨洲本稱《金華學案》，謝山《序録》始稱《北山四先生學案》。」自黄宗羲發凡起例，至何紹基刊百卷本，《宋元學案》成書歷時逾百五十年。 書成於衆手，黄百家、楊開沅、顧諟、全祖望、黄璋、黄徵乂、王梓材、馮雲濠等各有補訂。《北山四先生學案》究何人所撰？檢黄璋、徵乂父子校補《宋元學案》稿本，知原出百家之手。稿本第十七册收《金華學案》不分卷，抄寫不避「胤」、「弘」；「玄」字凡三見，兩處不避，一處缺末筆。 由是知寫於康熙間，即道光重刊本所標「黄氏原本」。 然爲録副，非百家手稿。 至於宗羲生前得見此否，則未可知。 百家《金華學案》，祖望改題《北山四先生學案》。 細作考證，《北山四先生學案》實馮雲濠、王梓材據《金華學案》另一録副本，參酌黄璋、徵乂校補本（黄直垕謄清稿），訂補成稿，而非據全氏修訂本增删而成。 馮、王誤以爲所見《金華學案》録副即「梨洲原本」，亦即「謝山原稿」，《北山四先生學案》所標注全氏「修」、「補」大都未確。 不過，二人發揮全氏校補《宋元學案》之義，博徵文獻，廣大其流，《北山四先生學案》遂成大觀。

從《金華學案》到《北山四先生學案》，不僅見後世如何認識評價四先生，亦可見學風轉移於學術史撰著之作用。

元末明初，黄溍、杜本、宋濂、王禕、蘇伯衡、鄭楷皆專視四先生爲朱學嫡傳。 宋濂學於柳貫，爲金履祥再傳，念吕學之衰，思繼絶學。 鄭楷《翰林學士承旨宋公行狀》載：「婺實吕氏倡道之邦，而其學不大傳」，「先生既間因許氏門人而究其説，獨念吕氏之傳且墜，奮然思繼其絶學。」①王褘《宋太史傳》傳述此語②。在諸子看來，「吕氏之傳且墜」終有未妥。

明人論四先生，大抵以述朱爲中心。章懋有志復興浙學，《楓山語録》稱「吾婺有三巨擔」，其一即「自何、王、金、許没，而道學不講」。戴殿泗《金華三擔録》載其語曰：「自朱子一傳爲黄勉齋，再傳爲何、王、金、許，而東萊吕公則親與朱子相麗澤者也。道學正宗，我金華實得之。」③周汝登《聖學宗傳》過於疏略，未登録黄榦、四先生。劉鱗長欲「以浙之先正，呼浙之後人」，編《浙學宗傳》，自楊時至陳龍正得四十一人。宋元十家，朱、陸、吕、何、許、金、王并在列。四先生與宋濂、劉基、方孝孺、吴沉等八人，皆見於《北山四先生學案》。自王守仁以下共十七人，皆陽明一脈。一部《浙學宗傳》，上半部爲東萊、北山之學，下半部爲陽明之學。鱗長《浙學宗傳序》云：「弔竇婺舊墟，撫然嘆曰：『於越東萊先生，與吾里二亭夫子，問道質疑，卒揆於正，教澤所漸，金華四賢，稱朱學世嫡焉，往事非邈也。』擊楫姚江，溯源良知，覺我明道

① 程敏政《明文衡》卷六十二。
② 王褘《王忠文公集》卷二十一。
③ 戴殿泗《風希堂文集》卷四，清道光八年九靈山房刻本。

學，於斯爲盛。」①

黄宗羲、百家《宋元學案》以朱、陸爲綱，論列南宋至元代之學，未及爲東萊立學案。《金華學案》附宗羲、百家案語數則，可見其論四先生及北山之學大概。卷首列百家案語，述作《金華學案》大旨，即以北山一派爲朱學嫡傳，故獨立一案。全祖望於樸學大興之際，傳浙東史學、東萊文獻，創爲《東萊學案》《深寧學案》，重提朱、陸、吕三家並立之説，修訂其他諸案。《北山四先生學案》雖非出於祖望修訂，然全氏《序録》提出一個重要命題，即金履祥「尤爲明體達用之儒，浙學之中興也」。黄璋、徵乂父子未盡解其意，校補《金華學案》，以校讎爲多。馮雲濠、王梓材能味謝山之旨，校補《北山四先生學案》，沿於全氏所言兩點，即「勉齋之傳，得金華而益昌」、「浙學之中興」，廣而大之，遍及南北學者。所顯現四先生一脈，非復金華學者之學，而爲宋末至明初學術之主流。《金華學案》改題《北山四先生學案》，蓋亦寓此意。

以上略述《北山四先生學案》由來。述四先生之學，不當非僅摘某作某説、某作某評而已。惟有明其源流，始可知其大體，考其通變。

① 劉麟長《浙學宗傳》，明末刻本。

（二）四先生與浙學中興之關係

以今論之，浙學中興有廣義、狹義之别。從狹義言，金履祥學問出入經史，明體達用，沿何、王上承朱、黄，又接麗澤遺緒。此殆全氏發爲此論之意。從廣義言，四先生繼東萊之後，重振東浙之學，北山一脈延亘至明初，蔚爲壯觀，足以標誌浙學中興。東萊、永康、永嘉開啓浙學風氣，朱、陸之學亦傳入，相與滲透，互爲離立，共成浙學源頭。浙學凡歷數變，就大者言，一變而爲北山之學，再變而爲陽明之學，三變而爲梨洲之學，四變而爲樸學浙派。全氏雖不言之，未必不有此看法。此就廣義略説四先生及北山一脈與浙學中興之關係。

其一，自何基爲始，朱學「得金華益昌」。金華本東萊講學之地，麗澤學人遍東南，以金華爲最多。東萊之學衰没，而有何、王崛起，金華成爲朱學興盛之地，此亦朱熹身前所未料及。其時金華傳朱者，尚有朱子門人楊與立，字子權，浦城人，知遂昌，因家於蘭溪，學者稱船山先生。著有《朱子語略》二十卷。又有何基兄何南，號南坡，亦師黄榦。然引朱學昌於金華，何基最爲有力。王柏以下，傳朱爲主，兼法東萊。四先生重新構建浙學一脈理學宗傳。金履祥《北山之高壽北山何先生》：「維何夫子，文公是祖。是師黄父，以振我緒」，「昔在理宗，維道之崇。既表程朱，亦躋吕張。謂爾夫子，纘程朱緒。」①所編《濂洛風雅》亦可見大端。集中收周敦頤、程顥、程頤、張載、邵雍、朱熹、張栻、吕祖謙、何基、王柏、王偘等人詩文。王崇炳《濂洛風雅序》：「《濂洛風雅》者，仁山先生以風雅譜婺學也。吾婺之學，宗文公，祖二程、濂溪。則其所自出也，以龜山爲程門嫡嗣，而吕、謝、游、尹則支；以勉齋爲朱門嫡嗣，而西山、北溪、撝堂則支。由黄而何而王，則世嫡相傳，直接濂洛。程門之詩以共祖收，朱門之詩以同宗收，非是族也，則皆不録，恐亂宗也。」②

其二，因四先生倡朱學，浙學播於江左，流及大江南北。查容《朱近修爲可堂文集序》：「宋南渡後，吕東萊接中原文獻之傳，倡道於婺，何、王、金、許遂爲紫陽之世嫡，慈湖楊氏又爲象山之宗子，而浙之理學始盛矣。」③朱學之傳幾遍大江之南，而金華、台州特盛。趙汝騰、蔡抗、楊棟官金華，嘆麗澤講席久空，延王柏主之。台州上蔡書院落成，台守趙星緯聘王柏主教席。王柏至則首講謝良佐居敬窮理之訓，推轂朱學播傳於台州。高弟子張𩑶僑寓江左，至元中行臺中丞吴曼慶延致江寧學宫講學，中州士大夫欲子弟習朱子《四書》，多遣從遊。金履祥

① 金履祥《仁山集》卷一。
② 王崇炳《濂洛風雅》集前序。
③ 沈粹芬、黄人編《國朝文滙》卷十七，宣統元年上海國學扶輪社石印本。

齋先生瑊》小傳爲參酌《王忠文公集》新增，有云：「其子瀚受業吕成公之門，其孫文憲公柏傳子。」《汪先生開之》小傳爲參酌《金華府志》新增，有云：「東萊弟子獨善之孫也。」《修職王成字，述及北山學者家學源於吕氏：《文憲王魯齋先生柏》小傳下馮雲濠案云：「父瀚，東萊弟傳言及「貞孝先生紹之孫也，家學出于吕氏」，馮、王校補《北山四先生學案》沿之，復增數則文治諸史。王柏、汪開之、戚崇僧等人追溯家學，皆源出東萊。黄百家《金華學案》僅戚崇僧小

其四，《五經》貫通，兼治諸史，爲浙學復興之助。自王柏以下，北山一脈勤研《五經》，兼

亦成浙學傳承重要内容。

戚崇僧《四書儀對》、蔣玄《中庸注》《四書箋惑》等皆是。《四書》學之盛，不惟推動浙學復興，《四書辨疑》、范祖幹《大學大庸發微》、葉儀《四書直説》、吕洙《大學辨疑》、吕溥《大學疑問》、慕遺》、倪公晦《學庸約説》、潘墀《論語語類》、孟夢恂《四書辨疑》、牟楷《四書疑義》、陳紹大書》遂爲北山一脈所擅。四先生撰著前已述之，其學侣、門人、後學纂述亦富有，葉由庚《論語專。朱門弟子多撰《四書》之説，以爲羽翼。自何基承黄榦之教，治學以《四書》爲本始，《四

其三，《四書》學之盛，爲浙學中興之基石。東萊談義理，研《論》《孟》，未如朱熹用力勤且

而荆揚吴越，皆百舍重趼而至。」

八華山中，學者翕然籯糧笥書而從之。居再歲，以兄子喪而歸，户屨尤多，遠而幽冀齊魯，近與門人許謙、柳貫各廣開講席，許謙及門弟子至逾千人。黄溍《白雲許先生墓誌銘》：「屏迹

道于何文定，得于朱子門人黄文肅公。先生于文憲爲諸孫，又在弟子列，未嘗輒去左右。」既述朱子師傳，又述家學出於吕氏，蓋發揮全氏所言「浙學之中興」之意。《五經》及史學撰著，北山一脈著述頗豐。王柏、金履祥、許謙撰述前已述之，其學侣、門人、後學撰著如倪公晦《周易管窺》，倪公武《風雅質疑》，周敬孫《易象占》《尚書補遺》《春秋類例》，黄超然《周易通義》二十卷、《或問》五卷、《發例》三卷、《釋象》五卷，張𤇍《釋奠儀注》《喪服總數》《四經歸極》《闕里通載》及《孝經口義》一卷，張樞《三傳歸一》三十卷、《刊定三國志》六十五卷、《續後漢書》七十三卷、《林下竊議》一卷、《宋季逸事》，吴師道《春秋胡傳補説》、《易書詩雜説》八卷、《戰國策校注》十卷，孟夢恂《七政疑解》《漢唐會要》，楊剛中《易通微説》，牟楷《九書辯疑》《河洛圖書説》《春秋建正辯》《深衣刊誤》，范祖幹《讀書記》《讀詩記》《羣經指要》，唐懷德《六經問答》，胡翰《春秋集義》，戚崇僧《春秋纂例原旨》三卷、《昭穆圖》一卷、《歷代指掌圖》二卷，馬道貫《尚書疏義》六卷，戴良《春秋經義考》三十二卷、《七十子説》、《鄭氏家範》三卷，楊璲《注詩傳名物類考》，徐原《五經講義》，宋濂、王禕等纂《元史》，宋濂《浦陽人物記》《平漢録》《皇明聖政紀》，王禕《續大事記》七十七卷等皆是。北山一脈經學所擅，乃在《易》《詩》《春秋》，亦與東萊相近。其《五經》學成就與《四書》學相埒，史學次之。

（三）中興浙學之功及學術史貢獻

自四先生崛起，朱學與浙學交融於東浙，陸學復播於四明，朱、陸、吕三家並傳，其間會融、分立不一，肇開浙學新格局。以四先生爲代表的浙學中興，意味著朱學的繁榮及東萊之學的賡續。從浙學流變來看，吕祖謙、陳亮、葉適爲初興，四先生及北山後學爲中興，陽明一脈爲三興，其後更有蕺山、梨洲之四興，樸學浙派之五興。從婺學流變來看，吕祖謙、陳亮、唐仲友稱初興，四先生爲再興，柳貫、黄溍、吴師道、宋濂、王禕、方孝孺諸子爲三興，其後金華之學漸衰。自陽明而後，浙學中心移至紹興，金華學壇不復舊觀。

論四先生與浙學及理學之關係，以下諸説皆可鑒採：黄溍《吴正傳文集序》：「近世言理學者，婺爲最盛。」①方孝孺《文會疏》：「浙水之東七郡，金華乃文獻之淵林」，「自宋南渡，有吕東萊，繼以何、王、金、許，真知實踐，而承正學之傳。復生胡、柳、黄、吴，偉論雄辭，以鳴當代之盛，遂使山海之域，居然鄒魯之風。」②魏驥《重修麗澤書院記》：「四賢之學，其道蓋亦出於東萊派者也」，「竊念書院，昔人雖爲東萊之設，朱、張二先生亦嘗講道其地，人亦蒙其化者，曷

① 黄溍《金華黄先生文集》卷十八。
② 方孝孺《遜志齋集》卷八，明嘉靖四十年張可大刻本。

若於今書院論其道派，以朱、吕、張三先生之位設之居堂之中，而併何、王、金、許四先生之位設居其傍，爲配以享之。」①章鋆《重修崇文書院記》：「吾浙自唐陸宣公蔚爲大儒，至宋吕成公得中原文獻之傳，昌明正學，厥後何、王、金、許，逮明方正學、王陽明、劉蕺山，以及國朝陸清獻，其學者粹然一出於正，千百年來，流風尚在。」②張祖年《婺學志》亦具識見，其説可與《宋元學案》相參看。祖年作《婺學圖》，以范浚、吕祖謙、朱熹、張栻爲四宗，以「麗澤講學」爲婺學開宗。黄榦傳朱、吕、張之學，四先生即朱、吕、張之嫡脈。祖年之譜四先生，視閾較黄百家《金華學案》稍闊大。

四先生學術史貢獻，王褘《元儒林傳》言之詳且確矣，其論曰：「程氏之道，至朱氏而始明；朱氏之道，至金氏、許氏而益尊。用使百年以來，學者有所宗嚮，不爲異説所遷，而道術必出于一，可謂有功於斯道者矣。大抵儒者之功，莫大于爲經。經者，斯道之所載焉者也。有功于經，即其所以有功于斯道也。」金氏、許氏之爲經，其爲力至矣，其於斯道謂之有功，非耶？」③商輅《重建正學祠記》亦有見解：「三代以下，正學在《六經》，治道在人心，非有諸儒闡

① 魏驥《南齋先生魏文靖公摘稿》卷六，明弘治間刻本。
② 章鋆《望雲館文稿》，清光緒十四年刻本。
③ 王褘《王忠文公集》卷十四。

明之，則天下貿貿焉，又惡知孔孟之書爲正學之根柢，治道之軌範」，「四先生生東萊之鄉，出紫陽之後，觀感興起，探討服行，師友相成，所得多矣」，「夫正學具於《六經》，原於人心者，其體也；見於治道者，其用也。《六經》既明，則人心以正，治道以順，而正學之功，於斯至矣。然則四先生有功於《六經》，即有功於正學；有功於人心，即有功於治道。」①

世人於四先生之貢獻，仍不無異辭，如吕留良《程墨觀略論文》三則其二云：「程子曰：今之學有三，而異端不與焉，一訓詁，一文章，一儒者。余按：今不特儒者絶於天下，即文章、訓詁皆不可名學，獨存者異端耳。昔所謂文章，蘇、王之類也；訓詁，則鄭、孔之類也。今有其人乎？故曰不可名學也。而有自附於訓詁者，則講章是也。儒者正學，自朱子没，勉齋、漢卿僅足自守，不能發皇恢張。再傳盡失其旨，如何、王、金、許之徒，皆潛畔師説，不止吴澄一人也。自是講章之派，日繁月盛，而儒者之學遂亡，惟異端與講章觭互勝負而已。」②陸隴其《松陽鈔存》卷上引吕氏此説，論云：「愚謂吕氏惡禪學，而追咎於何、王、金、許以及明初諸儒，乃《春秋》責備賢者之義，亦拔本塞源之論也。然諸儒之拘牽附會，破碎支離，潛背師説者

---

① 商輅《商文毅公集》卷十，明萬曆三十年劉體元刻本。

② 吕留良《吕晚村先生文集》卷五，清雍正三年吕氏天蓋樓刻本。

誠有之，而其發明程朱之理以開示來學者，亦不少矣。」①姚椿《何王金許合論》辯説：「至謂四氏之説，或有潛畔其師者，雖陸氏亦有是言。夫毫釐秒忽之間，誠不可以不辨」，「自漢學盛行，競言訓詁，學使者試士，至以四先生之學爲背繆。夫四先生之學，愚誠不敢謂其與孔、孟、程、朱無絲毫之異，然言漢學者，不敢詆孔、孟，而無不詆程、朱。詆程、朱者，詆孔、孟之漸也。夫既以程、朱爲非，則其于四先生也何有？是視向者觝排之微辭，其相去益以遠矣。夫四家言行，各有所至，要皆力務私淑，以維朱子之緒，其居心不可謂不正，而立言不可謂不公。」②又引許謙《與趙伯器書》「由傳注以求經，由經以知道，蘊而爲德行，發之爲文章事業」之説③，論云「四氏之學，大約盡於此言」④。所言庶幾允當矣。

① 陸隴其《松陽鈔存》卷上，清刻《陸子全書》本。
② 姚椿《晚學齋文集》卷一，清咸豐二年刻本。
③ 許謙《許白雲先生文集》卷三。
④ 姚椿《晚學齋文集》卷一。

四、四先生著述概况

宋元人著述體例，不當以今之標準來衡論。四先生解經，重於義理，自王柏以下，兼重訓詁考據，講求融會貫通。其解經之法，承朱、吕著述之統，諸如編次勘定、標抹點書、句讀段畫、表箋批注、節録音釋，皆以爲真學問，與經傳注疏之學相通。在王柏等人看來，經書篇目勘定次第、去取分合，意義甚而在撰文立説之上，「標抹點書」亦撰著之一體。故王柏《行狀》盛贊何基「無一書一集，不加標注」①，「無一書一集，不施朱抹，端直切要」②。葉由庚《壙誌》稱説王柏「無一書一集，不加標注」，「一言之題，一點之訂，辭不加費而義以著明」。柳貫《金公行狀》載金履祥「無一書不加點勘，鉛黄朱墨，所以發其凡」。黄溍《墓誌銘》謂許謙句讀《九經》《儀禮》《三傳》，鉛黄朱墨，明其宏綱要旨、錯簡衍文。因此，四先生「標抹點書」，當亦列入著述。四先生著述數量，以王柏最富，何基最少，金履祥、許謙數量大體相當。以下分作考述：

① 王柏《何北山先生遺集》卷四附録，《金華叢書》本。

② 王柏《何北山先生遺集》卷四附録。

（一）何基著述

葉由庚《壙誌》稱何基「志在尚行，訒於立言」。《金華叢書》本《何北山先生遺集》卷四録王柏《行狀》稱：「先生平時不著述，惟研究考亭之遺書」，編類《大學發揮》十四卷、《中庸發揮》八卷、《易大傳發揮》二卷、《易啓蒙發揮》二卷、《太極通書西銘發揮》三卷，「有力者皆已板」，又有《近思録發揮》未刊定，《語孟發揮》未脱稿，「《文集》一十卷，裒集未備也」。何基次子何鉉《北山先生文定公家傳》稱：「先生不甚爲文，亦不留稿，今所裒類《文集》，得三十卷。從先生遊者，惟魯齋王聘君剛明造詣，問答之書前後凡百數。」①《文定公壙記》又云：「《文集》三十卷，編未就。」②《宋史》本傳稱《文集》三十卷，吴師道《節録何、王二先生行實寄文史局諸公》則曰：「先生集三十卷，而與王公問辨者十八卷。」③王柏撰《行狀》，不見於明刻本《魯齋集》，亦罕見他集載及。《金華叢書》本作「《文集》一十卷」，其「一」字疑爲「三」字之誤。檢萬曆《金華府志》卷十六《人物》之《何基傳》，摘録王柏《行狀》，作「《文集》三十卷」。康熙《金華

① 《東陽何氏宗譜》卷二，清咸豐己未重修本。
② 《東陽何氏宗譜》卷二，清咸豐己未重修本。
③ 吴師道《吴禮部文集》卷二十。

縣志》卷七《雜志類》著録《北山集》三十卷，亦可證之。

何鉉《北山四先生文定公家傳》云：「其他諸經有標題者，皆未就緒，今不復見成書矣。」吴師道《節録何、王二先生行實寄文史局諸公》稱何基：「所標點諸書，存者皆可傳世垂則也。」①以上諸書外，何基尚有「標抹點書」數種：

《儀禮點本》，佚。吴師道《題儀禮點本後》：「北山何先生標點《儀禮》，其本用永嘉張淳所校定者。某從其曾孫景瞻借得之……夫以難讀之書，使按考注疏，切訂文義，以分句讀，非數月之功不可。今蒙先正之成而趣辨于半月之間，可謂易矣。……張淳校本，朱子猶有未滿。今先生間標一二，于字音圈法甚畧，或發一二字而餘不及，蓋使人必其自求之耳。今悉仍其舊，而不敢有所增也。」②

《四書點本》，存佚未詳。吴師道《請傳習許益之先生點書公文》：「何氏所點《四書》，今温州有板本。」又，《題程敬叔讀書工程後》：「北山師勉齋，魯齋師北山，其學則勉齋學也。二公所標點，不止於《四書》，而《四書》爲顯。」程端禮《程氏家塾讀書分年日程》卷一「自八歲入學之後」條言讀《四書》應至爛熟爲止，仍參看「何北山、王魯齋、張達善句讀、批抹、畫截、表

① 吴師道《吴禮部文集》卷二十。
② 吴師道《吴禮部文集》卷十八。

注、音考」①。

何基標抹其他經傳之書，俟再考證。其著述雖少，不計標抹之書，亦逾六十卷。

（二）王柏著述

王柏考訂羣書，經史子集，靡不涉獵，著述逾八百卷。王三錫《題文憲公集後》：「生平博覽群書，參微抉奥，往往發前人所未發，當時著述八百餘卷。」②馮如京《重刻魯齋遺集序》：「闡《六經》，羽翼聖傳，即天文地理，旁及稗史，靡不精究，著述不下八百餘卷。」③吴師道《節録何、王二先生行實寄文史局諸公》詳記王柏著述：「有《讀易記》《讀書記》《讀詩記》各十卷、《讀春秋記》八卷、《論語衍義》七卷、《太極圖衍義》一卷、《伊洛精義》一卷、《研機圖》一卷、《魯經章句》三十卷、《論語通旨》二十卷、《孟子通旨》七卷、《書附傳》四十卷、《左氏正傳》十卷、《續國語》四十卷、《闡學之書》四卷、《文章續古》三十五卷、《文章復古》七十卷、《濂洛文統》二百卷、《擬道學志》二十卷、《朱子指要》十卷、《詩可言》二十卷、《天文考》一卷、《地理

---

① 黄宗羲等《宋元學案》卷八十七。
② 王柏《魯齋王文憲公文集》。
③ 王柏《魯齋集》，清順治十一年馮如京刻本。

考》二卷、《墨林考》十六卷、《大爾雅》五卷、《六義字原》二卷、《正始之音》七卷、《帝王曆數》二卷、《江右淵源》五卷、《伊洛指南》八卷、《涵古圖書》一卷、《詩辨説》一卷、《書疑》九卷、《涵古易説》一卷、《大象衍義》一卷、《雜志》二卷、《周子》二卷、《發遣三昧》二十五卷、《文章指南》十卷、《朝華集》十卷、《紫陽詩類》五卷、《文集》七十五卷、《家乘》五十卷。又有親校刊刻諸書，無不精善。比年婺屢毀，散落已多。」所載諸書通計七百九十四卷，標抹諸經尚未記。

吴師道《敬鄉録》卷十四又云：「北山所著少，而有諸書發揮，傳布已久。魯齋所著甚多，比年爐於火，傳抄者僅存。」德祐二年以後，王柏著述大都散失。至元二十六年至二十七年間，金履祥募得諸稿，攜同門士各以類集，雜著卷帙少者用《朱子大全集》之例各附入，編爲《王文憲公文集》。履祥《魯齋先生文集目後題》：「今存於《長嘯醉語》者，蓋存而未盡去也」，「間因述所考編，以求訂證，謂之《就正編》。迨至端平甲午，學成德進，粹然一出於正。自是以來，一年一集，以自考其所進之淺深，所論之精粗。自甲午至癸卯，凡五卷，謂之《甲午稿》。其後類述倣此，《甲辰稿》二十五卷、《甲寅稿》二十五卷、《甲子稿》二十五卷。其雜著成編者，《論語衍義》七卷、《涵古圖書》一卷、《研幾圖》一卷、《詩辯説》二卷、《書疑》九卷、《涵古易説》一卷、《大象衍義》一卷、《太極衍義》一卷。其餘編集不在此數也。其程課、交際、出處、事爲、著述前後，則見於《日記》。履祥又嘗集公與北山先生來往問答之詞，爲《私淑編》」，「《就正編》

《大象衍義》，北山先生亦俱有答語，與履祥所集《私淑編》，當依《延平師友問答》之例，別爲一書。但《大象》乃公所拈出，謂爲夫子一經，故其《衍義》亦自入集。講義雖嘗刊於天台而未盡，間亦有再講者，今皆入集。」所述《長嘯醉語》《就正編》《日記》《上蔡書院講義》、履祥所輯王柏與何基往來問答之《私淑編》，皆不見於吴師道《節録何、王二先生行實寄文史局諸公》載記。《詩辯説》二卷，即《詩疑》二卷。《讀易記》十卷、《讀書記》十卷、《讀詩記》十卷不傳，今未詳《詩辯説》《書疑》諸書與之内容重複之況。

今人程元敏撰《王柏之生平與學術》，《自序》云：「王氏遺書，爲世人所習知者，不過《書疑》《詩疑》及《魯齋文集》而已。及檢書目，又得《研幾圖》與後人纂輯之《魯齋正學編》。復於《程氏讀書工程》中，見《正始之音》全文。而《詩準》《詩翼》，諸家目録誤題爲何、倪二氏所作者，亦因考之縣志而正其誤，於是總得七書。然去魯齋本傳所言八百卷之數尚遠。因更考其師友與元明人著作，復得魯齋佚詩文數百條。」①第二編《著述考》，按經、史、子、集詳考王柏著述，今録吴師道《節録行實》列目未書、金履祥《魯齋先生文集目後題》所未載及，鑒采程元敏考據，列之如下，并略作補證：

《易疑》，佚。王崇炳雍正七年序金履祥《大學疏義》：「魯齋博學弘文，著書滿車，今所存

① 程元敏《王柏之生平與學術》，華東師範大學出版社，二〇一一年，第五頁。

亦少，而《大學定本》《詩疑》《禮疑》《易疑》等編，曾於四明鄭南溪家見之。」①《繫辭注》二卷，佚。《授經圖》卷四《諸儒著述》附歷代《三易》傳注，云：「《繫辭注》二卷，王柏。」然程元敏謂「殊可疑」。

《禹貢圖説》一卷，佚。見《聚樂堂藝文目録》《萬卷堂書目》《金華經籍志》《經義考》。

《詩考》，佚。康熙《金華縣志》著録。

《禮疑》，佚。王崇炳嘗於鄭性家見之。

《紫陽春秋發揮》四十卷，殘。見葉由庚《壙誌》引王柏題《春秋發揮》。

《春秋左傳注》二十卷，佚。《授經圖》卷十六《諸儒著述》附歷代《春秋》傳注著録。然程元敏謂「洵可疑」。

《大學疑》，殘。《晁氏寶文堂分類書目》著録。

《大學定本》，佚。王崇炳嘗於鄭性家見之。

《訂古中庸》二卷，佚。《經義考》著録。

《標抹點校四書集注》，佚。宋定國等《國史經籍志》載王柏「手校《四書集注》二十四册，抄本」。吴師道《題程敬叔讀書工程後》：「某頃年在宣城見人談《四書集注》批點本，亟

① 金履祥《大學疏義》，《金華叢書》本。

稱黄勉齋，因語之曰：『此書出吾金華，子知之乎？』其人咈然怒而不復問也。……四明程君敬叔著《讀書工程》以教學者，舉批點《四書》例，正魯齋所定，引列於編首者，而亦誤以爲勉齋，毋乃惑於傳聞而未之察歟？」程端禮《程氏家塾讀書分年日程》卷一言熟讀《四書》，仍參看「何北山、王魯齋、張達善句讀、批抹、畫截、表注、音考」，卷二《批點經書凡例》列《勉齋批點四書例》，即吴師道所言「正魯齋所定」。又，吴師道《請傳習許益之先生點書公文》：「王氏所點《四書》及《通鑑綱目》，傳布四方。」程元敏《著述考》既列此條，又列《批點標注四書》一條：「《批點標注四書》二卷，殘。」《批點標注四書》又見《經義考》《金華經籍志》著録。細察吴師道《題程敬叔讀書工程後》《請傳習許益之先生點書公文》，所標注《四書》，即《四書集注》。

《標抹點校資治通鑑綱目》五十九卷，佚。見葉由庚《壙誌》、吴師道《請傳習許益之先生點書公文》。

《朱子繫年録》，佚。見王柏《朱子繫年録跋》。

《重改庚午循環曆》，殘。見王柏《重改庚午循環曆序》。

《重改石筍清風録》十卷，殘。見王柏《重改石筍清風録序》。

《（魯齋）故友録》一卷，殘。王柏編，見萬曆《金華縣志》存《自序》。

《魯齋清風録》十五卷，殘。見王柏《魯齋清風録序》。

《考蘭》四卷，殘。見王柏《考蘭序》。

《陽秋小編》一卷，佚。見王柏《跋徐彦成考史》。

《天地萬物造化論》一卷，存。王柏撰，明周顒注。

《批注敬齋箴》十章，佚。朱熹箴，王柏批注。金履祥《濂洛風雅》卷一録《敬齋箴》，注云：「王魯齋嘗批注，又講于天台。」

《上蔡書院講義》一卷，殘。金履祥《魯齋先生文集目後題》：「《講義》雖嘗刊於天台而未盡。」吴師道《題程敬叔讀書工程後》篇末注：「魯齋亦有《類聚朱子讀書法》一段，在《上蔡書院講義》中。」

《天官考》十卷，佚。《世善堂書目》著録。

《雅藏録》，佚。見王柏《跋寛居帖》。

《朱子詩選》，佚。見王柏《朱子詩選跋》。

《朱子文選》，佚。見宋濂《題北山先生尺牘後》。

《雅歌集》，殘。見王柏《雅歌序》。

《五先生文粹》一卷，佚。《聚樂堂藝文目録》《萬卷堂書目》《千頃堂書目》著録。

《勉齋北溪文粹》，殘。王柏編，何基增定。見王柏《跋勉齋北溪文粹》。

《詩準》四卷、《詩翼》四卷，存。《四庫全書總目提要》：「舊本題宋何無適、倪希程同撰」，

「疑爲明人所僞托。觀其《岣嶁山碑》全用楊慎釋文，而《大戴禮·几銘》並用鍾惺《詩歸》之誤本，其作僞之迹顯然也。」程元敏考辨以爲臺圖藏明郝梁刻《詩準》四卷、《詩翼》四卷，爲王柏所編集，四庫館臣所見之本乃僞作①。又考何欽字無適，咸淳五年夏卒。倪普字君澤，改字希程，婺州人，淳祐十年進士，歷官刑部尚書、簽書樞密院事。今按：《詩準》《詩翼》，宋本尚存國圖。哈佛燕京圖書館藏明朱紱等編《名家詩法彙編》十卷，萬曆五年刻本（四册），卷九爲《詩準》，卷十爲《詩翼》，卷端皆題：「宋金華王柏選輯，明潛川徐珪校正，潛川談緑編次。」末附王柏淳祐三年《序》、楊成成化十六年《序》、嘉靖二年邵鋭《序》。王柏《序》：「友人何無適、倪希程前後相與編類，取之廣，擇之精，而又放黜唐律，法度益嚴。予因合之，前曰《詩準》，後曰《詩翼》。」是書殆王柏次定之力爲多，《詩準》《詩翼》當題何欽、倪普編類，王柏次定。

程元敏輯考《上蔡師説》《魯齋詩話》等，嫌於牽强，其他大都詳覈，多所發明。

（三）金履祥著述

金履祥著述，按徐袌《宋仁山金先生年譜》：寶祐二年，作《讀論語管見》；咸淳六年，自弱冠以後至是歲雜詩文三册，彙爲《昨非存稿》；德祐元年，自咸淳七年至是歲雜詩文二册，

---

① 程元敏《王柏之生平與學術》上册，第四二八頁。

自題《仁山新稿》； 至元十七年，撰成《資治通鑑前編》，凡十八卷，《舉要》二卷； 至元二十八年，自德祐二年至是年雜詩文二册，自題《仁山亂稿》； 至元二十九年，是歲以後雜詩文題《仁山噫稿》； 元貞二年，編次《濂洛風雅》成； 大德六年，《大學指義》成。 又有《大學疏義》，早年所作； 《尚書表注》《尚書注》《論語集注考證》《孟子集注考證》，不知成於何年； 編王柏與何基往來問答之詞爲《私淑編》。

以上通計之，凡十四種。 標抹批注又有數種：

《樂記標注》，佚。 柳貫《金公行狀》： 履祥疑前儒《樂記》十一篇之説，反復玩繹，「則見所謂十一篇者，節目明整，了然可考，而《正義》所分，猶爲未盡，於是一加段畫，而旨義顯白，無復可疑」①。

《中庸標注》，佚。 吴師道《讀四書叢説序》： 「仁山於《大學》《論》《孟》有《考證》，《中庸》有《標抹》。」②章贄《仁山金文安公傳畧》： 「若《大學疏義》《中庸標注》《論孟考證》，我成祖皆載入《大全》，固已萬世不磨矣。」③吴師道《題程敬叔讀書工程後》「金氏《尚書表注》《四書疏義考

---

① 柳貫《柳待制文集》卷二十。

② 吴師道《吴禮部文集》卷十一。

③ 金履祥《仁山先生金文安公文集》卷五，清雍正九年東藕堂刻本。

《四書集注點本》，佚。吴師道《請傳習許益之先生點書公文》：「金氏、張氏所點，皆祖述何、王。」

證》」注云：「金止有《大學疏義》《論孟考證》。」

《禮記批注》，存。江西省圖書館藏宋本《鄭注禮記》二十卷，顧廣圻《跋》：「此撫州公使庫刻本《禮記》，是南宋淳熙四年官書，於今日爲最古矣。」書中批注千餘條，黄靈庚先生考證謂履祥批注。今按：《禮記》卷四《王制第五》「凡四海之内，九州」以下數章，眉批：「履祥按：方百里，惟以田計。青、兖、徐、豫，山少田多，故疆界若狹。冀與雍，田少山多，故疆界其闊。」可與履祥《答趙知縣百里千乘説》相參證。履祥有《中庸標注》《大學指義》《大學疏義》

《樂記標注》，其中《中庸》《大學》無批注，《樂記》僅間有夾批注明數字之音，則不可解。

《夏小正注》，存。國圖藏明刻本楊慎集解《夏小正解》一卷，卷端題：「戴氏德傳，王氏應麟集校，金氏履祥輯。」國圖藏清乾隆十年黄叔琳刻本《夏小正》一卷，卷端題：「戴德傳，金履祥注，濟陽張爾岐稷若輯定，北平黄叔琳崑圃增訂，海虞顧鎮備九參校。」二本所載履祥注，皆録自《通鑑前編》。

《仁山文集》，存。履祥詩文先後自訂爲四稿，集久散落。明正德間，董遵收拾散佚，刻爲《仁山先生文集》五卷，卷一至卷四爲履祥自作詩文，卷五爲附録。正德刻本不存，今傳明萬曆二十七年金應騶等校刻本、明抄本、舊抄本等，雖有三卷、四卷、五卷之異，然皆祖于正德本，僅有篇目多寡、附録增删之異。

（四）許謙著述

許謙著述，按黄溍《白雲先生墓誌銘》：《讀四書叢説》二十卷；《詩集傳名物鈔》八卷；《讀書叢説》六卷；《温故管窺》若干卷；《治忽幾微》若干卷。又有《三傳義例》《讀書記》「皆稿立而未完」；門人編《日聞雜記》「未及詮次」；有《自省編》，「晝之所爲，夜必書之，迨疾革，始絶筆」。載及書名者，以上凡九種。朱彝尊《經義考》卷一百九十四著録《春秋温故管闚》，云：「未見。陸元輔曰：先生於《春秋》有《温故管闚》，又著《三傳義例》。《義例》未成。」①錢大昕《元史藝文志》卷一著録《春秋温故管闚》《春秋三傳義疏》。《義疏》，當即《義例》。以上九種外，黄溍《墓誌銘》載及而未言書名，及所未載及者，又有十餘種：

《假借論》一卷，佚。焦竑《國史經籍志》卷二著録「許謙《假借論》一卷」②。《焦氏筆乘》卷六載及「許謙《假借論》」③。并見《千頃堂書目》《元史藝文志》著録。

① 朱彝尊《經義考》卷一百九十四，清乾隆二十年盧見曾續刻本。
② 焦竑《國史經籍志》卷二，明刻本。
③ 焦竑《焦氏筆乘》卷六，明萬曆三十四年謝與棟刻本。

《詩集傳音釋》二十卷，存。《經義考》卷一百十一著録《羅氏復詩集傳音釋》二十卷，存。云：「按：曹氏静惕堂有藏本，乃合白雲許氏《名物鈔》而音釋之。」①《鐵琴銅劍樓目録》卷三著録元刊本《詩集傳音釋》二十卷：「題東陽許謙名物鈔音釋，後學羅復纂輯。黄氏《千頃堂書目》始著於録，流傳頗少。《凡例》後有墨圖記云：『至正辛卯孟夏，雙桂書堂重刊。』猶元時舊帙也。其書全載集傳，俱雙行夾注，音釋即次集傳末，墨圍『音釋』二字以别之」，「蓋以《名物鈔》爲主，更采他説以附益之，與《凡例》所云正合。然此但摘録許書音釋，而其考訂名物則不具載，且音釋亦間有不録者。」②

《絳守居園池記注》一卷，存。《四庫全書總目提要》：「唐樊宗師撰，元趙仁舉、吴師道、許謙注」，「皇慶癸丑，吴師道病其疏漏，爲補二十二處，正六十處。延祐庚申，許謙仍以爲未盡，又補正四十一條。至順三年，師道因謙之本，又重加刊定，復爲之跋。二十年屢經竄易，尚未得爲定稿，蓋其字句皆不師古，不可訓詁考證，不過據其文義推測，鉤貫以求通。」

《四書集注點本》，佚。吴師道《請傳習許益之先生點書公文》：「乃金氏高弟，重點《四書章句集注》。」

---

① 朱彝尊《經義考》卷一百十一。
② 瞿鏞《鐵琴銅劍樓目録》卷三，清光緒間常熟瞿氏家塾刻本。

《儀禮經注點校》，佚。吴師道《儀禮經注點校記異後題》：「許君益之點抹是書，按據注疏，參以朱子所定，將使讀者不患其難。」①黄溍《白雲許先生墓誌銘》：「於《三禮》，則參伍考訂，求聖人制作之意，以翼成朱子之説」，「又嘗句讀《九經》《儀禮》《三傳》，而於其宏綱要旨，錯簡衍文，悉别以鉛黄朱墨，意有所明，則表見之。其後友人吴君師道得吕成公點校《儀禮》，視先生所定，不同者十有三條而已，其與先儒意見吻合如此。」

《九經點校》，佚。見上引黄溍《白雲許先生墓誌銘》。吴師道《請傳習許益之先生點書公文》稱許謙「重點《四書章句集注》，及以廖氏《九經》校本再加校點。他如《儀禮》、《春秋》《公》《穀》二『傳』並注，《易程氏傳》、朱氏《本義》，《詩朱氏傳》，《書蔡氏傳》，朱子《家禮》，皆有點本，分别句讀，訂定字音，考正謬訛，標釋段畫，辭不費而義明。用功積年，後出愈精，學士大夫咸所推服」。宋末廖瑩中刊《九經》，即《周易》《尚書》《毛詩》《禮記》《周禮》《左傳》《論語》《孝經》《孟子》，有《孝經》，無《儀禮》，有《論語》《孟子》，無《公羊傳》《穀梁傳》。故黄溍《墓誌銘》並舉《九經》《儀禮》《三傳》。許謙校點，除句讀外，尚訂定字音，考正訛謬，標釋段畫。

《三傳點校》，佚。見上引黄溍《白雲許先生墓誌銘》、吴師道《請傳習許益之先生點書公

① 吴師道《吴禮部文集》卷十五。

文》。許謙《春秋温故管闚》《春秋三傳義疏》并佚，與《三傳點校》殆各沿其例爲書。

《書蔡氏傳點校》，佚。許謙《回南臺都事鄭鵬南浼點書傳書》：「近辱蕭侯傳示教命，俾點《書傳》。舊不曾傳點善本前輩，方欲辭謝，又恐有辜盛意，遂以己意諰分句讀」，「圈之假借字樣，舊頗曾考求，往往與衆不合，今以異於衆者，具別紙上呈。標上舊題爲《蔡氏書傳》。謹按：古來傳注，必先題經名，然後曰某人注」，「乞命善書者易題曰《書蔡氏傳》，庶幾於義而安。」①又一書云：「某比辱指使點正《書傳》，不揣蕪陋，弗克辭謝，輒分句讀，汙染文籍。」②鄭雲翼字鵬南，延祐二年官南臺都事，延祐六年遷廣東道肅政廉訪使，泰定元年陞兵部尚書。許謙應雲翼之請點校蔡沈《書集傳》，吴師道《請傳習許益之先生點書公文》亦言及是書，今未見傳。

《易程氏傳點校》，佚。見上引吴師道《請傳習許益之先生點書公文》。其不名《程氏易傳》，《回南臺都事鄭鵬南浼點書傳書》已言之。

《易朱氏本義點校》，佚。見上引吴師道《請傳習許益之先生點書公文》。《易朱氏本義》，即《周易本義》。其不名《朱氏易本義》，《回南臺都事鄭鵬南浼點書傳書》已明之。

---

① 許謙《許白雲先生文集》卷三。
② 許謙《許白雲先生文集》卷四。

《詩朱氏傳點校》，佚。見上引吴師道《請傳習許益之先生點書公文》。《詩朱氏傳》，即《詩集傳》。其不名《朱氏詩傳》，《回南臺都事鄭鵬南浼點書傳書》已明之。

《家禮點校》，佚。見上引吴師道《請傳習許益之先生點書公文》。

《典禮》，佚。許鴻烈《八華山志》卷中《金仁山、許白雲立謚咨文》：「若《三傳義疏》《典禮》《讀書記》，皆未脱稿者也。」末署「元至正七年八月初九日」①。此又見於清宣統三年重修本《桐陽金華宗譜》卷一，題作《爲金、許二先生請謚咨文始末》。黄溍《墓誌銘》僅言「有《三傳義例》《讀書記》，皆稿立而未完」。《典禮》，疑爲《三傳典禮》。許謙熟於古今典禮政事，黄溍《墓誌銘》：「搢紳先生至於是邦，必即其家存問焉。或訪以典禮政事，先生觀其會通而爲之折衷，聞者無不厭服。」今難得其詳，俟再考證。

《八華講義》，佚。許謙《八華講義》：「講問辨析，有分寸之知，敢不傾竭爲諸君言？苟所不知，不敢穿鑿爲諸君誑。」②許謙講學八華山中，四方來學。《八華山志》卷中《道統志》收許謙題《八華講義》及所撰《八華學規》《童稚學規》《答門人問》。《八華講義》蓋爲講義之題，非止一篇題作，未刻行，久佚。明正德間陳綱重刻《許白雲先生文集》，改《八華講義》作《金華講義》。

① 許鴻烈《八華山志》卷中，民國戊寅重修本。
② 許謙《許白雲先生文集》卷四。

《歷代統系圖》，佚。戚崇僧《白雲歷代指掌圖説》：「白雲先生《歷代統系圖》，自帝堯元載甲辰，迄至元十三年丙子，總三千六百三十三年，取義已精，愚約爲《指掌》，以便觀玩。」末署「至正乙酉，金華戚崇僧述」①。崇僧爲許謙高弟子，字仲咸，金華人。著有《春秋纂例原指》三卷、《四書儀對》二卷、《歷代指掌圖》二卷等書。雍正《浙江通志》著録《歷代指掌圖》二卷，注云：「金華戚崇僧著，見黄溍《戚君墓誌》。」②《歷代指掌圖》二卷，今佚。按崇僧《序》，其書乃據許謙《歷代統系圖》「約爲《指掌》」。季振宜《季滄葦書目》著録「抄本《歷代統系圖》，一本」③，未詳即許謙之書否。

《許氏詩譜鈔》，存。吴騫《元東陽許氏詩譜鈔跋》：「元東陽許文懿公嘗以鄭、歐之譜世次容有未當，别纂《詩譜》，繫於《詩集傳名物鈔》」，「特所序諸國傳世曆年甚悉，有足資討覈者。爰爲輯訂，附於《詩譜補亡》之後。」④許謙不滿於鄭玄《詩譜》、歐陽修《詩譜》，以爲世次有所未當，别纂《詩譜》，附《詩集傳名物鈔》各卷之末，未單行。吴騫輯訂《詩譜補亡》，從《名物

① 《蓉麓戚氏宗譜》卷二，民國十九年庚午重修本。
② 雍正《浙江通志》卷二百四十三，清文淵閣《四庫全書》本。
③ 季振宜《季滄葦書目》，清嘉慶十年黄氏士禮居刻本。
④ 吴騫《愚谷文存》卷四，清嘉慶十二年刻本。

鈔》採録《許氏詩譜》一書，有拜經樓刻本。

《白雲集》，存。黄溍《白雲許先生墓誌銘》：「其藏於家者，有詩文若干卷。」不言集名。按《八華山志》，東陽許三畏字光大，自幼師事許謙，許謙殁，「乃萃其遺稿，手鈔家藏，待後以傳，賴以不墜」。明人李仲幼時得許謙殘編於祖妣王氏家，皆許氏手稿，明正統間編次《白雲集》四卷。成化二年，張瑄得金華陳相之助，刻行於世。正德間，金華陳綱重刻之，改題《白雲存稿》。

五、關於《全書》整理的幾點説明

四先生自王柏以下貫通經史，考訂羣書，著述弘富。據各類文獻著録可知，王柏著作逾八百卷，金履祥、許謙著作亦多。何基篤守師説，其書題作「發揮」者即有七種，《文集》三十卷哀集未備。惜四先生著述大都散佚，今存不足三十種，多爲精華。如何基著作，胡鳳丹編《何北山先生遺集》四卷，凡詩一卷、文一卷、《解釋朱子齋居感興詩》一卷、附録一卷，篇章寥寥。然四先生解經沿朱、吕之統，若考訂篇目、編類勘定、標抹點校、句讀段畫、批注音釋等，皆爲所重，以爲真學問，可羽翼經傳，有補聖賢之學。此次編纂四先生傳世著述，囊括四部，廣作蒐討，復作甄選，批注、次定之書，亦在收録範圍，冀得四先生著作大全。

前此已述「北山四先生」之目其來有自，故兹編四先生著述名曰《北山四先生全書》（以下簡稱《全書》)。《全書》分爲「何基卷」「王柏卷」「金履祥卷」「許謙卷」凡四編,别附《北山四先生全書外編》(以下簡稱《外編》)一册。收録内容如下:

何基卷:《何北山先生遺集》四卷。

王柏卷:《書疑》九卷;《詩疑》二卷;《研幾圖》一卷;《天地萬物造化論》一卷;《魯齋王文憲公文集》二十卷。

金履祥卷:《尚書注》十二卷;《尚書表注》二卷;《禮記批注》二十卷;《宋金仁山先生大學疏義》一卷;《論語集注考證》十卷;《孟子集注考證》七卷;《通鑑前編》十八卷、《舉要》二卷;《仁山先生文集》三卷;《濂洛風雅》七卷。

許謙卷:《讀書叢説》六卷;《讀四書叢説》八卷;《詩集傳名物鈔》八卷;附《詩集傳名物鈔音釋纂輯》二十卷;《許白雲先生文集》四卷;《絳守居園池記注》一卷。

《全書》并收四先生批注、編類之書,惜所得已尠,僅金履祥編《濂洛風雅》、許謙等人《絳守居園池記注》一卷而已。何基《解釋朱子齋居感興詩二十首》,胡鳳丹已編入《何北山先生遺集》。王柏《正始之音》不分卷,收入《魯齋王文憲公文集》附録。楊慎輯解《夏小正解》一卷、吴騫編訂《許氏詩譜鈔》一卷,分從《資治通鑑前編》《詩集傳名物鈔》中輯録,且有文字改易,雖單行於世,《全書》不重複收録。羅復纂輯《詩集傳音釋》二十卷,亦與《名物鈔》重複,且有改易,然今存《名物鈔》最早傳本爲明抄二種,《詩集傳音釋》存元正至雙桂書堂刊本,可相參證，故附收之。

又有四先生詩文佚篇、講學語録、零句斷章，散見他書。《全書》則廣考方志史料、經史典籍、宗譜家乘、别集總集，勾稽佚篇，以詩文爲主，録爲補遺，附於各集之後。《全書》補遺增至二百餘篇。大略《何北山先生遺集》增《補遺》二卷，凡詩文、語録各一卷，更補附録三卷。《魯齋王文憲公文集》增《補遺》、附録各一卷。《仁山先生文集》增《補遺》二卷、附録四卷。《許白雲先生文集》增《補遺》二卷、附《八華山志》一種、附録五卷。至於王柏、金履祥、許謙語録、雜著，可輯爲條目者尚有不少，因考校非短時可畢功，姑俟將來。

另外，整理者各竭其力，輯録年譜、碑傳志銘、序跋題贈等爲附録，凡一家之資料，分附各卷後，而四先生合評之資料則另編爲《外編》一册，綴於《全書》之末。

本次整理之特點，大體有以下四點：

一是内容全備，首次結集。本書所收四先生著述，盡量蒐羅完備，拾遺補缺，并附研究資料之集成。四先生著作已出整理本數種，《全宋詩》《全宋文》《全元詩》《全元文》各沿體例，收録四先生詩文。《全書》之整理或酌情鑒採前賢時哲已有成果，廣泛蒐討有價值校本，以成新編；或别覓良善底本、校本，新作董理；或未有整理本，首次進行校勘標點。至於蒐輯補遺、編類附録，用力頗勤。故《全書》編校之事可謂首創，求全、求備、求精，雖未臻其目標，然自有新意，覽者可察之。

二是底本、校本良善。在當前條件下，搜集購訪底本、參校本已較過去爲易，然亦非没有難度。先是用時幾近半年進行調查研究，甄選整理底本、參校本。如許謙《讀四書叢説》，今傳八卷本，有元刻本、清刻本及抄本多種。國圖藏元刻本八卷，《讀論語叢説》三卷原缺，常熟瞿氏以所得德清徐氏藏元刻本配之，遂爲合璧本。國圖藏清嘉慶間何元錫影抄元本與《宛委别藏》本《讀論語叢説》三卷，并據德清徐氏舊藏本影寫。臺北故宫博物院藏元刻本八卷殘帙，又藏舊抄本八卷，據元刻本寫録，顯非據於德清徐氏舊藏元本。浙圖藏明藍格抄本八卷，有清佚名校注。國圖藏瞿氏鐵琴銅劍樓影元抄本，據合璧本影抄。此外，又有國圖藏嘉慶間何元錫刻本、《經苑》本、《金華叢書》本。今訪得諸本，詳作考訂，乃以元刻八卷合璧本爲底本，參校殘元本五卷、舊抄本八卷、明藍格抄本八卷等本。

三是勾稽拾遺。以四先生著述多散佚，遍檢方志、宗譜、總集等，勾稽佚作，用力仍多在詩文，所得逾二百篇。如《魯齋集》輯佚詩六十六首、詞一闋、文十七篇。《仁山集》輯佚作四十三篇、附存疑六篇，約當本集三之一。《白雲集》輯佚文三十四篇（含殘篇二篇）、佚詩十四首及許謙之子許亨文二篇，約當本集四之一。

四是立足考據。在研究的基礎上進行校點整理，有關考證涉及版本源流、篇目真僞、文獻輯佚等方面。如《仁山文集》，傳世明抄本、舊抄本庶幾見正德本原貌，而抄寫多誤字，萬曆刻本經履祥裔孫校勘，訛誤爲少，勝於後來春暉堂、東藕堂及退補齋諸刻。東藕堂刻本有補苴之功，惜文字臆改居多，徒增歧説，非别有善本據依。《金華叢書》本、《四庫全書》本少有校讎之功，復多擅改之弊，實無足觀。故此次整理，以萬曆刻本爲底本，僅參校明抄本、舊抄本、春暉堂刻本、東藕堂刻本。又如輯佚，翻覽宗譜數千種，所得篇目亦豐。然據宗譜勾稽，可信度下方志一等。宗譜良莠不齊，時見攀附僞托之作，且編集校印多不精，故異姓之譜常見一人同篇，同宗之譜時見一篇分署多人。或一望而知假托，或詳考而始明真僞，採輯遂不得不慎。附録資料亦然，篇目真僞亦需考辨。如《芋園叢書》本《金氏尚書注》集前《金氏尚書注自序》末署「寶祐乙卯重陽日，蘭溪吉父金仁山書」，實宋人方岳之筆，見於《秋崖集》卷四十《滕和叔尚書大意序》，朱彝尊《經義考》作「方岳序」，不誤。《碧琳琅館叢書》本《金氏尚書注序》，并是僞托。《碧琳琅館叢書》本《金氏尚書注》又有王柏《金氏尚書注跋》一篇，末署「歲在丁巳仲春望日，桐陽叔子金履祥書於桐山書軒」，實方時發之筆。署柳貫《書經周書注敍》及佚名《金氏尚書注跋》，皆係僞托。今人蔡根祥、許育龍等已證《芋園叢書》本、《碧琳琅館叢書》本《金氏尚書注》繫僞作。今鑒取相關成果，詳作考辨，盡量避免僞作羼入。

《全書》整理之議，始於二〇一四年。先是浙江師範大學與金華市政協合作編纂《吕祖謙全集》，歷時八年，成十六册，二〇〇八年由浙江古籍出版社印行。繼與金華市委宣傳部合作編纂《重修金華叢書》，歷時七年，彙輯二百册，二〇一三至二〇一四年由上海古籍出版社印行。其時我們以復興浙學爲己任，提倡從基礎文獻梳理與學術史建構兩方面對浙學展開研究，以爲四先生有功浙學匪小，整理四先生之書亟爲當前所需，遂於《重修金華叢書》首發式上，倡議整理《北山四先生全書》。經多方呼籲，金華市委宣傳部於二〇一七年聯合浙師大啓動《全書》編纂，委托我們負責組織團隊，開展整理工作。陳開勇、王錕、慈波、崔小敬、宋清秀教授，孫曉磊、鮑有爲、方媛、李鳳立、金曉剛博士先後參與進來。二〇二〇年，《全書》入選「浙江文化研究工程」重大項目。前後歷時四年，今夏終於完稿。各書整理者名氏已標册端，此不一一介紹。黄靈庚、李聖華擬定體例，通讀全稿，并各自承擔校勘任務。

《全書》整理出版，無疑是浙學研究史上一件盛事。我們參與其中，投入心力，可謂人生之幸事。在此衷心感謝金華市委宣傳部副部長曹一勤女士，浙師大副校長鍾依均教授，上海古籍出版社高克勤社長、奚彤雲編審、劉賽副編審給予大力支持，一編室黄亞卓、楊晶蕾編輯等人悉心校讀全稿，多所訂正，使得《全書》得以減少訛誤，在此一併表示謝意。

由於整理者學識水平所限，《全書》整理定會存在不妥及錯誤之處，祈盼讀者不吝指正。

黄靈庚　李聖華

二〇二一年九月二十日

凡例

一、《全書》所收四先生著述，在廣徵版本基礎上，考訂其源流、異同、得失、優劣，從而裁定底本與校本。金律刻《率祖堂叢書》本、胡鳳丹編《金華叢書》本及文淵閣《四庫全書》本（簡稱「庫本」），皆因擅自改易而慎爲取用。大體庫本在棄用之列；若其他版本難稱良善，始取《率祖堂叢書》本、《金華叢書》本用作底本，或作校補之用。

二、《全書》校勘、輯佚以及各書附録編集，皆留意考證，力求黜僞存真。因補遺之文托名僞作不乏見，且多得自宗譜家乘，慮其編纂校印良莠不齊，故採輯謹慎，以免濫入。

三、《全書》整理成於衆手，分册出版，整理者名氏標於册端。各册均由整理者撰寫前言或點校説明，以述明本册整理情況。底本卷端或標編次、校刊名氏，今均省去，於書前點校説明略載述之。

四、《全書》校勘大體遵循以下規則：一般底本不誤，他本誤者，不出校記。底本文字顯有譌誤，如訛、脱、衍、倒等，宜作改易，撰寫校記。偶有文字漫漶殘損者，用他本校補；無可補者，用缺字符□標識，并出校記。諱字回改，古人刻抄習見己、已、巳不分之類，徑用其正字。異體字、通假字、古今字，均不出校。虚字非關涉文意者，亦不出校。校記不徒列異文，間列考據，庶明其是非、高下。

許白雲先生文集

［元］許　謙　撰
崔小敬　整理

整理説明

崔小敬

隨著靖康之變導致的北宋朝廷瓦解，北方士族大規模南遷，理學發展中心也隨之轉移。南宋乾道、淳熙年間（一一六五—一一八九），吕祖謙東萊之學、陳亮永康之學、唐仲友説齋之學同時並起，婺州（今浙江金華）之學彬彬稱盛，蔚爲天下理學中心。嘉定（一二〇八—一二二四）之後，何基、王柏再次振起。何基親炙於朱熹高弟子兼女婿黄榦，因隱居北山，學者稱北山先生；王柏家學淵源於朱熹、吕祖謙，聞何基得朱子之道而師之，何、王遂承朱子之統；王柏門人金履祥從學王柏并親得何基指授，宋、元易代之際以遺民講學而終。許謙（一二六九—一三三七）從師金履祥，爲元世大儒。許謙字益之，因曾自號白雲山人，世稱白雲先生，有《許白雲先生文集》（下簡稱《白雲集》）傳世。

後世推許何、王、金、許爲「金華四賢」、「金華四先生」、「金華四子」、「何王金許四君子」等，又因何基居於北山而稱「北山四先生」，其學亦稱婺州學派或金華學派。北山四先生作爲一個前后相貫、次第相接的整體，其在《四書》學、《五經》學及史學、文學上的貢獻已如前黄靈庚、李圣華二先生《北山四先生全書》總序所述，惟二先生提及「許謙及北山後學更有一變，能文之士日衆」而未遑深論。事實上，至元末明初許謙後學如吳師道、戴良、宋濂、王禕等，事實上已經形成了一個「金華文派」的創作群體，故此承《全書》總序之緒而專論許謙在此過程中的啓迪之功。

一、許謙：金華學派自理學而文學的轉折

宋元之際，金華理學繁盛，涌現出以何基爲首的「北山四先生」（「金華四先生」），許謙作爲這一理學傳承的最後一環，影響尤爲巨大深遠：「先是，何基、王柏及金履祥殁，其學猶未大顯，至謙而其道益著，故學者推原統緒，以爲朱熹之世適」（《元史·許謙傳》），時人謂「程子之道得朱子而復明，朱子之道至先生而益尊，先生之功大矣」（黄溍《白雲許先生墓誌銘》）可以說，正是由于許謙的集大成之功纔成就了「北山四先生」朱子世嫡的地位。然而，金華這一學術流派在元明兩代的發展演變中，受各方面影響，發生了「由學術而文章」的重大轉向，并最終演化成一個文學流派——「金華文派」，綿亘於元明二代近四百年間，而許謙恰是這一轉向發生的過渡性、關鍵性人物。

「北山四先生」中，何基、王柏生活於南宋中後期，金履祥生活於宋末元初，至許謙則主要生活於元代前中期，因而許謙受元代學術融合會通思潮的影響尤深。雖然元代理學史上并

未出現如宋代周、張、二程、朱熹等開創學術體系、有獨到理論建樹的宗師級人物，思想上也無突破性進展，然而理學思想在學術界、文化界乃至社會各階層都占據了主流地位，尤其是朱學更是一家獨尊。自延祐開科取士之後，科舉考試的題目、程式均取自朱熹《四書集注》，當時的文壇宗師虞集謂「朱氏諸書，定爲國是。學者尊信，無敢疑二」（《跋濟寧李璋所刻九經四書》，《道園學古録》卷三九）。所以元代著名的理學家均爲朱學傳人，「北山四先生」一系更是被譽爲朱學嫡傳：「是數紫陽之嫡子，端在金華也。」（《北山四先生學案》，《宋元學案》卷八二）

元代文壇與宋代文壇相比本身就有一個新的變化，宋代理學家普遍「重道輕文」，甚至認爲「作文害道」，所以理學與文學有著很大距離，大多數理學家不以文人名世，大多數文學家也不以理學著稱。而至元代，很多重要理學家同時也兼爲著名文學家，如郝經、吴澄、劉因、姚燧、虞集、揭傒斯、黄溍、柳貫、吴師道、歐陽玄、戴良、宋濂等等，他們既是程朱理學道統中人，有著明確的師承譜系，是名副其實的理學家；同時他們又在文學創作方面取得了卓著成就，留下了不少詩文佳作及文論著述，足以列名於有元一代文學史。這種二者得兼的現象本身即説明了元代理學與文學的密切關係，故《元史》不再像《宋史》一樣區分「道學」「文苑」「儒林」，而合并歸爲「儒學」，其《儒學傳序》謂「前代史傳，皆以儒學之士，分而爲二，以經藝顓門者爲儒林，以文章名家者爲文苑。然儒之爲學一也，《六經》者斯道之所在，而文則所以載夫道者也。故經非文則無以發明其旨趣；而文不本於六藝，又烏足謂之文哉。由是而言，經藝文章，不可分而爲二也明矣。元興百年，上自朝廷内外名宦之臣，下及山林布衣之士，以通經能文顯著當世者，彬彬焉衆矣。今皆不復爲之分别，而采取其尤卓然成名、可以輔教傳後者，合而録之，爲《儒學傳》。」所以《元史·儒學傳》中既有趙復、金履祥這樣以學術名世的理學家，也有戴表元、吴師道、李孝光這樣以詩文著稱的文學家，還有像許謙這樣既以理學著稱、又不廢吟詠的「講學家之兼擅文章者」（文淵閣《四庫全書》本《白雲集提要》）。這在整個封建社會的正史中也是一個特殊現象。可以説，整個元代文學與理學的合一化趨勢是許謙之後金華學派「流而爲文」的時代背景。

清人黄百家在《宋元學案》中最早明確指出了金華學派由道而文的演變趨勢。《宋元學案》卷八二《北山四先生學案》案曰：「金華之學，自白雲一輩而下，多流而爲文人。夫文與道不相離，文顯而道薄耳。雖然，道之不亡，猶幸有斯。」又指出：「北山一派，魯齋、仁山、白雲，既純然得朱子之學髓，而柳道傳、吴正傳以逮戴叔能、宋潛溪一輩，又得朱子之文瀾，蔚乎盛哉！」其實在「北山四先生」内部，也一直保持和傳承著理學化的文學觀念，自何基、王柏到金履祥，均與文學有著深厚的緣分，何基爲朱熹《齋居感興》二十首作過詳細而精彩的闡釋；王柏早年曾專門學習「文章偶儷之文」「古文詩律之學」（金履祥《魯齋先生文集目後題》，《仁山集》卷四），而金履祥則編成著名的《濂洛風雅》，成爲中國文學史上最早的理學詩集之一。至許謙之所以「堪爲金華之學流而爲金華之文的過渡人物」（羅海燕《金華文派研究》，上海：東方出版中心，二〇一五年，第四十五頁）。一是即使從文學角度而論，其創作也具有不亞于一般文學家的水平；二是其一生以著述講學爲業，弟子（含再傳、三傳）衆多，而這些弟子大多具有深厚的理學背景卻在理學與文學交融會通的獨特文化下最終成長爲「文章之士」。

二、《白雲集》的内容與特點

現存《許白雲先生文集》（簡稱《白雲集》）共四卷，卷一爲各體詩：四言古詩三首，五言古詩四十九首，五言律詩十六首，七言古詩二十首，七言律詩十八首，七言絶句七首；卷二、三、四爲各類文（賦）：賦一篇，序七篇，記一篇，行狀（述）二篇，啓六篇，文四篇，書七篇，論三篇，説二篇，雜著十三篇（含題跋五篇，贊四篇，講義三篇，書一篇）。文末附詞二首，附録箴一篇。然史傳稱許謙「不喜矜露，所爲詩文非扶翼經義、張維世教，則未嘗輕筆之書也」（《元史·許謙傳》），可見許謙之文學創作下筆謹重，有爲乃作。正德間金華人陳綱重刊《白雲集》時，即認爲「其立言甚富，固不止此，今復見者亦獨此編，因易其簽曰白雲存稿」。

就主要題材内容而言，《白雲集》雖篇幅寥寥，但涉及的方面卻很廣泛，其詩歌既有酬贈詩、山水詩、詠物詩等常見題材，亦有少量題畫詩、説理詩等，兹擇其重要者介紹如下：

一、酬贈詩。因許謙不輕言作詩，因而詩於許謙更多的是一種情志的表達與交際的手段，所以其詩題中明確標注「酬」「贈」「送」「寄」「次韻」「用某某韻」等字樣的就占三分之二以上，内容十分豐富，既有朱學道統的構建，如《上李照磨》：「濂溪振遺響，伊洛探玄旨。龜山載道南，江漢隔萬里。乾淳號鄒魯，三子森鼎峙。皇圖啓昌運，寰海共文軌。」構建了從周敦頤——二程——楊時——朱熹、張栻、吕祖謙的學術譜系。再如《送蕭仲堅隨伯兄赴江陰》：「紫陽有遺書，秘啓天地根。描摸失真趣，議論徒紜紜。仁翁繼的緒，夢奠嗟不存。皋比淑至道，與子昔屢聞。要在足目到，言語何足云。」則梳理了朱熹——金履祥的傳承。如果再加上《金先生挽辭》中的「統緒傳朱子，淵源繼魯翁」就是較完整的朱熹——王柏——金履祥——許謙的傳承譜系了。可見，作爲理學家，許謙有相當自覺的學派意識，不僅在文章中宣講朱學傳承，即使在詩歌中也不忘建構道統。當然，許謙的酬贈詩裏還有友朋交游、游山玩水、彼此勉勵等更多方面的豐富内容，如《酬潘明之》表達「相思溪水頭，猶如送君時」的深厚友誼；《贈禽演周梅鼎》表白自己「富貴安可求，有義當自勉」的人生志趣；《贈金月華》傳遞「願君再作霖，歲事其可濟」的愛民之心；《贈江行父》坦露「子抱經濟具，我有丘壑情」的人各有志；《山中次韻酬馬生》探討「學道如登途」的進階與步驟。兹不一一贅述。

二、山水詩。因長期以隱居著述或教授弟子爲業，許謙一生大部分時間是在隱逸或半隱逸狀態下度過的，所以登臨山水也是許謙生活中的重要組成部分，所謂「朝市厭心久，山林托興深（《秋夜》）」。史傳雖稱許謙「不出里閭者四十年」，但顯然并非絶對，從其詩文看，他曾游覽過金華及周邊杭州、温州、衢州等地的不少著名景點，留下了《過智者寺》《石門洞》《華蓋山》《西山萬象亭》《過西湖》《自飛霞觀登積穀山》《青田大鶴洞》等山水詩。在趙宏偉邀請他赴金陵期間，他「欣然爲之起，而不久留也」（《元史載白雲先生行實》），卻也寫下了不少遊覽金陵一帶風景名勝的詩作，如鍾山、雨花臺、故宫、清涼寺等。他遊八功德水，體會「泓泉抱何德，濁熱供一沃」的清涼舒爽，深感「涼飔自披襟，佳興亦云足」（《游鍾山至八功德水》）；踏進六朝舊都的宫墻，一股「空恨赤龍潛越水，衹餘蒼隴對鍾山」的蒼涼撲面而來（《故宫》）；登上雨花臺，面對「大江斷後誰絶前，右踞蒼虎龍左蟠」的雄渾氣象，「興亡世事亦如此，俯仰千歲須臾間」的歷史滄桑感油然而生（《雨花臺》）。

許謙在《寄友人》中説：「主人厭城市，愛此林泉居。下有石一拳，上有松數株。念兹泠澹物，可伴憔悴軀。所期在晚節，俯仰足與娱。我心不可轉，比石堅有餘。峰頭問長松，歲寒知何如。」這裏的「友人」據《八華山志》記載，是許謙的門人許孚吉：「初，孚吉公緣外祖蕭北野之雅，獲遊先生之門而受知焉。先生病目，倦于應接，元延祐甲寅孚吉乃迎至兹山，講明正學，從遊者無間，遐邇雲集，濟濟造就多士。於時金華稱爲小鄒魯，書諸史志，聞諸郡省。」（《自歎示許孚吉》詩注，《八華山志》卷下）總的來説，許謙的山水詩往往寫景如繪，叙行細膩，重視人事物理，如《遊山二首》：「霜風摇疏林，木葉翳荒徑。煙開山色明，日出天宇浄。行同二三友，緩步入幽敻。亦有童冠從，仿佛春服盛。後期策駑駘，蹇足心還濘。峰回路幾折，脱巒逢石磴。主人雅敬客，一笑出相迎。門庭對虛廓，彴畧壓澄瑩。緬懷百年人，嘉遯樂天命。盤溪異莘野，玉帛謝三聘。升堂拜遺像，生氣凜可敬。睥睨神欲交，鑽仰心不競。猶餘滿案書，鉛槧精考訂。昌哉賢子孫，對客且涵泳。須臾肆莞筵，列坐以齒定。肴核豐豆籩，魚肉富盤飣。勸酬逾十觴，罍滿瓶肯罄。劇談屢絶倒，隱語若響應。醉客騎馬閑，夜久奎已正。鋪牀對窗月，樹近影交映。見聞絶囂塵，夢境亦清興。曉起還看雲，此樂殊未竟。」寫游覽何基故居所在的北山盤溪，依次叙寫了遊山之日的氣象、景物、同遊諸人、沿途心情等，尤其重點寫了何基後裔的禮貌待客、精緻筵席及遊玩諸人的嬉笑歡樂，以景起，以景結，氣味淵泳，意境深邃。再如《華蓋山》刻畫了華蓋山「如斗形」「氣獨壯」的形勢，「奮身地勢高，目極天宇曠」的氣象，「同遊豈特達，竟爾忘得喪」的遊感，最終歸結於「一掬襟懷空，自謂羲皇上」的境界。而《馮公嶺》一詩描寫馮公嶺的重巒疊嶂、險峻萬狀也如在目前，經過「攀援何異蜀道難」的登峰之後，許謙發出了「志須預定自遠到，世事豈得終無成」的感慨和「寄語悠悠行路人，乾坤設險君勿嗔。胸中芥蔕未盡去，須信坦道多荆榛」的勸誡。

三、詠物詩。所謂「詠物隱然只是詠懷，蓋個中有我也」（劉熙載《藝概》卷四）。許謙的詠物詩多爲古詩，如《白鳥》《松澗》《種松》《對竹》等，其中《種松》一首謂：「青松如秧針，植在山之磎。豈惟娱心目，歲寒以爲期。未飽雨露恩，那識棟梁姿。蓬蒿塞三徑，埋没誰復知。秋風隕百草，秀色不少衰。雖然咫尺根，已見佳種奇。君看二十年，腰大數十圍。雪霜挺堅操，雲漢擎高枝。時有白鶴來，凡鳥那敢棲。兔絲與凌霄，冉冉相附依。青松本貞固，不逐衆物移。大器固晚歲，何用嫌莫遲。願言堅汝節，黽勉待歲時。」以栽種松樹比喻培育人才，松樹只有經歷歲寒雨露後纔能長成棟梁之姿，比喻人才只有經歷磨難纔能大器晚成。詩雖以説理爲主，然興象玲瓏，意象開闊，「雪霜挺堅操，雲漢擎高枝。時有白鶴來，凡鳥那敢棲。兔絲與凌霄，冉冉相附依」六句，更是從成長環境、與之相伴的動物、植物等不同的方面生動渲染、刻畫出了青松長成棟梁後的雄姿。

總而言之，許謙詩擅於説理之中蘊含情志的抒寫，或者反言之，在抒情寫志中也時時不忘「理」的存在，這就是許謙詩文的突出特點，即吟詠性情與文以載道並行不悖。如《三月十五夜登迎華觀》：

夜深來此倚闌干，十里樓臺俯首看。月到中天花影正，露零平地草光寒。氣清更覺山川近，意遠從知宇宙寬。長嘯一聲雲外落，幾家兒女夢初殘。

此詩表面語意爲抒寫三月十五夜登八華山迎華觀之所見所感，首聯叙事，頸聯專注寫景，頷聯與尾聯寫景兼説理。然而明代理學家樓如山卻指出：「如山竊聞先生之教矣，先生之教具在方册，大都已於此詩中發之。何也？丁元之季，皇路黯黑，夷教横流，其猶夜乎？士生其間，昏昏眊眊，不見天日，其猶夜之夢乎？是故有慕高譚玄，遺落虚曠，爲莊蝶之夢；有名利薰心，欲火難滅，爲邯枕之夢；有營營逐逐，旋得旋失，影響剽竊，終無實際，爲槐柯、爲鹿蕉之夢。嗚呼！孰非夢也，孰先覺耶？先生痛之久矣。其心蓋曰：『吾既不得清明之世，以符孔子夢周之意，獨忍舉世大夢不覺乎？』於是屏跡潛思，高搜遠採，溯濂洛之派，濬洙泗之源。道既覺得矣，乃自覺覺人。山間木鐸，振起來學，以共扶聖教，曉然知吾道之正而不昏於邪，知夷之不可以亂華而不昏於出處，知鄒魯之真承有在而不昏於向往。由是高者就，卑者跂，既聾而聰，既盲而視，如夜斯旦，如夢斯醒。先生覺人之功大矣哉！」（樓如山《迎華亭記》，《八華山志》卷下）樓如山不僅從這首詩中讀出了許謙的治學之道、治學之理，還對詩中的語意符碼進行了「解碼」：「吾嘗繹其詩：夜深，傷時黯也。倚闌、俯首，特立塵表也。月中天、露零地，言上下察也。山川近、宇宙寬，與造物遊也。長嘯雲外而夢殘，其聲之弘且大，而莫不興起也。嗚呼！盡之矣。非先生覺之而誰也？故曰：先生之教具在方策，大都已於詩中發之。」并在此基礎上肯定了許謙的重要功績在於繼往開來，覺醒後世：「語云『天不生仲尼，萬古如長夜』，胡元微先生，長夜漫漫何時旦耶？」認爲此詩「固非徒咏也」。其實許謙的許多詩都可作如是觀，深厚的理學底藴與精湛的藝術形式完美結合，既有詩意與深情，又有興象與意境。

許謙之文就文體而言，有論辯體散文：「説」二篇，「論」三篇，「講義」三篇，其内容都是討論理學相關問題的。有書信體散文二十五篇：「序」（贈序，功能類似書信）七篇，「啓」六篇，

「文」四篇，「書」八篇，大多是與師友弟子討論理學問題的。有箴、贊等韻文：「箴」一篇，「贊」三篇，其內容往往是關于理學的理想人格問題。另有傳記性質的記和行狀三篇，雖傳主未必是理學中人，但對人物生平的叙述及其功過得失的評價明顯反映出理學的標準。總而言之，許謙之文大多數爲論説文，以叙事、説理爲主要手法，往往夾叙夾議，文風自然平實，簡練曉暢，文淵閣《四庫全書》本《白雲集提要》謂之「文亦醇古，無宋人語録之氣，猶講學家之兼擅文章者也」。如果説，許謙詩的特點在于吟詠性情與文以載道並行不悖的話，許謙文的特點就在于醇厚高古與析理精微並存。如《八華講義》中許謙謂：

天之賦人以形，即命之以性，其類亦有五，曰仁、義、禮、智、信。五者天下之常道，舉天下之理，枝派萬殊，莫不畢在五性之中。《詩》曰「天生烝民，有物有則」。人倫，物之大者也；五常，物之則也。昔者聖人「使契爲司徒，教以人倫：父子有親，君臣有義，夫婦有別，長幼有序，朋友有信」。曰「勞之來之，匡之直之，輔之翼之，使自得之，又從而振德之」，使教者以是而教，學者由是而學，蓋人倫之外無餘事也，五常之外無餘理也。父子之所以親，爲人心本有此仁；君臣之所以合，爲人心本有此義；心本具乎禮，長幼所以有序；心本具乎智，夫婦所以有別；朋友之所以交，非心本有此信乎？五常之理，元具於吾心而無少虧；人倫之事，日接於吾身而不能捨。此道之所以不可須臾離也，此學之所以當遜志而務時敏也。

其用語平實，穩健自然，圓融流暢，簡淡有力，非深明于修身養性之道者不足以語此。同時，許謙在辨析概念時特别注意條分縷析，詞義周延，如《答或人問》中分析「無極而太極」之論：

周子探大道之精微，而筆成此書。其所以包括大化，原始要終，不過二百餘字，蓋亦無長語矣。謂之去「無極」二字而無所損，則不可也。太極者，孔子名其道之辭；無極者，周子形容太極之妙。二陸先生適不燭乎此，乃以周子加「無極」字爲非，蓋以爲太極之上不宜加「無極」一重，而不察「無極」即所以贊太極之語。周子慮夫讀《易》者不知太極之義，而以太極爲一物，故特著「無極」二字以明之，謂無此形而有此理也。以此坊民至今猶有以太極爲一物者，而謂可去之哉？朱子辨之精，而曉天下後世者亦至矣。此固非後學之所敢輕議也。此外則無可疑可辨者矣，非朱、陸二子之思慮不及也。

此段文字層層深入，步步推進，辨析「無極而太極」之意：「無極」非「太極」之上實有之一物，乃是針對「太極」無形有理之形容而言，「太極」之上必加「無極」二字方能準確清晰地表達「太極」之體用。論説精深，而心氣平和，紆徐不迫，具有極强的説服力。

三、許謙的文學觀念

許謙一生勤學不輟，曾自謂「吾非有大過人，惟爲學之功無間斷耳」。除學術著述如《讀四書叢説》《詩集傳名物鈔》外，亦有詩文集傳世。其詩文集生前未結集，去世後「其藏于家者，有詩文若干卷。文主於理，詩尤得風人之旨」（黄溍《白雲許先生墓誌銘》，《金華黄先生文集》卷三二），這若干卷詩文經歷了漫長複雜的結集過程，成爲我們今天看到的《白雲集》（詳第四部分）。雖然歷盡滄桑，許謙詩文最終保留下來的極少，本集所收僅一百六十二篇（首），再加上筆者輯佚所得文三十一篇（含殘句二篇）、詩十二首，也不過區區二百餘篇。但縱覽許謙創作，其詩興象燦然，寄意高遠，雅正淵深，雖有理語而往往理趣盎然，遠非宋代理學家單純連綴理語質木無文者之可比。其文則長於議論，説理縝密，平淡紆徐，雖以單行散句爲主，然亦不避駢儷，且往往以之增加氣勢與文采。許謙很少直接表達自己的文學思想與見解，但從其詩文成果及時人的評價中，也能看出其整體創作思想：

第一，强調創作要有興趣之真與義理之微。

許謙有《秋夜不寐，觸物感事，雜然成章，言無汴例，適興而已，凡十二首》（又名《秋夜雜興詩》），雖不見於《白雲集》（見本書《補遺》卷二），然其手卷元明時多人曾有題跋，且都表達出類似的贊嘆傾慕之情，從諸人的評述中可以很好地窺見許謙的文學觀念。因這十二首詩是許謙贈予好友、同學兼弟子吴師道的，故吴師道在跋文中詳述其來龍去脉及二人之間的真摯情誼，謂：「右古詩十二首，白雲先生許君益之之所作也。乙亥之夏，某病目甚劇，至秋稍平，則以文字承教於君。君勸以損讀省思，毋爲此無益也。一日，忽寄此詩來，且以書言之曰：『吾欲子之見之爾，慎無和也。』蓋君平時罕作詩，以爲不發于興趣之真，不關于義理之微，不病而呻吟者，皆非也。然則此豈苟作哉！觀其文貌音節，上溯晉魏，而寄興高遠，旨味淵泳，則有得于紫陽夫子《感興》之遺者也。既不鄙而教我，又慮其苦心動疾而愛我，君之於我，乃至此哉！」吴師道一方面有感於許謙「平時罕作詩」而認爲此詩必非「苟作」，另一方面更感動於昔日許謙之「教我」「愛我」而「輟筆泫然」（《許益之秋夜雜興詩》，《吴禮部文集》卷一五）。請看組詩第一首：

> 秋風撼庭樹，涼月流素輝。蟋蟀鳴牀隅，飛螢入羅幃。憂來不得寐，散步褰我衣。感此時節换，種種雙鬢絲。羲軒大聖人，寧復留今兹。衾易斡元化，委順夫奚疑。願堅樹德心，没身以爲期。

許謙自秋風素月、蛩鳴螢飛的典型秋夜之景起興，寫到歲月如流雙鬢如絲的憂愁，然而接下來并非一味低沉，而是突然轉折，由聖人亦不能長存的感慨轉入委順乘化的曠達，最終歸結到在短暫的生命裹要樹德定心的信念，確實是發於興趣之真、關於義理之微的佳作。陳旅《跋許益之古詩》謂許謙「不喜矜露，人罕見其辭章」，而以此詩贈吴師道，「豈非以相知之深，相好之篤而然歟」？并指出「近世有儒者、詩人之分，深於講學而風雅之趣淺，厚於賦詠而道德之味薄，要非其至焉者。其至焉者無儒與詩人之分也。先生沉潛載籍，大而聖賢心學之蘊，細而名物度數、文字句讀、音義之詳，靡不究極。隱居終身，不以自外至者易其素守，計其平日之所以用其心者迨若未遑他及。而此詩沖澹醖藉，音節跌宕，而興致高遠，乃若專久于爲詩者，是豈可以向所謂儒者目之哉？其庶幾吾之所謂至焉者邪！觀其詩，想其爲人，蓋亦一世之豪傑而不見於用者耶。」（《安雅堂集》卷一三）陳旅認爲將儒者與詩人判然二分是不對的，「其至焉者」如許謙是能做到融合貫通二者的，其詩既有聖賢心學之藴，又有興象高遠之致，乃是儒者與詩人合一的典範。宋濂在《題許先生古詩後》先簡述《秋夜感（雜）興》十二首與《遣興詩》十首後，從「感遇詩」詩歌史的角度對許謙的創作作了高度評價：

夫自陳伯玉倡爲《感遇詩》三十八首，而李太白繼作，遂衍爲五十有九，君子稱其得《風》《雅》之正。至於文公朱子《感興》之什，其數比陳僅餘其半，方之於李，則將闕其三之二。言辭固若不多，然於太極陰陽之數，家國治亂之由，異端害道之故，無所不及。非惟二子不能道之，黄初而降，大曆以前，吾恐未有臻斯理者也。今先生之詩，其音節則倣二子而絶仙佛之誕，其旨趣則本文公而寫性情之真。雖言無統例，與朱子少殊，而其寄

詠之深，隱憂之節，實有出夫二子之外，其於傳世固無疑者。（《宋文憲公全集》卷四五）

宋濂認爲許謙之作音節腔調學習效倣陳子昂、李白而無假托佛道的怪誕，思想旨趣則本於朱熹理學而真實抒寫性情，是將儒者的「仁義道德」之意與詩人的「風花煙鳥之章」完美融合的作品。

第二，强調自得之妙與學習古人相統一。

「北山四先生」作爲正統理學家，其重視文學的功用首先是爲了更好的闡釋道而服務的。許謙《送胡古愚序》謂：「古之立言者，誦於口而可以心存，存於心而可以身踐，而成天下之務，則聖人之道也。」指出「言」必須要通過自己心靈的體會與個人實踐的檢驗，然後表達出來，才能合乎聖賢之道，纔是真正的「立言」。如果只能「口誦之而不足明乎心，降其心以識之而不可施於事」，不能自得於心，不能於事上踐履，那就只能流於「老佛之流之説爾」，不是真正的聖人之道。「道固無所不在，聖人修之以爲教，故後欲聞道者，必求諸經。然經非道也，而道以經存；傳注非經也，而經以傳顯。由傳注以求經，由經以知道，藴而爲德行，發之爲文章事業，皆不倍乎聖人。則所謂行道也，傳注固不能盡聖經之意，而自得者亦在熟讀精思之後爾。」（《與趙伯器書》）許謙强調博覽前賢傳注經疏，熟讀精思之後有所自得，「是須自得於己，而後可及乎人」（《上憲使劉約齋啓》），而「自得之妙，力行之功，他人不得與焉。」（《與吴正傳書》）

據查洪德先生的研究，「自得」是中國學術與詩學的一個重要概念，產生於先秦，此後歷漢、唐至宋，其意義更爲豐富。理學產生後，「自得」成爲理學家論學的核心概念，其意義也發生了多向變化。「自得」概念進入詩學，帶著此前全部的詞義發展，又有適應詩學的變化（查洪德《論「自得」》，《文史哲》二〇一三年第五期）。許謙多次使用「自得」一詞，多用於恭維或夸贊他人，如《賀憲使敬威卿除江西參政啓》贊揚敬儼學術「皆自得之筌蹄，庸發揮於事業」；《復張子長文》贊揚張樞「既自得於黽勉，隨所往而徜徉」；《回南臺都事鄭鵬南浼點書傳書蓋鄭有讀書凡例之問》末謂「但恐大師宿儒有自得之學，非晚輩之所可測識者耳」；《跋趙閑閑注心經》稱趙秉文「觀其表章句義若有自得者，則其志或可見矣」；《送郭子昭序》稱郭子昭「偏循大江之南，獲交當世君子，多隨其高下，師尊之，友接之，所自得者益廣」……可見，許謙所用「自得」首先是理學上的「自得」概念。然而對許謙而言，「自得之妙」不僅是一種理學統系上的消化與吸收，更是一種自出機杼的轉化與創造，還帶有哲學與文學的形而上意味。許謙《回潘縣尉啓》說自己「雖無吟風弄月自得之樂，亦有傍花隨柳適情之游」，前半句不妨理解爲自謙，後半句則不乏自許之情。「吟風弄月」與「傍花隨柳」俱爲理學典故，涉及周敦頤和程顥二人。程顥說自己「自再見茂叔後，吟風弄月以歸，有『吾與點也』之意」，用「吟風弄月」一詞形容兩代大師相見後心有靈犀、春風舞雩、瀟脫出塵的理學境界，是一種典型的詩意化表現；程顥還有《偶成》一詩，中有「雲淡風輕近午天，傍花隨柳過前川」之句，亦是一種體悟得天理自性後安閑沖淡的理學境界的詩意傳達。許謙以此二句自評，既有理學的深厚底藴，又不乏文學的靈動與情趣。而在《復張子長文》中，許謙即用「吟風弄月總閑情，隨柳傍花皆樂意」二語表達對張樞其人的肯定與贊揚。

在强調「自得之妙」的同時，許謙也主張向古人學習，他更常用的語詞是「慕古」。首先，他追慕古人，對陶淵明、孟浩然等有隱逸情懷的詩人充滿了敬佩贊嘆之情，「淵明千載人，犖犖瑚璉器。世醉不可醒，杯杓聊卒歲。」(《遺興十首》)「淵明千載士，風流今幾何。」(《用潘明之韻贈陶思齊》)「彭澤陶元亮，南山孟浩然。」(《次韻潘明之見勉之作》)對其他知名或不知名的古人他也深懷尚友之情，如「古來貴尚友，萬善在熏炙。古人不可見，今人豈易得。千載遥相思，空使我心惻」(《遺興十首》)。「古人吝許可，名實貴相擬。汝南月旦評，一言定非是」(《酬吴正傳》)。「古友安可尚，千載空相望」(《次韻景文杭州見寄》)。「置身道義中，尚友古天民」(《聞潘明之來錢唐因何先生行聊用寄懷》)。其次，在追慕古人的同時，他更加追慕古學、古道。《酬胡古愚》謂：「羡君嗜古學，摛筆發清麗。源浚流且長，唐虞力能致。」他還説自己「慕古道真若汪洋」(《答潘明之啓》)，説自己「東南互鄉子，古道昔所慕」(《上李照磨四首》)，更感慨於「古道迷荆榛，本來直如矢。剪除須累工，寧可旦夕俟」(《潁川趙璉從予游逾二載，復同夜坐草亭，考索理義，始至大辛亥十月癸未，至皇慶壬子五月癸丑而止。誦講之餘，時相與步武庭中，倚樹凝立，仰觀俯察，莫匪佳趣。間以所見，輯成韻語，得十餘篇。於璉之行，書以贈之》）。可見，許謙既强調「自得之妙」，重視誦於口、存於心、踐於身的切身學習過程，也重視學習古人、古學、古道，二者在許謙的思想認識中是并行不悖的。

正因此，許謙的詩歌創作以古體爲主，約占了其現存詩歌數量的十之七八。且古詩也是其詩歌創作中最出色的部分，文淵閣《四庫全書》本《白雲集提要》謂：「其詩理趣之中頗含興象，五言古體，尤諧雅音，非《擊壤集》一派惟涉理路者比。」實際上其四言古詩數量雖少，亦文句簡古，寄興悠長，典雅純正，如《白鳥》以「有白斯鳥」起興，寫其骨格、毛羽、飛翔諸態，寄寓自己「扶摇一沖，時之俟矣」的高遠志向。《鬱松贈陶思齊任通波驛長》以「鬱鬱喬松，在彼中林」興起「我材既良，胡寧靡成」的道德期許，表達對陶思齊「聿其問津，雲漢之渚」的美好祝願。《松澗》一詩亦是以松起興，闡發趙宏偉自號松澗之旨，以「挺挺長松，色正氣雄。風雨霜露，無能動容」定下全詩基調，再寫松之高、松之貞、松之久，最後祝福趙宏偉「子孫繩繩，既壽且昌」。其五古更是如吴師道所云具有魏晋之風，或文字精美，興象鮮活，如《遺興》其四：「猗猗澧有蘭，馥馥沅有芷。獵獵石上蒲，泛泛水中芰。鮮鮮三徑菊，旎旎百畝蕙。采掇集衆芳，粲爛成雜佩。佩服何所從，將以待君子。」疊字的重複運用使音節流利圓轉，蘭芷菊蕙等傳統「香草」意象的出現更是給詩增添了典雅深厚的意味，可謂上追漢魏。或大氣磅礴，剛健雄渾，如《孔濤巨源攜八世祖中丞擊蛇槐笏求詩》：「芒芒宇宙間，一氣陶庶彙。流行有天常，偏駁乃爲沴。惟人萬物靈，順正補其弊。所以致中和，能使天地位。中州際明時，和氣興善治。偏方或湮鬱，逖彼西北裔。神人糅雜居，詛盟成蠱媚。怪虺據琳宮，奔走傳詭異。潔牲祀朝夕，牧守率羣吏。孔公聖人胄，天質抱剛毅。直養氣已充，平素有集義。憐彼鰥人愚，惡此醜物厲。抽笏奮而前，一擊首隨碎。壯心發陽剛，排斥陰險類。諒兹咫尺簡，寧比劍戟利。敬存勝百邪，妖孽何所避。遂能格君心，謇謇居諫議。君家愛甘棠，什襲傳八世。豈惟子孫珍，觀者咸起畏。勿徒寶此傳，肖德惟尚志。」此詩叙事兼抒情，剛勁有力，在元代異族統治之下，重申「偏方或湮鬱，逖彼西北裔」或不爲無意，與《自飛霞觀登積穀山》中的「欲望城中登絶頂，腥羶觸目不堪論」一樣有著難言之隱。或委婉典雅，風骨凌凌，如《酬石抹州判》：「核中自懷仁，日夕長根幹。扶疏茂枝條，本一末盈萬。一葉異顏色，元氣已不貫。是中豪釐差，遂爾生死判。簣虧不成山，敬勉何敢玩。」以核中之「仁」雙關仁義道德之「仁」，説明要像培植植物一樣來培養仁德，黽勉以敬，千萬不要因毫釐之差而功虧一簣。其七言古詩則更爲活潑流麗，圓轉如珠，如《次韻鄭性之遊多寶寺》：「瞿曇雪山身幾年，智慧兩足言因緣。東周伯陽談道德，鈎奇探隱文五千。江源濫觴委成海，溉灌九土流潺湲。名山佳水占幾盡，金碧突兀凌霞煙。元和貞士掃糠粃，生辰月界箕斗躔。口箝吭扼氣莫吐，退則疐後行跋前。天文將喪鵬乃賦，唐風竟靡鳳不翩。北山雲仍嗜墳典，時被羽服還逃禪。寶山多寶信有得，徐卿唱和佳篇連。空雲悠悠露山迴，片石鑿鑿分泉涓。畸人見詩思涉地，雜沓蠅紙相縈纏。浮生每嘆虚過隙，困學未足追逝川。卧遊倏欻盡裨海，長嘯白眼瞻青天。」全詩縱横捭闔，遍及儒釋道三教思想與人物，典故運用多而不繁，顯示出許謙深厚的文化素養與精湛的詩歌結撰藝術。

對于朱子一派重要哲學理念的「理一分殊」思想，許謙也在詩中有各種表述和强調，且亦是采用古詩的形式，如「道原出於天，合變無終窮。群經載道器，言異理則同」，「得人道乃弘，今古無不在。殊途固同歸，遐邇均一視」（《上李照磨四首》）；「錯綜固萬殊，至理本歸一」，「盤錯雖紛綸，百慮歸一致」（《潁川趙璉從予遊逾二載，復同夜坐草亭，考索理義，始至大辛亥十月癸未，至皇慶壬子五月癸丑而止，誦講之餘，時相與步武庭中，倚樹凝立，仰觀俯察，莫匪佳趣，間以所見輯成韻語，得十餘篇，於璉之行，書以贈之》）；「要知霄壤隔，乃在毫髮間」（《贈江行父》）；「扶疏茂枝條，本一末盈萬」（《酬石抹州判》）；「風氣有淳漓，恒性固無異。盡心全此天，言語亦餘事」（《酬胡古愚三首》）。正如研究者所指出的，「北山四先生」深受朱熹文學觀的影響，他們的文學觀是理學化的，是本著「道本文末」「文以載道」的宗旨的（王錕《北山四先生理學化的文學觀述論》，《浙江師範大學學報》二〇一〇年第四期）。只是作爲四先生最末一環的許謙，其偏於理學的程度固然依舊很大，然在時代背景的熏染下，其偏於文學的程度亦明顯大於何基、王柏、金履祥三先生，因而成爲了金華學派「流而爲文」的一個過渡，「文顯而道薄」也成爲一個不可避免的現象。

對這一現象，較爲中允的學者如黄百家認爲「雖然，道之不亡，猶幸有斯」，整體上仍持肯定意見，甚至對許謙後學的「得朱子之文瀾」是贊揚的；個别嚴苛的理學家則提出批評意見，如賀欽認爲許謙「不免於文士浮華之習，佛老異端之惑，淫媟鄙猥之辭也」(《醫閭集》卷三)，所批評的恰是許謙創作中最富於文學性的部分，所謂「淫媟鄙猥之辭」當指許謙古詩中那些女性代言體之作，如「東家有處子，二十不逾閾。婉娩聽姆言，將欲備四德」(《遺興十首》)、「美人渺天涯，恩書中道絶。欲成新合歡，豈願長契闊」(《潁川趙璉從予遊逾二載，復同夜坐草亭，考索理義，始至大辛亥十月癸未，至皇慶壬子五月癸丑而止。誦講之餘，時相與步武庭中，倚樹凝立，仰觀俯察，莫匪佳趣，間以所見，輯成韻語，得十餘篇。於璉之行，書以贈之》)、「盈盈谷中花，皎皎當窗女。朝衣日窺鏡，揚晳還自許」(《秋夜雜興詩》)等。實際上，從文學的角度講，這不正是許謙詩歌創作中最富有情趣最敦厚温潤的部分嗎？所謂「文士浮華」「佛老異端」也是基於「作文害道」、儒學本位的横加指責，無須以「白雲之扃大，醫閭之守嚴，二子正可作韋弦之佩」爲賀欽曲爲開脱(孫奇逢《理學宗傳》卷一九)。

四、《白雲集》的成書及版本

現存許謙詩文集僅存《許白雲先生文集》(或有異名，而其實則一)。然據《八華山志》記載，許謙殁後，其弟子許三畏(字光大)曾「萃其遺稿，手鈔家藏，待後以傳，賴以不墜」。「白雲遺著」條下按語亦云：竹巖子(許謙裔孫許一元之號)云：「白雲文、賦、詩、詞乃門人三畏所遺，家藏耳。敢用壽梓，願與同志師式。」時「萬曆八年歲在庚辰季春之望」。然而無論是許三畏的「手鈔家藏」本，還是許一元萬曆八年「壽梓」本均未見其他記載，故下文所論仍據現存《白雲集》而言。

《白雲集》的傳世與許謙弟子王麟密切相關。因許謙的身體原因，王麟并未真正成爲許謙的入室弟子，然他卻終其一生對許謙抱有深沉熱烈的敬愛之情。據馮從吾《元儒考略》卷三記載：「王麟字兆祥，東平人。有志聖賢之學，聞金華許白雲謙講道。至順初，麟徒步往從之，謙作《學箴》遺之，麟佩服之。後舉於鄉，爲昌平教授，以所聞啓發學者。及謙卒，麟爲發喪制服，遇諱日必齋戒設祭。」王麟來求學時，許謙曾手書所作《學箴》一篇贈行，序言稱：「東平王生麟自燕城來，求受業於余。適余病劇昏瞀，莫能相告以道，留連僅一載，蓋垂橐而歸。於別也復求一言，因書近作《學箴》以遺之。」可見，許謙與王麟相處時間僅一年左右，且時值許謙病重，因而未能真正師弟授受，臨別時許謙手書《學箴》一文以送行。正是由于這一層關係，王麟終生以許謙爲師，服膺師説，搜集許謙的詩文手稿，成爲以後《白雲集》編纂的原始材料。而這些資料在王麟身後歸于其子王延齡，王延齡永樂初年曾以翰林待詔的身份參與重修太祖實録，任職翰林期間曾以許謙手書《學箴》出示同人徧請題跋，時黄淮、胡廣等均有題跋留存。之後，這些詩文資料流傳至王氏姻親李氏族中，準確地説，是王延陵的外甥李方曙手中，李方曙後傳于其二子李伸。李伸字希直，宣德七年（一四三二）舉人，曾任容城教諭，他曾對許謙手稿的最初情況有詳細記載：「余幼時得之余祖妣王氏之家。蓋王氏之先有諱麟者，實受學於先生之門，故其家多存先生之遺書焉。此蓋先生之草稿也，其手澤尚新，惜當時未有能編次以成帙者，故詩文雜亂而無統紀，簡策歷久而頗殘缺。」于是李伸將這些手稿進行整理，其作于正統十二年（一四四七）的序中説「余因而次第之，分爲四卷，繕寫爲集」，至此，許謙詩文集脱離草稿樣態而得以寫定成書。但由于李伸缺乏刊刻之力，只能「藏之巾笥，以俟他日托之有力者而板行之」。後此寫本歸于李伸弟子兼姻親張瑄之手。張瑄字廷璽，江浦人，受學于李伸之弟李侃，張瑄之姊且嫁與李侃，亦從李伸問學。張瑄得許謙詩文集後，屢欲刊刻，然均因各種原因力有未逮。直至成化二年（一四六六），金華人陳相爲憲職，出巡廣東，「偶與方伯江浦張公論事之暇，談及吾婺在昔理學之盛。忽袖出許公《白雲集》寫本四卷見示，且曰欲刻之未能。予得之，昕夕莊誦，殆忘寢食，儼乎身登其門，聆其誨，而歎親炙之罔及也。因節廪食之餘，助方伯公購梓，刻之庠舍，以嘉惠來學」。至此，歷經歲時、輾轉多人的許謙詩文集終于以刊本的姿態出現在世人面前。這其中有王麟、王延齡父子的搜集寶藏之力，李方曙、李伸父子的保存整理之功及張瑄、陳相的促成刊刻之績，真可謂沉珠再現，幽壤重光。陳相刊刻的這一《許白雲先生文集》也成爲後世各種許謙詩文集的祖本。

許謙詩文集自刊刻以來，雖版本不少，但似乎傳播未廣，現存版本可分爲明刻本與清刻本兩個系統。

（一）明刻本系統

明刻本以上文所述成化二年陳相刊本爲最早，此本刻于廣東，題《許白雲先生文集》，半面十行行二十字，黑口，四周雙欄，前有成化二年金華陳相序、正統丁卯金臺李伸序、《元史》載白雲先生行實。卷一四言古詩、五言古詩、五言律詩、七言古詩、七言律詩、七言絶句；卷二賦、序、記、行狀；卷三啓、文、書；卷四論、説、雜著、詞。後附《學箴》及黄淮、胡廣、張洪、錢溥跋；末有成化乙酉張瑄後序。此本傳世極罕，歷來爲藏家所寶，今國家圖書館、上海圖書館有藏本。《四部叢刊續編》曾據常熟瞿氏鐵琴銅劍樓藏正統刊本影印，遂爲世所知。然所謂「正統刊本」實指李伸鈔定後作序年月，而非刊刻年月；且其中之陳相序爲據清刻金華叢書本補配。成化本既是現存許謙詩文集最早的版本，也是後世所有刻本的祖本，本次點校即以國圖所藏成化本爲底本。

因成化刻本流傳未廣，僅五十年間即書版無存，卷帙殘缺，陳相之孫陳綱乃據所得殘本重加刊刻，此即正德十三年（一五一八）重刻本（簡稱正德本）。陳綱序謂：「右許文懿公先生詩文四卷，乃我先大父巡按廣東時刻者，今經五十四年，綱又承乏僉廣東按察司事，因憶少年時嘗讀是書，惜其傳之未廣。故事事之餘，即詢此板，蓋已湮没無存矣。既而奉勅兵備嶺西，遂命肇慶府儒學教授王玉輩博訪之。越數月，庠生梁玠搜得此編，亦多殘闕，復命王玉輩多方考訂，其間仍脱落數葉，竟莫能得。」可見，陳相刊本僅五十餘年已幾無流傳，且卷帙脱落殘缺，陳綱爲繼先志，多方搜求，仍有未全之憾。因考慮到許謙「道統之緒，人品之高，詩文之雄，天下後世無不知之」，而其詩文之富也不當止于此，然而「今復見者亦獨此編」，因易其簽曰「白雲存稿」。此本半面十行行二十字，黑口，前有陳相序、正德十三年黄瑷序、李伸序、《元史》載白雲先生行實，後有張瑄序、正德十三年陳綱序。今國家圖書館所藏本原爲鄧邦述群碧樓藏書，末有辛酉六月正闇學人（鄧邦述别號）跋，原缺葉已得補齊，然目録仍缺最後半葉，至「朋黨論」而止，正文中卷四「八華講義」作「金華講義」。此次點校以正德本爲參校本之一。

另，國家圖書館藏有藍印本一部。此本葉十行行二十字，白口，單魚尾，四周單欄，板心爲目録及卷次，板心下方白文記頁碼。首爲《元史》載白雲先生行實，次爲許白雲先生文集目録，共四卷，分卷同成化本，有細目。後附録《學箴》并黄溍、胡廣、張洪、錢溥跋。卷一末有「白雲存稿卷之一」一行，他卷皆無。首葉自上至下有「慎遠堂師」「北京圖書館藏」「清美堂印」諸印，「《元史》載白雲先生行實」下空白處有墨筆手書「己亥秋朱子相購贈壬寅六月重裝」，疊壓於「北京圖書館藏」印之上。第四葉目録下自上而下爲「竇堂」「翼庵鑑藏」「椿萱書屋藏書」「清美堂印」諸印；正文葉自上而下爲「趙鈁珍藏」「一廛十駕」「師氏守玉」「椿萱書屋藏書」「清美堂印」諸印；末葉自上而下爲「北京圖書館藏」「師氏守玉守章昆仲印」「椿萱書屋藏書」「翼庵鑑藏」；可見曾經各名家寶藏。其行款、内容與正德本相類，惟卷四「金華講義」作「八華講義」。因序跋脱去，其刊刻時間尚難斷定，然當不早於正德本。此次點校以藍印本爲參校本之二。

至嘉靖間，南海教諭袁吉利用廣東提學副使歐陽鐸刻經剩餘的書板，將《白雲集》重新翻刻，此即嘉靖本。後有嘉靖甲申胡璉跋，謂：「余爲諸生太學時，嘗購是集市肆中，蓋寫本也。未詳伊誰而善。既失去且三十年，得端州之刻，意未愜。不再歲重蝕於蟻，益病焉圖新。南海袁校官吉得石江歐陽督學録經餘梓，不惜謄翻一過，以畀學者，并諧往觀。」可見這一版本以「端州之刻」（端州即肇慶，此指正德本）爲底本翻刻，内容、卷次均與正德本相同。今山東博物館及加拿大英屬哥倫比亞大學圖書館藏有此本。

至清康熙時修《四庫全書》，館臣得朱筠家藏本《白雲集》，乃自商丘宋犖家轉寫，前有陳相序、《元史》載白雲先生行實，後附録《學箴》及四跋，卷次、内容均與上述刻本相同。因而四庫本雖刻于清，卻屬明刻本系列。文淵閣《四庫全書》收録之《白雲集》，所據爲商丘宋犖傳寫之朱筠家藏本，但該本傳寫過程中可能有誤，致《提要》中部分指摘無的放矢，如「至於《南城晚望》詩乃五言長律八韻，而誤分爲二首」，實則成化本、正德本、藍印本中均無此誤。其二，四庫本尚有考證不精之處，如《提要》中謂「《故朝散（列）大夫婺州路總管治中致仕朱公壙志（記）》末稱『孤子某等泣血謹識』，全篇皆子爲父作之詞，乃他人之文誤爲收入」，然據筆者考證，此記實爲許謙代孝子所作，入許謙集中并無不妥。據黄溍《金華黄先生文集》卷三二《書曾大父代朱簽判作啓劄後》謂「遯山朱公蚤從我曾大父户部府君游，户部府君奇其材，以仲弟望江令之女歸焉。公年二十有六，擢龍飛乙科，初筮處之幕職」，此「朱簽判」與壙記之「人稱之曰遯山先生」，「始娶同縣黃氏」，「生於宋淳祐癸卯（一二四三）四月丁巳」，「咸淳戊辰（一二六八），進士及第，調從事郎、處州軍事判官」等處敘述均若合符節，應爲同一人。朱遯山之父從學于久軒先生（蔡沈之二子蔡杭），亦爲朱學傳人，許謙既有《祭朱治中文》（卷三），又代其子撰壙記，于情于理，均無不妥。其三，四庫本隨意改竄之弊在《白雲集》中亦多有體現。如《潁川趙璉從予遊逾二載，復同夜坐草亭，考索理義，始至大辛亥十月癸未，至皇慶壬子五月癸丑而止。誦講之餘，時相與步武庭中，倚樹凝立，仰觀俯察，莫匪佳趣。間以所見，輯成韻語，得十餘篇。於璉之行，書以贈之》一詩，此一長段文字即爲詩題，四庫本誤以爲序，乃另擬詩題「贈潁川趙璉十九首有序」冠於其前，誤分詩爲十九首。實則成化本、正德本、藍印本、金律本均分詩爲十六首，臺北「國家」圖書館藏鈔本《許白雲先生文集》雖亦另擬詩題爲「贈潁川趙璉十六首序」，然各詩之起迄與詩數無誤。再如《蔣聲父和前韻後衆不果遷再用韻》一詩中「中軍招我來，雲邊弄瑶草」一句，「中軍」二字諸本均作「中車」，不通。四庫本徑改爲「巾車」，文字雖通而失其本意。因上述底本不精、考證不力、擅改文字等問題，本次點校中，如非必要，四庫本不作參校。

（二）清刻本系統

雍正十年（一七三二），金履祥十八世孫金律刻金履祥著述爲《率祖堂叢書》（即《宋金仁山先生遺書》），同時附刻六種，其一即《白雲先生許文懿公傳集》。此書刻于婺郡東藕塘，首爲王崇炳序、戴錡序、黄溍撰墓志銘，次目録。正文後有黄廷元跋，再附李伸、陳相、張瑄、陳綱、胡璉諸序跋及《學箴》四跋。正文半面十行二十字，下黑口，雙魚尾，左右雙欄，版心刻卷次、葉數。每卷卷端分三行題「滇海後學趙元祚鑒定　瀫水後學章藜照閲；檇李後學戴錡編次　雙溪後學黄廷元較；吴寧後學王崇炳參訂　東湖後學金律梓」。此本與明刻本的最大不同在于卷次，黄廷元跋中稱王崇炳所出舊刻「其字句多訛」，故「細爲較政，補其遺缺而詮次之」，出於「克廣其傳之意」，改題爲「許白雲先生傳集」，經過黄廷元的重新編訂後，卷一賦、序、記、行狀；卷二啓、文、書；卷三論、説、講義、箴、贊、題跋；卷四詩、詞。卷帙分合與明刻本有了明顯不同，但就内容而言，并没有增加，只是在體例上做了一些調整，《學箴》收入文類，《題趙昌甫詩卷》收入七絶，但《放棹行》仍誤入七律。《城東南有虎群行有司命獵者捕其二以獻》「一矢糜其軀」句後直接「豈不念相從」，較之成化本，中間闕漏詩三首、計數百字之多。本次點校以金律本爲參校本之三。

至同治、光緒間，永康學者胡鳳丹立志纂集《金華叢書》，於是據金律本翻刻收入其中。卷首爲馬日炳序、王崇炳序、戴錡序、黄溍撰墓志銘，次目録，正文後有黄廷元跋，附録李伸、陳相、張瑄、陳綱、胡璉諸序及《學箴》四跋。其版式、分卷、内容均同金律本，每卷書名後另行題「元許謙撰　郡後學胡鳳丹月樵校梓」。《城東南有虎群行有司命獵者捕其二以獻》「一矢糜其軀」後加校語云：「此處有闕。檢目録，脱去《種松》《對竹》《送友人》三首。復據陳綱跋文内有『中間仍脱落數葉竟莫能得』之句，殆即此數葉也。」所謂脱去三首云云即金律本中所缺。此本流傳甚廣，《叢書集成初編》所收即此本。

《白雲集》主要刻本如上。此外，國家圖書館、臺北「國家」圖書館、南京圖書館、上海圖書館、湖南圖書館、重慶國書館、福建圖書館等還存有多種鈔本，大多數鈔本可據其題跋及文字判斷其原本，兹不贅述。

本次點校除上述正德本、藍印本、金律本三個參校本之外，適當引入其他有關典籍進行參校，如《八華山志》《元詩選》《金華詩粹》《東陽歷朝詩》及許氏宗譜等。尤其是以記録許謙講學八華山爲主要内容的《八華山志》對《白雲集》有特殊價值，故全書收入附録中（見附録五）。《八華山志》所收許謙詩文或可供考證文字之用，如《蔣聲父和前韻後，衆不果還，再用韻》一詩中「中軍招我來，雲邊弄瑶草」一句，「中軍」二字諸本均作「中車」而意不可解，四庫本誤改「巾車」。惟《八華山志》作「中軍」，且注謂「中軍謂萬户侯蕭北野，與先生最善。許孚吉，北野外甥，因迎先生至山中」。始知作「中軍」方文從字順，語意無舛。另外，《八華山志》中收録的許謙詩文與《白雲集》或有同詩異題現象，如《八華山志》卷下收《題許三畏留别三首》，且謂：「三畏自幼即師事白雲公，才氣英特，以德業自期許，白雲嘗勉之以詩，《留别三首》其最警切者。」然此《留别三首》詩題不見于今《白雲集》，而詩文本身却見于《白雲集》，其第一、三首乃《潁川趙璉從予遊逾二載，復同夜坐草亭，考索理義，始至大辛亥十月癸未，至皇慶壬子五月癸丑而止。誦講之餘，時相與步武庭中，倚樹凝立，仰觀俯察，莫匪佳趣。間以所見，輯成韻語，得十餘篇。於璉之行，書以贈之》之第十五首、第十六首之後半（自「大逵雖九達」至「慰我旦莫思」），其第二首乃《次韻丘以道》之第1首。再如《社日》一詩，《八華山志》卷下題作「社日與許三畏諸生同飲」，蔣金德先生補遺中亦收入後者而無說明，實則二者亦應爲同詩異題。對這種現象，本次點校暫依底本，不作改動，但在詩題後注明其異題，以供讀者研究。今人整理本蔣金德先生《許謙集》已於二〇一五年由浙江古籍出版社出版，許謙鄉人許國申先生之《〈白雲集〉注》已於二〇一六年由中國文聯出版社出版，亦時有參校。

本書點校之體例同《全書》凡例，不另出。

本書之編次俱依底本之序。除《白雲集》原文四卷之外，筆者在點校過程中亦致力于佚文的搜求，範圍涉及時人文集、著述、後世總集、方志、家譜等。近年出版之《全元文》《全元詩》爲元代文學大型總集，許謙詩文均有輯佚，計文四篇、詩四首。其中《全元文》中許謙文誤輯清人文一篇（《進通鑑全編表》）；《全元詩》中許謙詩筆者少輯《詠揚州瓊花》一首，多輯《朝真洞》一首，其餘所輯均相同，惟所據版本不同，文字小有差異。故合計本次點校輯得文三十四篇（含殘篇二篇）、詩十四首及許謙之子許亨文二篇，輯佚之量已過本集四分之一，録爲補遺二卷（文一卷、詩一卷），附於原集四卷之後。然恐仍有遺珠之憾，當俟之將來。書末附録四卷：一、碑傳誌銘，二、序跋提要，三、其他傳文交遊資料，四、許元許亨資料。另附録《八華山志》一種，爲保持其完整性，其中有與他資料重複者則注參見而不贅録，文字不全或版本不同者則酌情重複收録。上述附録均爲關於許謙之資料匯編，供學界參考。附録文字舛誤錯漏之處徑改而不出校記，每條下注明出處并附所據版本，閱者可自行查考。

本人資質駑下，才疏學淺，雖竭盡全力，然疏漏錯誤之處在所難免，懇請各位方家斧正。

浙江師範大學人文學院　崔小敬

許白雲先生文集序

吾婺道學之傳，自宋東萊吕成公以身任其道，倡鳴于南渡之後，卓乎不可及已。元有仁山金文安公，以其傳於北山何文定公、魯齋王文憲公者，而傳之白雲許文懿公，蓋北山得於勉齋黄氏，而勉齋實出考亭朱子之門，故傳得其正，粹然以道名家。他如待制浦陽柳公、侍講烏傷黄公、禮部蘭谿吴公、翰林東陽張公及國朝學士景濂宋公、待制子充王公，皆以斯文羽翼其道者也。海内論鄉學淵源之懿，師友繼承之篤，蓋莫如吾婺，而吾婺晚生後學一何繼承之寥寥哉！蓋嘗讀其文，則亦知其道矣。

近吾忝第賢科，拜憲職，出巡東廣，偶與方伯江浦張公論事之暇，談及吾婺在昔理學之盛，忽袖出許公《白雲集》寫本四卷見示，且曰欲刻之未能。予得之，昕夕莊誦，殆忘寢食，儼乎身登其門，聆其誨，而歎親炙之罔及也。因節廪食之餘，助方伯公購梓，刻之庠舍，以嘉惠來學。方伯公謂予宜有序。因竊歎曰：「昔許公嘗云『君子之身存而其道之行不行者，天也；身亡而其書之傳不傳者，人也。』」夫書之傳即其道之行，今許公身雖没已踰百年，而一旦賴方伯公出其遺書以行於世，使來學知所敬承，豈非待其人而傳乎？敢以此僭引諸篇端。

成化二年歲次丙戌春正月既望後學金華陳相序。

許白雲先生文集序

斯道也，堯、舜、禹、湯、文、武以之相傳而至於周公、孔、孟焉，孟子没而其傳泯焉。漢唐之儒，若賈誼、董仲舒、韓昌黎，亦庶幾乎斯道也。醇疵相間，故卒未有接乎孟氏之傳者。歷千又餘年，至於有宋，真儒輩出，如周、程、張、朱數君子者，始有以承孟氏之絶學矣。繼之以真西山、蔡九峰、胡文定之屬，皆所以闡明斯道者也。迨夫元之許魯齋、劉静脩、吴草廬，又皆篤信斯道者也。其白雲先生，則又得夫朱子之正傳，而能大顯斯道者也。先儒謂程子之道，得朱子而復明；朱子之大，至許公而益尊。夫豈不信？

今觀其文，究極夫六經，出入乎子史，浸淫於群書，其規模固不出乎韓氏、柳氏之文，然不樂聲利，則非退之溺於功名之可擬；操持節概，則非宗元黨比勢要之可侔。脩身體道，佩仁服義。故其發之於言辭也，深厚而雄博，至誠而諄悉。故曰根之茂者其實遂，膏之沃者其光曄，仁義之人，其言藹如也。若先生者，誠有以任夫聖賢斯道之統緒矣。

先生之没，迄今百有餘年，其所著之書，見其傳于世也。余幼時得之於祖妣王氏之家，蓋王氏之先有諱麟者，實受學於先生之門，故其家多存先生之遺書焉。此蓋先生之草稿也，其手澤尚新。惜當時未有能編次以成帙者，故詩文雜亂而無統紀，簡策歷久而頗殘缺。余因而次第之，分爲四卷，繕寫爲集，藏之巾笥，以俟他日托之有力者而板行之。

憶昔歐陽子得韓文於漢東李氏之弊筐，而甚愛之，時去韓子蓋已二百年矣，遂以之而倡率學者，其後天下之士非韓不學也，至於今猶然，豈不盛哉！先生之文，隱而復見者而與韓無異；余得先生之文，愛而好之也而與歐不殊。蓋先生之學識純正則超軼於韓子，余之闇劣卑微則深慚於歐公，尚何足與先生文爲之輕重哉？幸知言君子倡率之如歐之於韓也，則先生之文不患乎不行於世矣，此余之所望也。歐陽之記韓文曰：「道固有行於遠而止於近，有忽於往而貴於今者。蓋其久而愈明，不可磨滅，雖蔽於暫而終耀於無窮者，道當然也。」先生是集若行，則其所以左右聖賢相傳之道者，將爲不小也。

先生諱謙，字益之，世號白雲先生，詳見《元史》，兹不贅言也。

正統丁卯七月既望金臺後學李伸序。

元史載白雲先生行實

元順帝至元三年冬十月，金華處士許謙卒。

初，謙聞仁山金履祥講道蘭江上，委己而學焉。履祥曰：「士之爲學，若五味之在和，醯鹽既加，則酸鹹頓異。子來見我已三日，而猶夫人也。豈吾之學無以感發於子耶！」謙聞之，惕然。時履祥年七十，而謙年三十有一矣。履祥嘗告之曰：「吾儒之學，理一而分殊，理不患其不一，所難者分殊耳。」謙由是致其辨於分之殊，而要其歸於理之一。又曰：「聖人之道中而已矣。」謙由是事事求夫中者而用之。履祥既歿，謙益肆充闡，多所自得。自謂：「吾非有大過人，惟爲學之功無間斷耳。」

謙制行甚嚴，而所以應世者不膠於古，不流於俗，介而不僑，通而不隨，身在草萊，而心存當世。素志沖澹，以道自樂。浙東憲府聞謙名而不察其志，辟以爲掾，避弗就。肅政廉訪使劉公庭直舉茂才異等，副使趙公宏偉舉遺逸，亦皆固辭。趙宏偉在南臺，命除舍館，迎致謙，將使衆僚多士有所矜式。謙欣然爲之起，而不久留也。

謙既東還，以目眚倦於應接，屏跡八華山中，學者翕然嬴糧笥書而從。居再歲，以兄子喪而歸，户屨尤多。遠而幽、冀、齊、魯，近而荆、揚、吴、越，皆百舍重趼而至。謙之教，以五性人倫爲本，以開明心術變化氣質爲先，以爲己爲立心之要，以分辨義利爲處事之制。至誠諄悉，内外殫盡。嘗曰：「己或有知，使人亦知之，豈不快哉？」或有所問難而辭不能自達，則爲之言其所欲言而解其所惑，討論講貫，終日無倦。攝其粗疏，入於密微。聞者方傾耳聽受，而其出愈直切。惰者作之，鋭者抑之，拘者開之，放者約之。爲學者師垂四十年，著録迨千餘人。隨其才分，咸有所得。達官富人之子，望閭而驕氣自消，踐庭而禮容自飭。四方之士以不及門爲恥，縉紳先生至於是邦，必即其家存問焉。

謙素多疾，先是金履祥病革，徒步往省之。會大雪，中寒温。及奔兄璟喪於廣信，病增劇，不良於行。疾少間，而神更清茂。至是疾復作，謂其子元曰：「伯兄以是月二十三卒，我死殆與之同日乎？」及是日，正衣冠而坐，戒元以孝於母，友於弟，元復請所欲言，謙曰：「吾平日訓爾多矣，至此復何言？」門人朱震亨進曰：「先生視稍偏矣。」謙更肅容端視。頃之，視微瞑，遂卒，年六十八。門人以義制服者若干人。因其自號，題其墓曰「白雲先生」。

謙字益之，所著有《讀四書叢説》二十卷、《詩名物鈔》八卷、《讀書傳叢説》六卷、《觀史治忽幾微》若干卷，皆行于世，後謚曰文懿。

義烏黄氏溍曰：聖賢不作，師道久廢，逮二程子起而倡聖學以淑諸人，朱子又溯流窮源，折衷群言而統一，由是師道大備。文定何公基既得文公朱子之傳於其高弟文肅黄公榦，而文憲王公柏於文定則師友之，文安金公履祥又學於文憲而及登文定之門者也。

三先生婺人，學者推原統緒，必以三先生爲朱子之傳適。文懿許公出於三先生之鄉，克任其承傳之重，三先生之學卒以大顯于世。然則程子之道得朱子而復明，朱子之大至許公而益尊，文懿許公之功大矣！

許白雲先生文集卷之一

四言古詩

白鳥 甲辰六月十一日

僕屏居陋巷，一旦棟撓，讀《鴟鴞》二章而有感，因賦白鳥以自況。

有白斯鳥，生于林皋。稜稜骨格，翯翯羽毛。母兮天方，匪鸇伊鵰。含哺忘恃，哀鳴嗸嗸。

嗸嗸哀鳴，遷于壤木。豈無好逑，敦彼獨宿。渴飲而泉，饑啄而粟。聊樂我員〔一〕，亦曷云足。

飄風自南，霖雨既淫。蟒斷山拔，龍興海吟。墮卵覆巢，林莫我深。翅翕罔舉，口禁若瘖。

熒熒明星，上麗于漢。泛泛行舟，亦達于岸。維此好鳥，所止泮渙。控地決飛，鷃鶉斥鷃。

鴻雁在渚，鶬鴰在原。物以群分，維性是便。爾鳴雝雝，爾懷急難。無胥遠矣，今亶其然。

朝陽爰飛，夕月唳止。嗟彼燕雀，厥志焉擬。何天之衢，側目萬里。扶摇一冲，時之俟矣。

【校記】

〔一〕「員」，原作「冥」，據正德本、藍印本、金律本改。

鬱松贈陶思齊任通波驛長

鬱鬱喬松，在彼中林。斵之礱之，以榱以楹。我材既良，胡寧靡成。日居月諸，亦迭而逝。謀猶孔臧，庶拔斯萃。奮然于懷，耿耿寤寐。泛彼柏舟，集于西沂。征夫遑遑，予取予求。爾言毋暴，我心則休。遥遥道途，跬步斯舉。悠悠天衢，始振其羽。聿其問津，雲漢之渚。

松澗　頌趙治書自號

挺挺長松，色正氣雄。風雨霜露，無能動容。直幹摩空，雲中之龍〔一〕。泠泠幽澗，泉流石粲。甘則可掬，寒不可玩。孰云在山，爲江爲漢。維松之貞，倚澗之清。維德維用，相須以成。君子似之，克彰厥名。豈維棟梁，苓珀千歲。豈維澄源，潤物平施。盡其大全，始出乎類。秉心塞淵，有緝其光。本源之盛，枝派乃長。子孫繩繩，既壽且昌。

【校記】

〔一〕「雲中」，二字原泐滅，據正德本、藍印本、金律本補。

五言古詩

王申伯和此詩，不會予意，其言甚悲，余心少之，又作以終其説

壽夭齊彭殤，逍遥等鵬鷃。心室理未融，役役空瞶眩。得志鄙榱題，窮簷樂原憲。道在體自胖，奚必萬間羨。天地一穹廬，何適非所便。廓然居安宅，怡然觀物幻。老聃亦達人，以身爲大患。誰謂杜陵翁，乃有茅屋嘆。

上李照磨四首

道原出於天，合變無終窮。群經載道器，言異理則同。民生有物則，所要求厥中。先幾在知止，實踐乃聖功。心廣體自胖，萬象皆春融。寧爲四寸學，坐想成玄空。

濂溪振遺響，伊洛探玄旨。龜山載道南，江漢隔萬里。乾淳號鄒魯，三子森鼎峙。皇圖啓昌運，寰海共文軌。得人道乃弘，今古無不在。殊途固同歸，遐邇均一視。

中原清淑氣，世代生偉人。伯陽孔子師，千載今雲孫。窮經入閫奥，探道提綱綸。襟懷洒秋月，論議開愚昏。大材古難用，暫屈寧久伸。要當推所學，利澤均斯民。

東南互鄉子，古道昔所慕。悠悠二十年〔一〕，所向皆謬誤。私淑得碩師，引發使自趨。鞭繩屢提掣〔二〕，遠道迷蹇步。緬懷天下士，一覩快披霧。摳衣登公堂，隅坐視朝莫。

【校記】

〔一〕「二」，正德本、藍印本、金律本作「三」。

〔二〕「掣」，原作「製」，據正德本、藍印本、金律本改。

酬潘明之

鴻鵠凌青霄，燕雀巢白屋。凌霄志寥廓，巢屋亦云足。故人眇天涯，歲月如轉燭。昔爲交手歡，今成斷腸曲。嵩華日以高，江漢日以卑。道異謀不同，何日傷別離。書成情未盡，路遠夢更迷。相思溪水頭，猶如送君時。

贈禽演周梅鼎

星翁術多岐，禽學出最晚。舊云南陽公，格物明萬變。天經環陬維，隱見易昏旦。大化運甄陶，衆彙歸冶鍛。人生囿炁中，安能外長算。周生儒家流，心學理已貫。羅縷角與根，捷若緒抽繭。謂我四十年，始晦終且顯。我生逢百憂，子語堪一莞。聖賢不言命，言命固已淺。富貴安可求，有義當自勉。子今方壯年，所志在高遠。挾此任所之，侯門有青眼。

觀水

江源可濫觴，萬里會流派。海鉅莫能量，有容德乃大。

寺中有蔣身卿索詩，即席贈

豫章吟悲風，古刹響哀梵。空谷厭劫塵，涅滅成一浣。平生友於情，一夕嗟夢幻。升堂哭遺像，退坐起長嘆。誰歎身卿翁，儒雅閭里冠。屢出文字語，聊復解悲惋。對床聽風雨，咄咄夜達旦。月落雞三號，誰歌白石爛。

題曹提領湘靈廟聞樂見燈詩卷

重華陟遐方，馬斃車折軸。娥英失所天，往殉行且哭。聲凝衡山雲，淚染湘江竹。夫君不可見，異穴歎同穀。廟食三千年，境上惠徼福。事久竟忘哀，幻化驚耳目。音響鈞天和，光景清夜燭。曹公駭聞見，三月食忘肉。《簫韶》久已絶，豈假湘靈續。誰能寫新聲，如彼涓在濮。尚憶開元君，能傳《羽衣曲》。

遣興十首

光景何匆匆，志意空曼曼。百年能幾滿，歲月倏將半。起坐夜嚮晨，何由夢公旦。中流樹砥石，湍激從汗漫。未迴南楚轅，徒起北門嘆。

秋日常苦短，秋夜不可闌。葉鳴迅風晚，蟲怨零露寒。月白天炯炯，振衣起盤桓〔一〕。山川出浮滓，翳彼明不完。幽興中道絶，百感來無端。何當誅豐隆，致身無羽翰。清光亦何私，不照方寸丹。

少年學老農，旦暮言耘耔。種深本難拔，糞力生易滋。良苗勿揠長，惡草煩芟夷。天時互豐歉，人事更扶持。功備待日至，厚斂非所期。豈必務廣得，地力窮鎡基。惜哉無負郭，稼穡寧不知。

猗猗澧有蘭，馥馥沅有芷。獵獵石上蒲，泛泛水中芰。鮮鮮三徑菊，旎旎百畝蕙。采掇集衆芳，粲爛成雜佩。佩服何所從，將以待君子。

東家有處子，二十不踰閾。婉娩聽姆言，將欲備四德。錦機織回文，字古人莫識。蘭麝熏衣裳，闈闥謹容飾。良人仰終身，寧不慎所適。膏沐豈爲人，自脩女子職。

蓬生衆麻中，不扶能自直。寒窗效蠅鑽〔二〕，孤陋寡聞識。古來貴尚友，萬善在熏炙。古人不可見，今人豈易得。千載遥相思，空使我心惻。相思令人瘦，相思令人老。人瘦尚可肥，老大徒自悲。

淵明千載人，犖犖瑚璉器。世醉不可醒，杯杓聊卒歲。高風起廉隅，終古誰足岐。聖人道中庸，用舍由禮義。甘心事麯蘖，沈湎祇自穢。樂生亦知言，名教有樂地。

拾金復擲金，爭如鉏不顧。子魚惡能廉，强制情已露。向非迫畏友，晝攫亦何懼。平生有心事，狼籍見遲莫。經德安可回，所履在平素。

春風榮衆芳，秋露悴百草。羲和策日月，急疾兩飛鳥。枯桑號天風，俛仰波浩渺。氣流物隨化，金石不自保。人生寄蜉蝣，時邁胡不老。天地有終窮，微眇何足道。

乾坤無停運，清氣日夜生。人居覆載間，所息能不萌。握機養天和，持守如奉盈。得喪固有命，寵辱奚足驚。一身磐石重，萬鍾浮雲輕。丈夫有志願，誰謂吾無成。

【校記】

〔一〕「衣」，原作「夜」，據正德本、藍印本改。

〔二〕「蠅」，藍印本、金律本作「蠹」。

送蕭仲堅隨伯兄赴江陰

朔風集飛霰，歲月倏云已。芸芸萬物機，亦各復根柢。胡爲北征雁，一舉成千里。澄川稻粱肥，雲水渺難涘。靜集鳴相和，允爲得所止。

紫陽有遺書，秘啓天地根。描摸失真趣，議論徒紜紜。仁翁繼的緒，夢奠嗟不存。皋比淑至道，與子昔屢聞。要在足目到，言語何足云。

交際須得人，市道亦何益。張陳古英士，豈不重金石。一爲利所移，德怨易旦夕。輔仁可無友，獨學終固僻。唯應鮑叔賢，俛仰嘆陳迹。

次韻 丙午

朔風漠沙白，瘴日越荔丹。出門萬里道，爭似二頃田。拜塵素所薄，知命復何言。鄙夫競聲利，石火寒無煙。清風桐江水，捷徑終南山。丈夫時用舍，所貴無泚顔。得喪固一瞬，芳臭俱百年。坦途有覆轍，窮哭誰復憐。乾坤渺無際，我身蝨其間。浩氣貫元化，漸著豈不關。見可乃合道，行險祇自殘。平生作霖志，詎肯懷土安。風雲有嘉會，時至庸何難。君看激海鵬，振羽青霄端。

次韻木冰 正月

堯甸九載水，商郊七年晴。災祥氣所致，治世何重輕。方春時始和，嘉樹條垂冰。霰飛集杞柳，雨溜凝松楯。倏銀奮龍爪，圓玉刳蛟睛。怪招越犬吠，寒起巴猿憎。交薄粲精瑩，睒目一色盈。虛牝激爽籟，木杪琳琅聲。上天命靡諶，怨咨非由人。餘寒自凝沍，生意中敷榮。殷雷發丙夜，群蟄豈不伸。渾淪斡大化，微妙未易明。允矣理昭昭，誰歟視昏昏。元元繼無息，乃見天地心。運行烝適迕，變見成祲氛。句芒職木正，歷日甫及旬。聖人體天道，尚德不尚刑。木冰紀麟筆，竹帛垂魯庭。王正今再書，徵古聊慰心。咎夔集天衢，秉令如雷霆。仁風勁六合〔一〕，趨走星火奔。支離可攘臂，暖日脂車輪。東郊滿芳草，載驅適我情。胸中勿芥蔕，官府如冰清。

【校記】

〔一〕「勁」，正德本、藍印本、金律本作「動」。

次韻景文杭州見寄

窮通豈人爲，有命在彼蒼。索居際良會，晴日消寒霜。内求德乃備，粹玉先光芒。古友安可尚，千載空相望。

茂陵智哲翁，多欲不自知。少君與五利，荒誕夫何疑。大藥可立成，篤信猶兒癡。屢失求愈切，至今今人嗤。神方苟可得，我輩何憚爲。

我生逢不辰，知學況遲暮。猥器抱謏聞，達者肯一顧。榆陰得先覺，知我乃有素。冠佩參翱翔，鞭策多警悟。孤山友寒梅，清質不受污。遺我長相思，誠以夙昔故〔一〕。久交敬不忘，相勗言愈苦。自憐春絮狂，風雨漬泥土。自卑志易荒，勇鼓氣乃倍。富貴倘固有，鼎味終染指。蓋棺事方定，禍福可預計。譬彼陰陽流，屈伸理相繼。豈不爲身謀，風波有危事。安能鑿三窟，詭道收薛貴。

【校記】

〔一〕「昔」，正德本、藍印本、金律本作「夜」。

贈金月華

歲丁亢偏陽，祅魃肆大厲。不雨更八旬，赤地且千里。卧龍欒寒淵〔二〕，雷電驅不起。泉枯土山焦，地墳名木死。顧茲咫尺苗，秀實何所恃。豈惟生怨咨，溝壑有老穉。月華探道窟，暘雨能力致。從人預爲期，膏澤應時至。人心與禾稼，蘇息兆生意。胡爲天瓢慳，長風捲晴霽。願君再作霖，歲事斯可濟。

【校記】

〔一〕「淵」，金律本作「潭」。

贈江行父

有朋遠方來，傾蓋語已契。紛紛燕雀間，聽此孤鶴唳。中扃湛淵水，窺測渺無際。接人氣雖和，自律言頗厲。爲言君子交，相與期晚歲。珠玉生光輝，顧我形愈穢。康莊多風塵，窮巷絶車轍。慷慨感前脩，探索心屢竭。干將鼓洪鑪，不化凡冶鐵。泰山萬仞高，企足藉丘垤。意長時苦短，回首莫光滅。海爲百川歸，流派各有源。清濁豈不異，皆可觀其瀾。威儀動三千，意象非一端。要知霄壤隔，乃在毫髮間〔一〕。畢公勤小物，垂訓古不刊。子抱經濟具，我有丘壑情。半生猶滔滔，兩鬢俄星星。林間十畝地，坐嘯觀枯榮。白雲與流水，無心誰能争。君看岐路多，執轡慎勿輕。奮策當坦途，毋使侵榛荆。

【校記】

〔一〕「髮」，正德本作「厘」，藍印本、金律本寫作「釐」。

送高經歷

清風振千古，警省懦與頑。犖犖柱石器，盍置廊廟間。江南山水窟，適意聊盤桓。故園松菊思〔一〕，轅駕孰可攀。鳳池有所待，驥足那得閑。

世南行秘書，孝先五經笥。上下千載間，網羅無遺事。高談驚座客，揮麈發精義。淵泉浩晝夜，混混達源委。鯫生時摳衣，一見心已醉。

芙蓉泛緑水，優游東海瀕。天風一披拂，七郡涵餘芬。行人畏驄馬〔二〕，辟易清路塵。魑魅凜千霜，民物熙陽春。甘棠有仁蔭〔三〕，雙檜長輪囷。

膺門賢可登，融座客常滿。文章有小技，揚善棄所短。何地不生材，文木雜櫟散。免爲爨下薪，匠石曾一莞。匪謂成棟梁，時人已青眼。

少年苦跋涉，中歲頗悦道。秋霜苗未實，播植恨不早。乾坤眇無際，至理日探討。蒙頭愧種種，羲娥復佻巧。誰能分刀圭，使我長不老。〔四〕

昔年黄叔度，量若千頃陂。一時英俊人，那敢輕牛醫。終南多隱士，捷徑肆罔欺。承禎亦高識，至今人所嗤。君子病無能，何患不己知。

簡珠混泥沙，賢否未易别。緬懷貞白姿，飾外衹自潔。蹄涔生寸波，一勺固已竭。燕石擅美名，和璧正遼絶。每聆許與辭，媿汗幾耳熱。綱紀需碩材，曹掾非冗食。胡爲鄉校選，乃及山林迹。蠅營非素願，蝟縮已成癖。南州徐孺子，不愛公府辟。亦感際會恩，終身以爲德。

【校記】

〔一〕「菊」，正德本、藍印本、金律本作「柏」。

〔二〕「畏」，正德本、藍印本、金律本作「思」。

〔三〕「仁」，正德本、藍印本、金律本作「佳」。

〔四〕《金華詩粹》卷三録此詩，題作「贈金月華」。

孔衍聖幼年能書大字，以女妻之

玉樹生階庭，英才挺天秀。九齡書大字，學業日已富。東床有妙選，嘉耦聖人冑。洙泗後淵源，力積乃能究。勉哉南宫容，白日不可又。

趙天樂見示所著詩歌，因賦短句奉贈

神人栖三山，嘘吸備六氣。表裏冰雪清，欬唾珠玉瑞。先生天下士，逸氣欲蓋世。糠粃玄端衣，珍重紫霞帔。手抉雲漢章，道啓天地秘。喬期眇何許，心遠神與會。脱畧塵俗語，寧識煙火味。大篇富而温，短什清且麗。瞥見眼爲明，三復心已醉。大道貴玄默，名教資論議。損之至無爲，立言無乃累。緬懷赤松遊，泉石形夢寐。窮巷守環堵，扣户時問字。直欲外形軀，煙嵐挹空翠。三寶勿發揚〔一〕，固塞歸一致。胡爲尚呶呶，彝典敢無畏。

【校記】

〔一〕「三」，正德本、藍印本、金律本作「至」。

遊山二首〔一〕

九月十八日訪疏寮於盤溪，偕趙肅夫及其子璉。何仲英先行，遯山策蹇馬追及，拜北山遺像。夜宴，座中楊舜舉善滑稽，與遯山應酬不倦，夜半羅蘭似辭歸。

霜風摇疏林，木葉翳荒徑。煙開山色明，日出天宇净。行同二三友，緩步入幽敻。亦有童冠從，彷彿春服盛。後期策駑駘，蹇足心還濘。峰回路幾折，脱轡逢石磴。主人雅敬客，一笑出相迎。門庭對虚廓，彴畧壓澄瑩。緬懷百年人，嘉遯樂天命。盤溪異莘野，玉帛謝三聘。升堂拜遺像，生氣凜可敬。睥睨神欲交，鑽仰心不兢。猶餘滿案書，鉛槧精考訂。昌哉賢子孫，對客且涵泳。須臾肆莞筵〔二〕，列坐以齒定。肴核豐豆籩，魚肉富盤飣。勸酬逾十觴，罍滿瓶肯罄。劇談屢絶倒，隱語若響應。醉客騎馬閑，夜久奎已正。鋪牀對窗月，樹近影交映。見聞絶囂塵，夢境亦清興。曉起還看雲，此樂殊未竟。

【校記】

〔一〕金律本詩題旁有查慎行注曰：「目録作二首，今詩止一首。」

〔二〕「莞」，正德本、藍印本、金律本作「華」。

潁川趙璉從予遊逾二載〔一〕，復同夜坐草亭，考索理義，始至大辛亥十月癸未，至皇慶壬子五月癸丑而止。誦講之餘，時相與步武庭中，倚樹凝立，仰觀俯察，莫匪佳趣，間以所見輯成韻語，得十餘篇，於璉之行，書以贈之

明星懸樹端，白月在户外。坐覺群響空，默與萬象對。化流滿寥廓，境寂得清粹。涼風

颯然來，動物各有態。人涵天地心，此意有誰會。

鴻雁西南翔，清叫哀夜月。長風吹羽翰，日短孤影滅。美人渺天涯，恩書中道絶〔二〕。欲成新合歡，豈願長契闊。有力日可追，有志山可移。所思勿棄置，亦有相逢時。

北風吹庭樹，顔色日慘烈。豈必驗枝條，根株意寧絶。粲然作春榮，所養在消歇。苟非中夜存，膏盡火隨滅。

風霜門外多，爐炭室中暖。欣此清夜永，任彼寒日短。浮塵自憧憧，五色紛過眼。静極樂則生，窮陰見剛反。

雨來鳴四簷，擊柝聲忽五。捲書成燕坐，繼燭且晤語。誰能理枕衾，聊復議今古。彼哉心不存，清響乃愁緒。

寒梅五樹花，粲粲仙子魂。昆吾切玉刀，鏤刻無纖痕。潔脩最所敬，况復揚清芬。窮陰塞宇宙，微陽抱孤根。群林正僵立，生氣獨若神。後塵殿兒女，朱紫何紛紜。勁草居疾風，下偃非可倫。人能我則效，尋丈徒云云。

浚深及寒泉，圓甃涵老瓦。泓然出清泠，脩綆木巽下。未能極甘冽，聊亦濟九夏。渫泥窮根源，引汲復誰捨。

角尾備龍形，奎參陳虎迹。玄龜東矯首，赤鳥南奮翼。垣墻限異居，列守各有職。昏晦明冬夜，赫烈乃夏日。紛張若無序，四向皆拱極。錯綜固萬殊，至理本歸一。

朔風厲中宵，洒牖聲瑟瑟。推簾有奇觀，上下銀一色。秉燭處虛簷，呈巧猶六出。春回日未多，到地亦瑞物。鏤玉不受塵，貞質天下白。願言潔其身，視此以爲雪。

營營晝陰遄，膏火繼不足。研磨豈苟苟，厭此春漏促。發端未終竟，落日亦已速。更宜坐須臾，無負數寸燭。

晨雞催我眠，春鳥呼我起。無端促更籌，酣寢非所喜。古道迷荆榛，本來直如矢。剪除須累工，寧可旦夕俟。百草生階庭，蕪穢苦不治。紛拏亂人思，日夕事薅薙。或云勿剪除，交翠總生意。物具理即存，觀者安敢泥。苟能探中和，所在達源委〔三〕。

好鳥鳴春林，出入百如意。人能脱卑污，卓爾忘物累。盤錯雖紛綸，百慮歸一致。萬變攻我心，所秉元有義。

宵漏四十餘，疾急不可駐。役夫昧晨夜，戌柝迷夙莫。商頌歌悠揚，未足發歸趣。竹徑流疏螢，蕉葉瀉清露。咿咿遠雞鳴，蠅聲無乃誤。

雲行竟太虛，澍雨溉下土。豈惟稻與粱，餘潤及草莽。一物失沾濡，厥施猶未溥。大鈞陶萬彙，寧復間爾汝。用之盡吾仁，先後宜有序。

美材非不多，礱斲有所待。爾生得清淑，如白可受采。靈明螢照夜，污滓波翻海。精探復力脩，歲月德可改。罔念固作狂，勉勉敬與怠。〔四〕

朋從固有道，聚散亦有期。不遠千里來，荏苒踰再期。豈惟窮訓故，亦復語顯微。愛子量可容，愧我無所施。大逵雖九達〔五〕，捷徑嫌多岐。剛明履中正，君子貴自持。我亦觀爾成，豈忍言別離。尚須勤寄書，慰我旦莫思。〔六〕

【校記】

〔一〕「逾」，原作「途」，據正德本、藍印本、金律本改。

〔二〕「恩」，藍印本、金律本作「音」。

〔三〕「達」，原作「違」，據正德本、藍印本、金律本改。

〔四〕《八華山志》卷下録此詩，題作「贈許三畏留別三首」，爲其一。

〔五〕「逵」，原作「達」，據正德本、藍印本、金律本改。

〔六〕《八華山志》卷下録此詩自「大逵雖九達」至「慰我旦莫思」，題作「贈許三畏留別三首」，爲其三。

送李榮甫知事遷淮西

長松生岡陵，質與風木異。春和猶凜然，况處風霜地。塵埃飛六月，豈足爲我穢。一雨洗蒼蒼，凌空氣尤厲。

峩峩惠文冠，所任在鷹擊。立仗或不鳴，首尾較得失。民風已澆漓，得情良可測。尚須一分寬，但勿踰限閾。

淮水出桐柏，浙江發東陽。期會至滄海，千里遥相望。源澄撓不濁，水得固可量。願將此清泠，溥施彼一方。

送姜君澤赴浦江縣教

儒生解明經，地芥拾青紫。今古不同途，進取頗殊軌。尚餘庠序師，亦藉文學士。彬彬渭川人，自誠聊復爾。時猶困積薪，世乃收苦李。浦陽隔山雲，相望踰百里。苜蓿富朝盤，芹藻動秋水。振鐸揚教聲，衿佩若歸市。買骨天馬來，寧假終日俟。倘遇玄英翁，問訊今何似。

牧牛圖〔一〕

木葉紅欲落，野草青未枯。健犢喜跳踉，脱梏行江隅。牧人善防閑，爲擇牧與蒭。母牛徐掉尾，喣嫗鳴相呼。阿童得所托，静中樂華胥。豈惟置簑笠，乾坤一籧篨。苟能物付物，拱默湛如愚〔二〕。

【校記】

〔一〕《八華山志》卷下題作「題友生許三畏牧牛圖」。

〔二〕「湛」，原作「堪」，據藍印本、金律本改。

孔濤巨源携八世祖中丞擊蛇槐笏求詩

芒芒宇宙間，一氣陶庶彙。流行有天常，偏駁乃爲沴。惟人萬物靈，順正補其弊。所以致中和，能使天地位。中州際明時，和氣興善治。偏方或湮鬱，逖彼西北裔。神人糅雜居，詛盟成蠱媚。怪虺據琳宫，奔走傳詭異。潔牲祀朝夕，牧守率羣吏。孔公聖人胄，天質抱剛毅。直養氣已充，平素有集義。憐彼鰥人愚，惡此醜物厲。抽笏奮而前，一擊首隨碎。壯心發陽剛，排斥陰險類。諒兹咫尺簡，寧比劍戟利。敬存勝百邪，妖孽何所避。遂能格君心，謇謇居諫議。君家愛甘棠，什襲傳八世。豈惟子孫珍，觀者咸起畏。勿徒寶此傳，肖德惟尚志。

酬石抹州判

熊耳在長源，達河入于海。滔滔窮晝夜，浩浩潤千載。游滓泥不行，感歎歲月改。洒然見清泠，流派知有在。
舉目泰華高，足疲苦難到。剛毅久不渝，白刃斯可蹈。君能握要機，一蹴已深造。振衣千仞岡，何適非笑敖。
核中自懷仁，日夕長根榦。扶疏茂枝條，本一末盈萬。一葉異顏色，元氣已不貫。是中豪釐差，遽爾生死判。簣虧不成山，敬勉何敢玩。
大道固如矢，多岐亦生疑。登天雖無階，累土當有基。得才爲我才，所貴不自欺。茫茫萬里途，脫轡空騖馳。
黔黎多昏蚩，無情尚奇詭。片言未易直，前角後或掎。紛拏雖百端，折衷固有理。彼有虞芮田，荒蕪白雲裏。
平生鑄干將，未得歐冶訣。脊臘形粗成，一割刃已缺。安得百鍊剛，發硎光電徹。就君乞刀圭，爲我點凡鐵。

送何雲巘

采采泮水芹，握手同遊遨。重來二十年，相對嗟二毛。丈夫當自强，終肯埋蓬蒿。子今誠壯遊，快楫乘飛濤。神州集英俊，諒亦容吾曹。良璞宜待賈，日夕慎所操。口口是耿耿，自晦不可韜。 飲子白玉巵，左手持蟹螯。 天風吹黄鶴，佇聽鳴九皋。

石門洞

清溪護連山，雙壁鎖幽洞。 初登戞徑險，小入喜境空。 木落猱玃驚，叢卑禽鳥弄。 蹬行幾盤折，仿佛天籟動。 蒼崖倚空碧，仰睇石流潼。 分張山霧輕，翕聚魯縞重。 變化態萬千，蔽地風雷鬨。 粤從混沌鑿，天造景已貢。 仙靈擅虚寂，緘閟未忍送。 賢哉康樂翁，爲洗塵俗夢。 胡爲百年後，樂與老者共。 我來屬久晴，泉瀉澁如涷。 巒氣噴林薄，眯目作寒霧。 舟子招我行，風疾纜欲縱。 後期當何時，坐對玉蝃蝀。

思遠樓

玄樓矗城端，簷影墮水涯。 憑闌對堤草，鳴櫓飛浪花。 舊聞會昌湖，一望十里賒。 藩籬孰定地，相入如犬牙。 河間尋大波，僅可通行艖。 芙蕖已銷落，寒水浮枯葭。 佳景不及遠，興思重咨嗟。 夫人各有思，所異正與邪。 潮汐蕩漓薄，鄭衛生淫哇。 君子善發慮，身邇心則遐。 徘徊興未已，古木啼昏鴉。

華蓋山

群山如斗形，華蓋氣獨壯。奮身地勢高，極目天宇曠。周回萬象澄，一一來獻狀。中江漾孤嶼，瀕海横疊嶂。樓臺市中居，棋列相背向。烈風攪蒼林，落日鳴白浪。蜃氣薄浮雲，溟濛杳東望。長濠浸寒水，短楫起漁唱。同遊豈特達，竟爾忘得喪〔一〕。山下出蒙泉，夷坐待清漲。一掬襟懷空，自謂羲皇上。

【校記】

〔一〕「忘」，原作「志」，據正德本、藍印本、金律本改。

中川龍翔興慶寺

孤嶼浮中川，晝夜汩潮汐。何年地維裂，中斷洲渚失。兩峰峙東西，蔽影互朝夕。浮屠據稜層，梵宇絢金碧。飛龍迫風雷，曾此一憩息。昔時椎栢居，今作大士室。了師擇靈地，爲假蛟鼉窟。聚沙合舊港，連亘如片石。山扉夜無關，神物便入出。亂流攜故老，一一訪陳迹。

軒亭倚葭葦，濤浪倚几席。豫章號淒風，篠簜翳寒日。憑高慨今古，天海相蕩激。景在人易非，悠悠意何極。

暮過東津館

薄暮下東津，灘急舟劇箭。漁燈互明滅，隴月時隱見。清飔從東來，涼氣襲我面。目送兩山青，天長浄如練。

遊鍾山至八功德水

悠悠鍾山雲，朝夕礙我目。褰衣試一往，行與雲相逐。驅馬出東門，十里至山麓。幽人昔已亡，誰能繼芳躅。猿鶴棄故林，鼪鼯嘯深木。彼哉西方人，胡爲擅斯谷。豈云事幽棲，政爾眩華屋。泓泉抱何德，濁熱供一沃。巖回屐欲倦，小憩倚脩竹。涼飔自披襟，佳興亦云足。

酬胡古愚

扁舟下吴會，來看鍾山雲。文名久籍籍，千里期遇君。笑談屢款曙，所見副所聞。襟懷秋水净，氣宇春日温。試看一鶚舉，肯與凡鳥群。瀛洲豈云遠，薄言采其芹。

乾坤自闔闢，文章乃經緯。郁郁稱宗周，趨下日以弊。風氣有淳漓，恒性固無異。盡心全此天，言語亦餘事。倏辭擬盤誥，微理猶恐泥。羡君嗜古學，摛筆發清麗。源浚流且長，唐虞力能致。

秋風迫歸燕，宵露泫衰草。我留清溪曲，君望雙溪道。會合已恨遲，睽離奚遽早。論心議千古，何時一傾倒。爲我謝白雲，猿鶴故應好。

題蔣廟

乾坤孕群象，形鉅氣乃異。蒼龍蟠艮維，雲雨爲物利。因神姓此山，依憑兩相濟。豈惟托幽靈，固亦秉忠義。死分在一時，廟食終百世。英風久逾彰，邦邑共徼惠。豐碑樹松陰，圓鮮護新翠。已逼吹帽節，來此宜小憩。山光倚空碧，耿與秋色對。黄花雖未多，聊復成一醉。

舟中雜興

冉冉江上蘆，離離路傍草。霜露侵衣裳，何用涉遠道。鴻雁方有序，孤飛在林表。豈不顧其群，長風翮難矯。

琥珀能拾芥，頑鐵亦戀磁。人生志氣合，寧獨不似兹。道義固可久，世情終易移。感應理有常，君看雲雨施。寸心諒匪石，懼彼不我知。

亭亭嶺上雲，玄鶴相與飛。俛啄戀故巢，不得從雲歸。秋風飀黄葉，飄颻各何之。籯糧事遠遊，在昔聞斷機。栖鳥辭茂林，徘徊更依違。悠悠兩江水，共此明月輝。

昆侖萬仞高，我欲遊其顛。有道固坦蕩，茅塞誰使然。駕車審中路，力策宜可前。子今行幾何，進退日月旋。上可顧八表，手援咫尺天。實理乃真見，仿像誠虛言。

嵐煙紫崔嵬，波月光滉瀁。星宿懸虛篷，雲雨暗逸槳。震澤商氣深，雄風駕濤浪。白鷗與蒼雁，來往同簸蕩。吴潮海門闊，飛雪噴秋響。重重越山迎，汩汩溪流上。舟行歷旬日，佳景閱萬狀。孤征抱結思，所感動悽愴。安得同心人，詠歌共清賞。

釣臺詩 并序

子陵先生抱超世絶俗之姿，糠秕世事，視萬乘如一介，富貴尚安能淫之乎？侯司徒乃欲日暮自屈語言〔二〕，誠癡語也。雖與之素舊，豈足窺其際哉？知先生者，光武一人耳。三聘而起，論道故舊，言不及政，自擬巢父以明素心，光武固怏怏，不能終屈先生，則遂其志矣。世之論者謂先生以風節自高而厲當世，愚未嘗不以爲過也。若是，則有爲而爲之耳。夫天之賦於人者有分，自聖人能全其天，下是則以其得數之多寡而成性，雖問學漸磨去其泰甚，猶不能反於全。先生得天之清淳澹泊而成性者也，鱗潛深淵，鳳鳴高岡，安其所遇，紛紛游塵誠不足以浼之。不然，則光武賢君也，少與共學，以光武知先生之明，先生豈不知光武之可與有爲乎？以賢人之招而不屈，可與有爲而不爲，是矯世立名者，豈先生之心哉？在廷俊乂，各司其局，可以守成。際時清明，足遂高蹈，羊裘耕釣，樂我天真，奚必以汩汩以易所性？所以縱言不屈，率意放禮，正欲示不臣之意也。至於廉勵漢末，興起節義，固其高風有以動之，此則仁人利益後世自然之效，非先生素期其如此也。某嘗七過釣臺之下而不獲登，皇慶二年十月六日歸自金陵，始獲瞻先生之像於堂，因追論先生之志而繫以詩。

盜莽絶炎運，虐熖煽方熾。英雄各懷忠，韜匿有所遲。真人一呼間，風雲浩無際。浮埃掃妖孽，盤石奠神器。先生澹無欲，耕釣聊避地。俯首千仞岡，一莞群士戲。故人正九五，樂與共天位。棟梁及枅桷，堂構亦粗備。龍遊白雲鄉，美豢寧受縶。事君當盡禮，豈不熟兹義。胡爲夜牀足，加腹罔敬忌。羊裘有何樂，若是志乃遂。高節全一時，善利自百世。桐江眇舊游，山水貯清氣。升堂挹餘風，塵心等蟬蜕。

【校記】

〔一〕「侯」，原作「候」，據正德本、藍印本、金律本改。

送胡秋白衢州學正

東陽有佳士，轡盍鍾山下。變文摛風雲，論事共樽斝。爲言諸孫行，二妙皆作者。有懷不可見，情若江流瀉。今此逢少君，秋月澄霽野。儒術久不振，屏棄如土苴。泮林雖儲材，樲棘亂梧檟。固當詎詖行，扶植歸大雅。大末古名邦，生才今豈寡。善性水同趨，範模待良冶。

送敬參政

大行亘中州，上有千丈松。稜稜歲寒節，豈惟動春風。力可回萬牛，材大古所庸。爲國作柱石，矻矻扶棟隆。

秋霜凜清寒，忽化作霖雨。悠悠潮嶺間，草木得其所。上天仁萬物，寧獨覆南土〔一〕。旦夕均四方，雲行施斯普。

環堵陳簞瓢，頗亦礪清節。皇皇駟馬車，時委窮巷轍。勤渠義方教，誤立門外雪。一旦冀北空，報德惟自潔。

旃旆樹朔風，祖道車百兩。衆賓對膺舟，帆舉纜已放。今宵使星出，耿耿魁柄上。鵬翼若垂雲，楚天眇四望。

【校記】

〔一〕「獨」，原作「猶」，據正德本改。「南」，正德本、藍印本、金律本作「西」。

山中次韻酬馬生

學道如登途，進進不可止。轍迹每多岐，驅策宜審是。古來爲己學，不怨人不以。理義丈夫心，聲利兒女喜。賦質雖人殊，秉彝固天啓。發蒙自得師，乃可聞義徙。時時受提命，旦旦易聽視。不見雄雞冠，亦有犁牛子。所以先覺言，取友尚論世。老魚怯龍門，終在萬壑底。平生若臨川，無楫莫知濟。知濟謬悠身，俯仰袛自愧。馬生勳業胄，所禀當有異。青春且努力，白日不足恃。要須積厚風，堪負大鵬翅。我來爲山色，涉澗漱屐齒。歸休旬日間，頗奪塵俗氣。胡爲浪驚喜，松下擁車騎。此中無捷徑，寧以是心至。學士希聖賢，如晦徯晴霽。顧子方望洋，渺焉莫窺際。擿埴難索途，因親宜慎始。

採藥

亭亭北山松，宿靄蔭深碧。蒼根走虬龍，巨榦蟠鐵石。平生棟梁具，不受霜雪厄。兔絲得所附，裊裊掛千尺。流肪入九地〔一〕，千歲化琥珀。我欲掇其英，俯仰費搜摘。紅爐轉丹砂，石髓變金液。但恐茫昧間，圖驥不可索。意長時苦促，雙鬢日夜白。刀圭或可試，習習在兩腋。蓬萊三萬里，詎謂弱水隔。他時來山中，故老應不識。

【校記】

〔一〕「肪」，正德本、藍印本、金律本作「脂」。

贈相士蔣竹山

我昔河内家，舊有知人名。遺書滿天下，誰能得其精。蔣叟從何來，自托老門生。知我三十年，少晦今當明。燕頷侯萬里，鳶肩列蓬瀛。世無貧賤人，安別貴與榮。我分已無聞，子言良可驚。何以贈子歸，妙諭不在形。

城東南有虎群行，有司命獵者捕其二以獻

陰風曀晴空，群虎不畏逐。豈惟牛與羊，亦有山婦哭。昨日當道行，今作机上肉。群兇未盡去，何以慰荼毒？

長林肉醉後，怒目方負隅。何人奮强弩，一矢糜其軀。舊聞裴將軍，日斃三十餘。何如

弘農郡，負子不待驅。

市人何喧喧，縛虎入闤闠。前驅挾弓矢，炳蔚尚光彩。操刀競屠割，童穉亦稱快。平生百步威，狼藉今何在。世事無不然，聞者足以戒。

種松

青松如秧針，植在山之磎。豈惟娱心目，歲寒以爲期。未飽雨露恩，那識棟梁姿。蓬蒿塞三徑，埋没誰復知。秋風隕百草，秀色不少衰。雖然咫尺根，已見佳種奇。君看二十年，腰大數十圍。雪霜挺堅操，雲漢擎高枝。時有白鶴來，凡鳥那敢棲。兔絲與淩霄，冉冉相附依。青松本貞固，不逐衆物移。大器固晚歲〔一〕，何用嫌莫遲。願言堅汝節，黽勉待歲時。

【校記】

〔一〕「歲」，正德本、藍印本作「成」。

對竹

主人樹脩竹，近在桃李場。賦性雖不同，相友庸何傷。陽春破桃李，紅白争低昂。無言自成蹊，相媚色與香。何心伴幽獨，徒引蜂蝶忙〔一〕。此君心本虚，寧逐春風狂。咄嗟桃與李，開落那能常。林間有寒梅，可與傲雪霜。

【校記】

〔一〕「蜂蝶」，正德本、藍印本作「蝶蜂」。

寄友人

丹鳳止高岡，衆鳥甘戢羽。昂昂九皋鶴，下上得所附。江南竹實多，朝陽自軒翥。延頸戛然鳴，四顧失其侣。豈不念相從，天闊無處所。鳳兮歸何時，耻與鴻雀伍。

主人厭城市，愛此林泉居。下有石一拳，上有松數株。念兹泠澹物，可伴憔悴軀。所期在晚節，俯仰足與娱。我心不可轉，比石堅有餘。峰頭問長松，歲寒知何如。〔一〕

【校記】

〔一〕此詩《八華山志》卷下題作「自嘆示許孚吉」。

用潘明之韻贈陶思齊

黄花狎秋霜，正色凌寒柯。淵明千載士，風流今幾何。雲仍踵芳躅，餘子不足多。老魚在澗谷，尺水無巨波。遠游有壯志，拂劍鍾山阿。何當快翺翔，爲子擊筑歌。

又用韻遣興

秋山撼虚林，秋水揚素波。緩衣踞蟠石，怡盼庭樹柯。芳景良可惜[一]，去日亦已多。天寒道路遠，奈此兩鬢何。興來勿引酒，醉飲空悲歌。丈夫志有適，慷慨捫太阿。

【校記】

〔一〕「芳」，原作「方」，據正德本、金律本改。

遊里城棲霞寺，衆將遷書塾

世途眩聲利，倀倀畢昏曉。平生嗜岑寂，夙昔事幽討。束書扣禪扃，問字來鳥道。豈期猿鶴驚，可厭齙齬嘯。避險辭窮林，搜奇得遥島。巖巒互起伏，郛郭若環抱。泉深源乃長，山静色更好。路窮佳境出，人遠塵跡掃。木杪栖莫霞，雲根被秋草。梵宫消歇餘，别室結搆巧。道人謂余言，寥閴非所寶。我忻得所止，彼此尚奚校。本心若淵水，澄湛勿敢撓。既放豈易求，唯静乃能保。耳目各有官，外亂中必擾。所接絶紛華，高明宜可造。至虚養吾全，有動中其要。學在謹操存，寧復藴神妙。此山如有待，屐齒今始到。歸來二三子，不樂空自悼。

蔣聲父和前韻後〔一〕，衆不果遷，再用韻

山虚風擅秋，林静露涵曉。樓居樂清浄，簡册肆探討。豈云尚幽棲，盍亦庶聞道。跫然空谷音，爲發蘇門嘯。黄花成久要，紛披樹煙島。落英入齒頰，清風溢襟抱。石間漬芳泉，可使顔色好。南山有畸人，閉户獨卻掃。中軍招我來〔二〕，雲邊弄瑶草。我將飛佩游，誰搆如簧巧。争誇魏有珠，不悟楚無寶。子輿昔尚友，從事犯不校。一勺覆易空，千頃濁難撓。是中存幾何，胡乃不自保。潤澤普沾濡，小草自膠擾。君看擊海鵬，霄壤隨所造。車中有幾馬，御者握機要。事如樞得環，闔闢用皆妙。顧兹天衢遥，非可一蹴到。甚矣猶自欺，卑哉亦堪悼。

【校記】

〔一〕「蔣聲父和前韻」詩見於《八華山志》卷下，題作「蔣聲父和將遷書塾韻」，詩云：「至理紛絲毫，

人心有長曉。包蒙病爲寇，遺經恣遠討。寄身琪樹林，疏跡羊腸道。寤言對聖哲，凌風發孤嘯。流濯臨塵纓，排雲上瑶島。皎月當天心，清風入懷抱。山空鳥不鳴，更覺興味好。心齋久坐忘，花下風自掃。道人悟真機，隨意生庭草。遠俗似逃禪，不斫自忘巧。安土乃敦仁，習静乃至寶。陋室趣獨便，天章手親校。渠渠恢帡幪，隆古非棟橈。思神窺我牖，屋漏常自保。胡爲得門寡，循墻徒擾擾。誰云斗來室，寬大並玄造。出門荷天衢，入室會冥要。太宇春光融，并作虚堂妙。良宵展文席，共坐談精到。安宅林可曠，懷土真足悼。」

〔二〕「軍」，原作「車」，據《八華山志》改。詩注謂「中軍謂萬户侯蕭北野，與先生最善。許乎吉，北野外甥，因迎先生至山中」。正德本、藍印本、金律本均作「車」，文淵閣《四庫全書》本改「中車」爲「巾車」，文字雖通而失其本意。

酬吴正傳

瀫江揚清波，秀氣産佳士。學優言更卑，神峻志無涘。求道本五經，尚友論千禩。文詞珠玉價，璀璀光燄起。焉能遂倒瀾，抱璞良有俟。咸韶亂桑濮，盆盎喜罍洗。大道無晦明，斯人有臧否。乾坤斡元化，晝夜川逝水。總總散萬殊，昭昭歸一揆。巨細含分差，毫釐辨疑似。是中有卓然，可變非至理。從容適中和，極樂烏可以。要須齊足目，豈必務口耳。真積乃有功，兩馬卻成軌。某也獨何人，佔畢聊復爾。睆睆謬黑白，前卻昧所止。輕塵栖弱羽，簸蕩天萬里。日莫途且長，心遠迹自邇。佳篇出壯語，三復興愧恥。古人吝許可，名實貴相擬。汝南月旦評，一言定非是。顧兹藐末材，譽論何過侈。神交居匪遥，千里如一跬。意篤故不忘，時能致雙鯉。

五言律詩

莫春郊外

行行多勝事，石竇濺流泉。白鳥浮雲外，青山落日邊。風平花委地，野迥草連天。春事成牢落，人生一夢然。

遯山先生挽詩

天假文章手，家傳道義心。錦標雲外夢，紫綬日邊音。玉樹留春色，甘棠鎖莫陰。曾分上池水，遺愛在人心。

遊智者寺

風日景颼颼，松陰繫紫騮。白雲千載寺，黃葉四山秋。地勝樓臺接，林深虎豹遊。人生自可樂，此外復何求。

梁朝舊蘭若，雄據北山南。衲子分諸榻，詩翁老一龕。登臺生遠興，引酒縱清談。更有黃冠叟，玄玄得共參。坐中有趙石泉。

贈閑雲屋

聰明大顛老，儒行墨其名。傳道千燈續，論文四座驚。雲和虛室白，山與此心清。禪味真堪悅，何煩酒更傾。

戲題智者法師所浴瓶 玻璃瓶也

贍瓶容七尺，恍惚事非真。至道元無相，法身那有塵。擊牙知是妄，題木即爲神。此老如堪起，予言試一詢。

次韻潘明之見勉之作

道邇師何在，才疏學未傳。白駒空永日，華髮已流年。彭澤陶元亮，南山孟浩然。行藏無芥蔕，秋水碧虛煙。

蕭兄臨行索詩即席賦贈

相逢嗟久別，歸路復匆匆。我愧今原憲，君非舊阿蒙。山風驚落木，江日數飛鴻。舟颺西流水，明朝定向東。

次韻丘以道

善人不可見，弊帚直千金。往聖淵源在，遺經旨趣深。青燈供夜讀，黃卷對朝吟。至道非難致，危微在此心。〔一〕

久懷聲籍甚，千里致雙魚。宦路終推轂，親闈且著書。才名賈太傅，文學馬相如。轗迹東循海，何時適我閭。[二]

汲汲時能幾，蘧蘧夢未醒。自憐頭染白，誰解眼垂青。心事沾泥絮，生涯逐浪萍。何人可私淑，諸老漸凋零。

【校記】

〔一〕《八華山志》卷下録此詩，題作「贈許三畏留别三首」，爲其二。

〔二〕此詩誤入《全唐詩》卷六七一唐彦謙名下，題作《寄臺省知己》。丘以道見元鄧文原《巴西集》卷上「容德齋箴」前小序：「甄城邱以道幼從余執業，已穎悟異凡兒，長益務學有操尚，以容德名齋，求余言。余惟容之義大矣，世之昧者以厚顔深情爲容也，有忤於中久而不釋，則憤裂潰決其禍乃甚於不容者。以道其亦審於理欲善惡之辨焉，故爲之箴且以自儆云。」末句「適」，正德本、藍印本、金律本作「過」。

金先生挽辭

德粹身常潤，時艱志莫舒。治安曾獻策，私淑幸遺書。方寸涵千古，襟懷湛太虚。哲人今已矣，吾道竟何如。

統緒傳朱子，淵源繼魯翁。誨人沛時雨，對客藹春風。志立脩身本，誠存作聖功。遺言猶在耳，一慟閟幽宫。

鄭夫人挽辭

早歲勤蘋藻，中年賦《柏舟》。諸孫昌義族，一子祔靈丘。真德晴空日，浮生逝水漚。白楊滿虚墓，風動葉颼颼。

己酉余年四十〔一〕

白髮三千丈，青春四十年。兩牙摇欲落，雙膝痺如攣。强仕非時彦，無聞愧昔賢。自期終見惡，未忍捨遺編。

【校記】

〔一〕此詩誤入《全唐詩》卷六七一唐彦謙詩，題作《自詠》。

花溪道中〔一〕

板橋横古渡，村野帶平林。野鴨寒塘静，山禽曉樹深。雨微風栗烈，雲暗雪侵尋。安道門前水，清游豈獨吟。

天寒道路遠，此去復何求。適意真爲樂，浮生底用憂。雲容低野樹，風力逆溪流。喜見梅花笑，相迎傍驛樓。

【校記】

〔一〕此詩第一首誤入《全唐詩》卷六七一唐彦謙詩，題作《原上》，首句「板」作「危」，第三句「鴨」作「鶩」，第五句「栗烈」作「矗口」。

浦川方仲觀入城從學〔一〕，繼入公門，今歸侍親，求詩

百里來爲學，違親半載餘。莫雲飛故里，秋露浥行車。紅葉蟬聲老，黄花雁影疏。漢朝尊吏事，何必業詩書。

【校記】

〔一〕「川」，金律本作「江」。

秋夜　己酉

月落窗仍暗，燈殘卷未收。家人催杼柚，穉子問更籌。冷露蟲專夜，悽風樹怯秋。百年一瞬目，萬慮幾搔頭。

志大空懷璧，交疏少斷金。半生成白首，十載對青衿。朝市厭心久，山林托興深。紅塵多汩没，清夜幾沉吟。

過太湖

周迴萬水入，遠近數州環。南極疑無地，西浮直際山。三江歸海表，一徑界河間。白浪秋風疾，漁舟意尚閑。

偕璉南城晚望[一]

落日山川迴，淒風鼓角收。故攜童冠出，來傍女墻遊。橋柱鰲頭起，沙汀燕尾流。雲煙孤寺塔，燈火萬家樓。荒草仍嘶馬，危湍莫載舟。目存皆絶景，心遠豈窮幽。北顧思皇起，南瞻憶沈侯。會須擊刁斗，踏月竟歸休。

【校記】

〔一〕文淵閣《四庫全書》本《白雲集提要》謂「至於《南城晚望》詩乃五言長律八韻，而誤分爲二首」，此或四庫館臣所見底本之誤，成化本無此誤。

七言古詩

次韻鄭性之遊多寶寺

瞿曇雪山身幾年，智慧兩足言因緣。東周伯陽談道德，鈎奇探隱文五千。江源濫觴委成海，溉灌九土流潺湲。名山佳水占幾盡，金碧突兀淩霞煙。元和貞士掃糠粃，生辰月界箕斗躔。口箝吭扼氣莫吐，退則疐後行跋前。天文將喪鵬乃賦，唐風竟靡鳳不翩。北山雲仍嗜墳典，時被羽服還逃禪。寶山多寶信有得，徐卿唱和佳篇連。空雲悠悠露山迴，片石鑿鑿分泉涓。畸人見詩思涉地，雜沓蠅紙相縈纏。浮生每嘆虛過隙，困學未足追逝川。卧遊倏欻盡禪海，長嘯白眼瞻青天。

題延月樓

晻𡤀稅駕紅塵息，玉鏡飛空天地白。嬋娟先得何處多，齊雲翬翥高百尺。清光無私照寰海，舉頭千里明長在。主人欲擅四時秋，夜夜掀簾爲延待。人生見月幾圓缺，今昔人殊同此月。人迷夢覺月晦明，終古相磨寧暫歇。倚闌清嘯酒莫遲，銅壺催曉輪易欹。

酬潘明之

在嘉興，來相招。

華亭谷深紫煙濕，老鶴唳空眼垂碧。功名千歲衣染墨，遼陽骨换今幾日。華表時來語消息，九皋胎化頂未丹。海門雲冷高飛難，嘎然長鳴飲清湍。何當天風吹羽翰〔一〕，方壺圓嶠同盤桓。

【校記】

〔一〕「風」，原作「何」，據正德本、藍印本、金律本改。

聞潘明之來錢唐，因何先生行聊用寄懷 丁未

君不見，絳侯木强尸相位，問以錢數莫知對。挈提綱維振領要，語言吶吶時稱治。又不見，弘羊平準容均輸，秋毫析判供主需。當年英氣亦蓋世，遺名身後今何如。君方小試居管庫，褰衣始躡青雲路。謹司出納人難能，談笑麾之有餘裕。斧斤刀鋸各有執，梓人中立一指顧。道傍腐鼠鳴鴟鴞，原上荒叢走狐兔。蠅頭微腥任逐逐，石峻泉清豈能污。仕優爲學心更勤，五車文字晨莫親。置身道義中，尚友古天民。志昂跡濡滯，獨鶴游雞群。湖光可人春事早，六橋風暖多芳草。馬蹄此日復追遊，日際白雲天尚杳。輒憑故人問音信，努力加飡爲君道。

題金月華藥物火候二圖

道涵萬物窮古今，冲虚無象那可尋。得之於心應於手，大地可使成黄金。《陰符》立言始三百，伯陽繼踵明至賾。千篇萬論從此興，直指真機二三策。汞鉛龍虎皆假類，道妙先天本非器。兔魚來得藉筌蹄，圖上豈堪真索驥。赤城山人探天根，微辭奥旨將淑人。兩圖先後互體用，守中謂可存元神。西南地暖生紫芝，陽精夜夜臨虚危。相時發機奪天巧，太阿凛凛宜堅持。自昔聞之將脱屣，遽置彝倫恐非義。羡君參透此玄關，片言已泄師傳秘。須信天涯歧路多，三千六百争相訛。

贈滕玄一　庚戌

玄珠恍惚生秋水，善守谷神寧不死。虚中抱一求諸己，道不遠人應在邇，負笈擔簦空萬里。先生年來髩已斑，對客時復談九還，刀圭謂可回朱顔。行縢纏足環塵闤，神仙豈必居三山。

再贈江行父

予少多艱，晚始知學，獲登仁翁先生之門，雖諄諄提耳，而資品凡下〔一〕，放心莫閑。年來多病，志氣衰落，無復世慮，逌然有山林遁迹之興。當代君子，人自爲學，求其趨同意合者蓋鮮，行父此來，言論數日，令人聳然，豈惟趨同意合，起我衰落之志氣者多矣。緬想先師，潸然出涕。故於行父之行，再歌以贈之。仲兄進脩精恪，可以想見其人，亦以此爲贄。行父過蘭江，遇舊友吴正傳，試一歌之，正傳其爲我有感。

春風吹林兮集衆芳，英華發兮朝生光。元氣浩博兮不可控，博觀有迹兮求無端。八荒無垠兮同此天，水之涘兮山之顛，貫金石兮遊魚鳶。楫操舟兮輪行車，事有幹兮物有初。泝流尋源兮合大同，頑堅蘊璧兮琢與礱。蘭皋幽人兮芙蓉衣，擿抉闒茸兮握要機。交撞互擊兮聲琅琅，爲我起舞兮毛髮張。望吾師兮白雲鄉，人其逝兮涕泗滂。有美人兮在天方，羽翼短兮途路長，胡不念我兮歌斷腸。

【校記】

〔一〕「品」，藍印本作「稟」。

酬趙玉相併寄意方存雅

羸坑尺簡飛劫塵，升堂絲竹故可温，前脩垂訓淑後昆。歲月幾何浩無垠，四列三條肇崑崙，斬絶枝葉求本根。勿縱老眼迷紛紜，榮觀燕處静爲君，灌溉方寸融陽春。操觚染墨如有神，洪流出峽萬里奔，采掇奇巧務掇文。惟勤割穫慵耕耘，荼蓼未薅空倉困。浦陽山人嗜典墳，絶利應可求一源，高談驚座雄波翻。作詩來爲洗睡昏，字字圓潔磨瑶琨。平居卻掃自掩門，夜對膏火朝清暾。未契妙理泥語言，雛鶴心遠身雞羣，四十已矣真無聞。羡君仁里有隱淪，清時尚復魚渭濱。文詞落筆四千鈞，直與元氣相吐吞。我鄉諸老名日湮，巋然獨覩靈光存。如川趨海知所尊，北顧每隔長山雲。我有蘭艾沐且熏，何時一瓣志可伸，憑君爲我言殷勤。

遊龍回寺碧雲堂，有何無適草書

蒼鱗作霖回壑裏，竟化長岡飛不起。何年老僧飛錫來，强架檐楹萬山底。碧雲石梯如登天，俯視竹樹行其顛。巖巒起伏呈怪狀，壯若群馬奔吾前。何仙仙去不復返〔一〕，滿壁龍蛇驚醉眼。可憐一半委塗泥，况復阽危混苔蘚〔二〕。山翁模搨妙入神，永和繭紙且逼真。勸君勿辭一日力，爲我留爲百世珍。君不見，二王舊帖皆殘編，至今不惜千金傳。

【校記】

〔一〕「何」，原作「絅」，據正德本、藍印本、金律本改。

〔二〕「況」，原作「沈」，據正德本、藍印本、金律本改。

次韻方存雅登八詠樓感舊

巧智相資外馳騖，內殙爲感黃金注。靈明污滓互翕張，地厚天高幾易處。紫陽麗澤輝一時，浙源遠合江東婺。回翔八表掃粃糠，昭融千載披雲霧。直從頷下得明珠，驪龍睡目那能護〔一〕。鞭笞鸞鶴仙已歸，步武室堂人亦去。先生聞道舊典刑，筆下縱橫五花吐。山林嘉遯名自隨，富貴浮塵行所素。摛辭欲短子建墻，博物猶窮陸機疏。來凭玄暢恍舊遊，慨憶前題誰贊助。平生喜識龐德公，况復長哦落霞句。已降既見傾蓋親〔二〕，何用咨嗟歲年莫。簡編疑缺浩千萬，憑藉先知爲温故。微辭正欲辨白馬，古調寧惟聽朱鷺。嶔嵌小徑勿敢遊，且向康莊問人路。

【校記】

〔一〕「目」，金律本、藍印本作「困」。

〔二〕「親」，原作「新」，據正德本、藍印本、金律本改。

立秋日寄趙璉

蘭皋慘碧煙萋萋，徘徊不忍竟與魔。欲窮目力望江水，江風故挾雙舟飛。歸來復對呶呶者，思才俯首西窗下。厩中駿足逐春風〔一〕，執策臨之盡凡馬。拂硯挑燈披竹素，朝昏總是懷人處。有時獨倚南面樓，不見冥鴻北征路。

【校記】

〔一〕「逐」，原作「遂」，據正德本、藍印本、金律本改。

題趙氏復墳詩卷

高岡擇地尋牛眠，北山鑿石椁已堅。百年丘隴豈易保，子孫爲主須親賢。眩人無父那知義，族屬昏愚同罔利。大明疑有玉爲魚，祇樹何辭金布地。聞孫投牒情哀傷，青氈既復氣乃揚。羨門荆棘爲剪伐，宰上拱木重生光。吁嗟長陵一抔土，魂消骨化今何所。寒食誰將飯一盂，枯柏蕭蕭泣愁雨。

送方存雅遊永嘉　吴公父任永嘉文學，約與同往。未幾，公父殁，今自爲此行。

思遠樓前會昌湖，花開十里紅芙蕖。香消色盡水痕落，秋氣颯爽涵冰壺。巨鰲戴山兩岐出，中江屹立雙浮屠。潮聲來往撞晝夜，惴惴不敢鳴鐘魚。雁峰南北插雲漢，千尺亂削青珊瑚。靈巖怪壑山鬼秘，木屐齒弊終迷途。二蕩，靈運所未見。先生卧遊亦已久，目擊自勝遥披圖。芹宫博士舊膠漆，待瓜未熟行與俱。絶弦掛劍歲月改，春風夢遠意竟孤。朅來清興復未罷，束書負笈爰載驅。永嘉奥學有祖述，伊洛餘澤猶沾濡。水心百年仰文獻，心齋一世稱範模。詞章問學各有得，耿耿輩出今豈無？搜羅人物覽世概，收拾佳趣歸奚奴。平生遠游有志願，局束不得爲君徒。待君捆載珠玉富，敬誦想像聊爲娱。

送諸暨俞州判

北風蕭蕭吹江蘆，清霜載道冰在鬚。奚奴束書催上車，政成卷旆歸京都。暨陽眇處天一隅，里閭凋瘵煩爬梳。負戈攘臂衆暴寡，探囊胠篋争捐軀。天民秉彝同好德，帶牛端爲饑寒驅。倅州寬惠别淑慝，癉惡豈必連妻孥。甘棠蔽芾有餘蔭，百里寧謐無援枹。存心忠孝本天性，爲政固與常人殊。壽昌自樂歸河中〔一〕，希文隱憂居江湖。白雲舍近畢志願，青霄路迥寧躊躇。前年螟旱遍八區，一夫不獲今豈無〔二〕。願君易地盡仁愛，返淳敦俗需吾儒。

【校記】

〔一〕「昌」，原作「中」，據正德本、藍印本、金律本改。

〔二〕「夫」，原作「文」，據正德本、藍印本、金律本改。

馮公嶺

層巒疊嶂危相倚，亂若飄風湧秋水。寒松荒草間蒼黄，照眼崢嶸三十里。初如井底觀空虛，一峰巍然中獨尊。縈回百折至絶頂，俯視衆嶺來兒孫。人言此山插霄漢，馬不容鞭僕夫嘆。攀援何異蜀道難，氣竭神疲背流汗。熟視徐行路覺平，心寬意適步更輕。志須預定自遠到，世事豈得終無成。我來正值窮冬月，倚杖巖前嚼松雪〔一〕。午店煙生野飯香，陽坡日近梅花發。寄語悠悠行路人，乾坤設險君勿嗔。胸中芥蔕未盡去，須信坦道多荆榛。

【校記】

〔一〕「杖」，原作「秋」，據藍印本、金律本改。

題姑蘇臺

姑蘇城上姑蘇臺，青山百里娥眉開〔一〕。平郊如掌思清遠，昔人樂極曾生哀。大讐未復敵不死，壯志消磨侈心起。會稽捷甲功自多，種蠡深謀誠未已。不知佳冶能傾國，莫莫朝朝醉春色。勳臣抉眼視東門，越女還爲越人得。只今興廢總成空，唯餘碧草摇凄風。可憐千古臺前水，不洗當年甬東耻。

【校記】

〔一〕「娥」，原作「峨」，據藍印本、金律本改。

雨華臺

大江斷後誰絶前，右踞蒼虎龍左蟠。英雄角逐三百載，庭花玉樹歌聲殘。王氣消磨城郭改，荒村古木棲寒煙。我來兩月不出户，登臺始覺天宇寬。城中樓觀在井底，環視百里皆峰巒。烈風拔樹雲蔽野，飛電霹靂驅蜿蜒。虚亭坐視河海湧，平地立見波濤翻。天開翳掃群響息，空翠削出滁和山。陰陽雲雨反覆手〔一〕，向來喜懼誠無端。興亡世事亦如此，俯仰千歲須臾間。

【校記】

〔一〕「雲雨」，原爲墨釘，據正德本、藍印本、金律本補。

春城晚步分我字

紅樓鼓歇烏輪墮，淺水横舟弄漁火。春風生草雉堞青，隨處軟茵供小坐。斷煙飛鳥入杳冥，闤市行人競么麽〔一〕。溪城斗大無遠趣，目礙雲山環瑣瑣〔二〕。驊騮騁駕路或迷，蜩鷽搶枋計非左[三]。歸同三子歌《考槃》，茫茫宇宙誰知我。

【校記】

〔一〕「闃」，藍印本、金律本作「闃」。

〔二〕「環」，原作「壞」，據正德本、《元詩選》改。

〔三〕「計」，原作空圍，據《元詩選》補。

友人招飲榴花下[一]

獰風惡雨消餘春，春歸到處成清陰。萬枝濃緑幻春色，絳葩丹蕊俄森森。祝融行部過九地，誤縱炬火燒園林[二]。艶粧炙日色更好，泠泠着雨紅尤深。浩歌相對作痛飲，有花爲伴非孤斟。支頤半醉不成夢，恍惚錯錯供微吟。只愁明日便摇落，徘徊欲去還重臨。會須秋風折珠實，當載樽酒相追尋。

【校記】

〔一〕《八華山志》卷下題作「友生許孚吉招飲榴花下」。

〔二〕「燒」，原作「堯」，據正德本、藍印本、金律本改。

七言律詩

送焦達夫 戊申

宦遊南土侍親闈，此日還鄉被綵衣。幾度論文方契合，一言話別忍相違。長風送棹江聲急，落日橫雲雁影微。水際梅花如舊識，冷容對客共依依。

贈王斗山

骨肉斯文氣味投，春風芹藻憶同遊。故人別後無青眼，此日相逢笑白頭。匣劍光橫南斗夜，鳳梧陰冷峴山秋。唯應且試連鰲手，未許江干下直鈎。

謝趙肅甫遺著

天産瑰奇淮蔡鄉，發揮倚數肇羲皇。靈龜入地千年老，神艾當陽十尺長。遠寄江湖憑驛騎，喜歸蓬蓽對書牀。玩占從此無疑事，感物思人意不忘。

次韻潘明之易巾

巾，陶思齊所製，并戲之。

漉酒當年製巧縫，雲孫此日藝仍工。接䍠倒着情猶適，章甫從宜志未窮。西漢神仙新事業，前唐進士舊家風。自憐短帽無心整，鏡裏愁看兩鬢蓬。

三月十五夜登迎華觀〔一〕

夜深來此倚闌干，十里樓臺俯首看。月到中天花影正，露零平地草光寒。氣清更覺山川近，意遠從知宇宙寬。長嘯一聲雲外落，幾家兒女夢初殘。

【校記】

〔一〕《八華山志》卷下載樓如山《迎華亭記》引此詩後謂：「如山竊聞先生之教矣，先生之教具在方册，大都已於此詩中發之。何也？丁元之季，皇路黯黑，夷教横流，其猶夜乎？士生其間，昏昏眊眊，不見天日，其猶夜之夢乎？是故有慕高譚玄，遺落虚曠，爲莊蝶之夢；有名利薰心，欲火難滅，爲邯枕之夢；有營營逐逐，旋得旋失，影響剽竊，終無實際，爲槐柯、爲鹿蕉之夢。嗚呼！孰非夢也，孰先覺耶？先生痛之久矣。其心蓋曰：『吾既不得清明之世，以符孔子夢周之意，獨忍舉世大夢不覺乎？』於是屏跡潛思，高搜遠採，泝濂洛之派，濬洙泗之源。道既覺得矣，乃自覺覺人。山間木鐸，振起來學，以共扶聖教，曉然知吾道之正而不昏於邪，知夷之不可以亂華而不昏於出處，知鄒魯之真承有在而不昏於向往。由是高者就，卑者跂，既聾而聰，既盲而視，如夜斯旦，如夢斯醒。先生覺人之功大矣哉！吾嘗繹其詩：夜深，傷時黯也。長嘯雲外而俯首，特立塵表也。月中天、露零地，言上下察也。山川近、宇宙寬，與造物遊也。長嘯雲外而夢殘，其聲之弘且大，而莫不興起也。嗚呼！盡之矣。非先生覺之而誰也？故曰：先生之教具在方策，大都已於詩中發之。詎非覺及門，覺當世？繼往開來，昭揭六經，如日中天，光啓我朝文明之治，與有賴焉。語云『天不生仲尼，萬古如長夜』，胡元微先生，長夜漫漫何時旦耶？然則是詩也，固非徒咏也。」

青田大鶴洞 有葉法善試劍石，舊有玄鶴巢于上，復有青牛在下。

榕影扶疏路九回，仙家那復着塵埃。山間田在牛終隱，石上巢空鶴不來〔一〕。丹竈無灰惟白草，劍鋒有迹自蒼苔。洞中道士今何處，三扣雲關杳莫開。

【校記】

〔一〕「不」，原作「下」，據正德本改。

放棹行〔一〕

安溪潮平行棹多，黄頭豎兒倚棹歌。梅花照眼送寒色，酒暈着臉主春和。炎凉世態翻覆手，江水長静風吹波。出門一笑天萬里，白鷗浩蕩如吾何。

【校記】

〔一〕文淵閣《四庫全書》本《白雲集提要》謂「《放棹行》乃七言古詩，而誤以爲律體」。

自飛霞觀登積穀山 癸丑

磨崖字古翳苔痕，敗葉垂蘿徑可捫。靈運詩存池尚草，劉郎仙去洞無門。潮來江闊山風急，日落雲横海氣昏。欲望城中登絶頂，腥羶觸目不堪論。

自江心回，復遊西山

纔返中川一棹雲，西巖無負此良辰。紫芝峰下長松晚，緑野橋邊流水春。竹杖持身行樂客，桃花映臉醉歸人。道傍孝子何年墓，宿草蕭蕭暗莫塵。

西山萬象亭

亂峰盡處接浮雲，東望悠悠萬事陳。百里江流縈縞帶，滿城居室比魚鱗。野僧倚竹笑留客，山鳥穿林啼唤人。落日亭中一杯酒，何年復此對晴春。

故宫

六朝城郭渺茫間，南國重來築九關。空恨赤龍潛越水，祇餘蒼隴對鍾山。茂禾夾道秋風疾，枯柳依墻落日閑。西闕巋然尋丈地，宫溝偃月共潺湲。

九月十七日登清凉寺翠微亭故址

梵宇峥嶸枕石頭，倚風極目立荒丘。黄花覆地初經雨，白雁横雲帶遠秋。城郭已非山故在，江淮失險水空流。衲僧八十仍多病，抆淚殷勤説故侯。村梓菴，馬裕齋門僧。

春夜次韻

饑烏驚鵲起南枝，夢入槐柯覺亦悲。花裏樓臺春到早，竹間窗户月來遲。篝熏翠被爐存火，燈落紅星硯污池。可惜風光半塵土，明朝火急報君知。

兩部蛙聲似打衙，披衣清坐厭紛譁。門同靖節日長閉，家近相如意可賒。低幕風生翻宿燕，小簷雨歇落輕花。玉琴聲斷尋幽夢，回首西窗月未斜。

送余之問赴烏臺

江南佳麗萃金陵，早歲遊觀壯氣伸。月旦當年曾許子，平原今日正須人。鷹鸇得志三秋翮，鴻雁隨陽萬里身。入手功名便回首，白雲深處有罏尊。

次韻子昭

經德無回貴自持，人心未信肯天欺。終期辭貨規楊震，未必償金污不疑。弱卉霜零知勁草，健翎風薄寄深枝。公庭事簡多休沐，舉案同吟《四牡》詩。

次韻王中齋登拱翠樓

曾醉危樓坐石坡，彈箏擊缶醉婆娑。蓬飛已改流年鬢，木老猶存舊日柯。紅樹參差秋水遠，碧山高下夕陽多。此時還縱西風眼，共倚闌干起浩歌。

秋莫有懷

十二闌干倚翠微，露華寒重逼羅衣。碧天連水思空遠，衰草滿庭人未歸。秋雨樓臺幾寂寞，春風院落自芳菲。冥鴻應有青霄侶，爲隔閑雲尚獨飛。

次韻王景元春莫

茂林陰裏據胡床，賸喜天然密幄張。水覆落花紅浪遠，壟翻秀麥翠雲長。春塘絮盡風無力，曉樹枝明露有光。隨分眼前生意足，對窗野草發幽香。

寄許克勤

小窗燈火對弦歌，探賾鉤玄義不頗。有志定須摶北海〔一〕，離群應是老西河。雲翻雨覆交情薄，瀾靡波頹末學多。清夜沉吟正相憶，柯山月落碧嵯峩。

【校記】

〔一〕「搏」，原作「摶」，據正德本、藍印本改。

七言絶句

即席用蘇世賢韻送郭子昭

攬轡春風入駿蹄，兩堤煙柳護晴溪。黄鶯自有留人意，相對殘紅不忍啼。

數載燈窗筆硯親，往來問字不辭頻。于今便有雲泥隔，折柳亭前又送人。

落花高下弄菲菲，多少離愁付笛吹。別後故人休忘卻，與君重賦渭城詩。

社日〔二〕

秋豚已腯野雞肥，笑對西風挹酒巵。有耳厭聽塵裏事，任教聾聵不須治。

【校記】

〔一〕《八華山志》卷下題作「社日與許三畏諸生同飲」。

哭空谷師

甘棠遺裔繼高陽，衣染緇塵樂法王。四十七年成大夢，那知今度夢尤長。
玄雁離群得意飛，稻粱秋静羽毛微。不知何處逢繒繳，雲冷空江夜不歸。
霜入楓林葉已丹，風鳴籟動助悲酸。山人歸去鶴空怨，清夜月高榕影寒。

次韻潘明之秋思

西風冉冉髩毛侵，鳳老梧衰鎖夕陰。倚遍闌干重回首，斷鴻千里莫雲深〔一〕。
靈槎夢徹漏聲殘，河漢無雲動碧瀾。閶闔班齊香案近，天衢月白露華寒。

【校記】

〔一〕此四句亦見《八華山志》卷下，題作《秋思》。

舟中贈璡

行人流水共悠悠，雨灑溪風萬點愁。別棹不來天欲暮，倚舷無語看浮漚。

過西湖

不見湖光十五年，滿堤煙雨復乘舡。蕩荷岸柳渾依舊，髩上星星只自憐。

夜過黄泥渡

夜深風息水安流，白雁黄蘆滿眼秋。行李蕭蕭官棹穩，卧看明月過真州。

許白雲先生文集卷之二

賦

擬古戰場賦 甲辰

客有好遊者，籯金橐糧，脂車秣馬，四海之廣，萬里之遥，謂皆始於足下。蓋將追豎亥之遺蹤，繼子長之轍迹，于以觀天地之大。於是浮河絶江，登隴下阪，途平馬疾，地險車緩。或臨深而俯瞰，或升高而望遠。對景物之虚曠，每徘徊而周覽。爰至巨野，恍若望洋。右倍山陵，前左大江。紛灌莽之杳杳，鬱叢薄之蒼蒼。縱一瞬而莫際，渺乎其數十里之封疆。

爾乃心存目想，計度數量，豈古人有事於此，遺迹尚存乎渺茫？周迴隱隱，若城郭之瀰迤，峻隅已壞，而塊土成崗。頹垣斷續，綿延將百雉，類乎築甬道以取粟於敖倉。其污下而漸漬者，蓋昔池而今隍。毁轅敗輻，朽腐而僅存其仿佛；斷刀折戟，消剥而何有乎鋒鋩。是時也，林木將脱，原草未黄。風飂飂兮吹籟，日淡淡兮流光。羌四顧而無人，幾欲去而徬徨。就熟路以騁駕兮，久而至於野人之籬落。召彼故老而訊之，然後知爲古之戰場也。

感慨前脩，俯仰陳迹。肆盤桓以夷猶，不忍去者累日。行戰地，弔遺址，連井竈，綴壁壘。守則負險，攻或背水。料勝敗之靡常，嗟歲月之已幾。吾嘗緬想英雄角力於斯地也，發卒募兵，聚芻積粟，破鉏耰而成棘矟，買刀劍而賣牛犢。賁育之士，肩摩袂屬，勇敵虓虎，捷若飛鶻，一鼓氣作，三令容肅。雷轟礟石，電掣神橐，奮戈揚盾，穿胸洞腹。短兵近接，鐵騎橫蹙，殺氣排空，黄埃亂目。或乘利而得雋，或逐北而遇伏；或集厚陳而制勝，或懸孤軍而全覆。及乎弓已絶弦，矢不遺鏃，積骸爲觀，斷指可掬。姑小卻以俟後圖，宜戢兵而虞大衄。以今度古，不能盡變化之萬一，而戰陳之具、鉦鼓之教，雖百年而猶信宿。是以竹樹吞吐煙塵之表，目眬眬乎昆陽之旌旗；鸛鶴嘹唳風雲之間，耳聵聵乎八公之草木。月白兮髑髏寒，天陰兮鬼聲哭。彼進取之君，争城争地，而暴白骨如草菅，忍使天下之人兄散弟離，子孤父獨。自夫達者而觀之，何異左蠻而右觸也哉〔一〕？

方今堪輿坱圠，開統拓迹。自江左之獻版圖，未嘗復有干戈之役，遐荒莫敢不來王，所謂不嗜殺人者能一。民皆安土，地不遺力。睠此大墟，固可製井經而務稼穡。飛潛動植，皆囿於發生之仁，熙熙如登春臺而享太牢之物。於是舞干羽于兩階，朝衣冠之萬國。

【校記】

〔一〕「觸」，原作「蜀」，據金律本改。

序

贈李仲謙序

古之教者，自里閭至國都皆有學，自八歲至成人皆有教。其教之之術固詳，要其歸，禮樂二端而已。抑俎豆、登降、音器、歌舞爲之禮樂乎哉？反而求於吾心，則敬者禮之原，和者樂之本。然所以動息有存，不使斯須去身者，正以培植其本原。積於中者廣大成全，則其發於外者沛然有餘，措諸其事業無不當，蓋内外交養而相爲用也。三代而下，教者異法，至於以文辭誘人，可謂外其所當務，而今復翰墨詩章論材，抑末矣。

東陽縣博李君仲謙既涖事，執脯脩之贄於郡庠，而某適與之會。視其容貌甚温[一]，聽其言舒徐而有文，庶幾習於禮樂者。君故名家，其所養有素，願推所藴以淑諸人人，俾學者皤然知禮樂爲先務，厚其積而痛抑其末，斯善矣。

東陽爲婺望縣，山水佳秀之氣所鍾，名哲輩出，今以經學文章名家者有其人。昔子賤治邑，所父事者三人，兄事者五人，矧君掌教鄉邑而年且富，是宜效先覺之所爲，取人之善以爲善。且古教人者，必以身先之。而聖賢之閫未易造，幸君亦毋虧一簣之功，以率先之，將見百里彬彬於禮樂，豈不盛歟！

居數日來別，求贈言，謬書此爲李君勉。

【校記】

〔一〕「甚」，原作「其」，據正德本、藍印本、金律本改。

送胡古愚序

東陽，婺望縣，東南山水嘉處。自天台赤城蜿蜒盤礴，綿延數里，亘爲玉山，又數十百里，峙爲雙峴，經野建邑，於焉是依。山之幽深秀特者，水必源於其間。稽之郡乘，浙江之浸，實肇林壑之下，經流曼衍，過于雙溪城南。澄瑩甘美，瀾湧湍激，不捨晝夜。天雨時至，澒洞奔放，勢可勝萬斛之舟。氣之積也厚，故其發也巨，終至于不可量也。山結水融，生物必異靈，而爲人亦必有奇俊超邁，不規規於流俗者。夫良材美箭，佳菓旨酒，人皆得以爲利。士君子之敦詩書、脩辭蹈禮者，籍籍滿耳。而余之所見，多侈辭宏論，凌絶卓越。聽其言，觀其容，發揚蹈厲，每恍然自失。以余之駑下，固不足窺其際矣。意山水之鍾而奇俊超邁者，殆不必於此歟？余固有所待也。

嘗聞胡君伯仲子姓皆務學深造，未能盡交。往年遇古愚子於市，友人蘇世賢指曰：「此東陽學者胡君也，將試仕於金陵頖宫，今行矣。」揖而過，不暇交一語，余重恨之。皇慶二年夏，余游金陵，而君尚在講席，其氣粹温，其儀濟蹌。誦其文若詩，皆清平古雅。余向之有待而欲見者，其在古愚子乎？

夫聖人之道，常道也，不出於君臣、父子、夫婦、昆弟、朋友應事接物之間，致其極則中庸而已爾，非有絶俗離倫，幻視天地，埃等世故，如老佛氏之所云者。其道雖存於方册，而不明於世久矣。周、程、張、朱諸子出，而闢邪扶正，破昏警愚。秦漢以來千五百年，英才多矣，而有昧於是。吾儕生於斯時，未必能躐於千五百年之才，而獨有見於聖人之道如是其明也。幸而生於諸子之後，固當平氣虚心，隨而求之，階之梯之，以達乎上，顧實有益於己而止，何庸倔强自意，摭奇務新，力與作者争衡，又將轢而踐之哉？

古之立言者，誦於口而可以心存，存於心而可以身踐，而成天下之務，則聖人之道也。今口誦之而不足明乎心，降其心以識之而不可施於事，是則老佛之流之説爾。爲老佛之説者，措之事固不能行於跬步，而自理其身，庸可以爲善人？則好爲異説者，其風又下於彼矣。道在天地間，弘博精微，非可以操心求也。而乃攘袂扼腕，作氣决眥，售其説而競後息，欲以厭今人、陵古人，則吾未之信也。

古愚氣和心廣，余嘗欲與從容論之，而以滿秩解去。君采芹藻之英，將以道淑諸人者也，以余之説評之，然歟？否歟？余非敢爲子勉也，子固余所敬也。

送郭子昭序

君子尚志，脩己以及人。偏，廢學也。然下學上達，功不可畫；可仕而仕，進退有義。故自治常嚴，而及人者不汲汲。學每病於滿與怠，自滿者不思益，意怠者不足有爲。如是則所謂及人者，豈果有志於行道哉？亦慕榮務得而已爾。進脩以爲之本，可仕之幾合於義，由是而行其志焉，君子固所願也。今之仕者必欲登風憲之門，謂無掣肘之虞，得以遂其志。暨入其閾，乃無所志，而可恥者有之矣。

吾友汝南郭君子昭，自浙東憲史遷浙西，復升爲御史掾。好善惡惡，介潔正平，所至有聲。昔者余與子昭同受業於仁山先生，時師門數十人，惟子昭與余合志以求道，温厚静恭，不汩流輩。群會無長語，晝講肆有條，夜執經問辨，析理較毫縷，率下漏過半，疲極俱罷。抵足卧，覺則復共索所未悟。稍閑，各言其志，思葺漏易弊，振奮以邁尋常，若是者甚久。後雖從仕，時相過語，不改不倦。别五載，復會金陵，道平生驩，皆叙離群而自致者。子昭徧循大江之南，獲交當世君子，多隨其高下，師尊之，友接之，所自得者蓋廣。而其正本大綱，不倍師説。大夫士論子昭當官廉慎，有補公道，如出一口。是子志真可尚，滿與怠之心未嘗生，而於脩己及人兩無愧矣。爲憲掾史，三考滿秩，捧臺符上京都，類吏部選調九品官，常事爾，未足爲子喜。方今拔類獎賢，以子之才，何所不至？夫年進則責備其德，位升則愈大其任。惟篤其初志，不忘所能，而知所亡，實於中以應求者，不負其名，則官之崇卑非所較也。

余性不喜諂，且知子昭最深，嘗慕淵路相贈處，而余亦爲千里游，故以爲贈。

送林中川序

漢自蕭何以佐命爲相國，而曹參次之，二人皆吏也，故終漢世，選官多繇吏，後雖設科博舉，而繇吏進者未嘗廢，名公卿大夫，今可指數者班班也。而自郡縣吏積功致大位者尤卓然，如于定國、楊震、陳蕃、王允、寇恂、馮異、趙廣漢、張敞輩數十人，皆繇是出。蓋天地儲材，以爲時用，視上之所好而趨之，得其人皆足以輔化興治，不必較其所從來也。然昔之進者雖自吏選，莫不尊德問學，秉義守禮，尚廉恥，謹節行，故能師表當時，流芳千載，非特操筆書牘，玩法舞文而已。

聖朝混一之初，革文華取士之弊，它科目未設，選官頗類漢法，而庶人在官者皆以年勞叙遷，可計日以俟進。其任用之重，蓋過於漢矣，故得人有爲名公卿大夫，亦不愧於古。永嘉林君中川，久故儒家，抱問學而業吏。自縣若州，累升至於郡。來是郡，居數載，徧歷諸曹，上官稱其能，下民服其明，士大夫誦其廉。休日每訪余，爲文字交，言亹亹皆有理致，賦詩則雅麗清新，語政事則優柔純熟，不迫不弛，可謂才矣。處郡曹，滿三考，被省符領州縣幕，常事爾，可計日而取也。以君之才，宜有知者，豈久拘閡常文而局縮於此耶？繇是而爲大夫卿公，亦豈異哉！

今大府循例更調天台，夫瓊臺、華頂、桐柏、石橋皆山水清絶奇勝，生平欲嘯傲其間，而夢寐未能也。君或以無害督部邑，當窮極幽處，融其景物，寫之聲詩，因風以示，使得卧而游之，亦甚幸也。君之行，凡交友能爲詩者，皆歌以贈，某訥於辭，姑序此爲别。

送尉彦明赴開化教諭序

先王之教民何如哉？家有塾，黨有庠，術有序，國有學。凡民八歲以上，無不聚而教之。下責於大夫、士與閭里之長，上則統之於大司徒。誦《詩》《書》六藝之文以廣見聞，孝弟忠信之實以敦德行。故賓興以示勸，簡絀以致罰。夫以下民之微而使天子之上卿拳拳教之者若是，其爲意益可見矣。近代以文辭取士而不考其實，惟務雕鐫鏤刻，破碎支離，詖淫邪遁之辭，靡所不至，六經之道或幾乎息矣。聖朝敦尚實行，放斥浮辭，固學者之所願也。州若縣皆有學，立師而教之，抑仿佛古者之遺意歟？

尉君彦明，北方之學者也。來江南且十年，艱難險阻，雖屢嘗之，愈自篤，不能變其守。故其發爲聲詩，慷慨感激，清俊奇偉，時論稱之，明有司舉而升之，授以開化文學。開化，三衢下邑也。其山水之秀，人物之盛，彦明必能取之以爲吟詠之資，固足以適其性情。然愚所以望於彦明者，不止乎此。今之設教者〔一〕，乃古大司徒所統之職，位雖卑而責實重。况古之受教者，比屋皆然，今則惟業於儒家者耳。受教者多，則成德者衆；受教者少，則責效也嚴。故教之者亦當百倍於古教者之功可也。六經，載道之器，欲求道者，不可外乎經。彦明必能舉是而教之，使立於館下者，皆知求之於經，驗之於己。誠立行成，濟然爲東南文學倡。豈惟如是而已哉？秉彝好德之良心，人皆有之，將有不待教，聞風而興起者。十室之邑，必有忠信，彦明其留意焉。

【校記】

〔一〕「今」，原作「夫」，據藍印本、金律本改。

送許克勤赴新昌教序

許，太岳之胤也。其先出自神農，周武王封文叔而國於許，其後子孫散居四方，以國爲氏，漢唐以來，代有顯者。而太史氏之譜牒不傳其世次，蓋不可得而考焉。然凡今以許爲氏者，則皆文叔之裔也。克勤生於真定，雖阻河帶江，相去數千里，要其始，固吾族也。其侍親宦遊而南來，能自奮勵，好學不倦，孜孜汲汲於文字間者有年矣，謂學者將以行之，嘗小試於三衢清獻書院，引誘後學，循循有道。有司爲其賢，爲其多聞也，舉之於州；州升之憲府，以考其實；上之宣府，以授其任。今俾之分教新昌，以克勤之才之美而爲之，蓋綽綽乎有餘裕也。

抑愚嘗有所聞：記問之學不足爲人師，況「小言破道，小辨害義」，克勤之賢當不止於博聞記問而已。若曰「致廣大而盡精微」，則有六經四書在，君其熟味之以求聖賢之功用乎？今駸駸功名之會，將挈挈而行矣。某於克勤，年雖若兄弟，而其議論文采，皆非所能及。既忝同姓，又辱同門，於其行也，敬書聞於師者送之，不惟祈克勤之不忘斯言，而某亦欲以自勉云爾。

送逯公平赴武義教序

武川居金華上游，地狹而土肥，有高山茂林，所産者楝梁之奇材，東南之美箭，故其民富庶，而風俗勁急。舊爲東萊先生講業之地，其流風餘教猶有存者，士大夫能道詩書通古今者，往往有之。頖宮承前代之舊，歷年之久，幾不能待風雨。前後掌教者雖欲經營葺理之，而屢不果。昔者吾友掌教是邑，歷歷爲余道者如此。

今逯君公平往而繼兹職也，當講明道義，以紹東萊先生之遺風；興起學校，以光前人之舊業。尚勉之哉！逯君年富而志廣，好學而有文，以大材而居小任，其德業必有足聽聞者，某當洗耳以俟。

記

故朝列大夫婺州路總管府治中致仕朱公壙記〔一〕

先公諱某，字某，姓朱氏，人稱之曰遯山先生。婺之義烏人。曾祖諱某，妣某氏；祖諱某，妣某氏；考諱某，號存恕，妣某氏。先公生於宋淳祐癸卯四月丁巳，本從伯父諱某之子，存恕翁鞠爲嗣。咸淳戊辰，進士及第，調從事郎、處州軍事判官、奉國軍節度推官、國子監書庫官。至元混一區宇，搢紳交薦，授從事郎、定海縣尹，轉承事郎、同知黄巖州事，再調仙居縣尹，陞承務郎、同知浮梁州事。秩滿引年，除朝列大夫婺州路總管府治中，致仕。

先公性穎悟，於書無所不讀，研窮精深，博而能約。存恕翁從久軒先生得考亭之學，家庭夙夜問辨，理融心會。故制行方正，動必以禮，純孝友弟，稱于人人。爲政存心濟物，而以恕行之，聽訟斷獄，明决平允。興學勸教，親爲程督，有毫髮可利，行之如不及。存恕翁謂濟人莫如醫，先公繼承先志，扶病造門者，日常數十人，皆爲詳察熟慮而活之。好周人急，賑宗族鄉鄰之貧者，不計家有無。皇慶癸丑十二月乙未，卒于家，年七十有一。鄉之遠近，無間親疏，皆哭出涕。

始娶同縣黄氏，先逝，生男益，亦夭。以仲兄州判諱某次男某爲子，父命也。繼娶東陽李氏，户部尚書大同之孫女，生二男〔二〕：某，某；一女，適李某；庶女尚幼；孫男六，孫女四。皋，高節書院山長；繼善，以蔭補官，未調。某等忍死，以延祐乙卯十二月丙申葬于前周山之原。

先公文章行于世，士大夫傳誦之。學行政績，將請于立言君子，以銘于墓。謹叙姓系官閥納諸壙。嗚呼哀哉！孤子某等泣血謹識。

【校記】

〔一〕文淵閣《四庫全書》本《白雲集提要》謂「《故朝散（列）大夫婺州路總管〔府〕治中致仕朱公壙志（記）》末稱『孤子某等泣血謹識』，全篇皆子爲父作之詞，乃他人之文誤爲收入」，誤。考《白雲集》卷三有《祭朱治中文》，祭文與壙志應爲同人，則此記實爲許謙代孝子所作。黄溍《金華黄先生文集》卷二二《書曾大父代朱簽判作啓劄後》謂「遯山朱公蚤從我曾大父户部府君游，户部府君奇其材，以仲弟望江令之女歸焉。公年二十有六，擢龍飛乙科，初筮處之幕職」，其中所叙之「朱簽判」事跡與壙志中「人稱之曰遯山先生」，「始娶同縣黄氏」，「生於宋淳祐癸卯（一二四三）四月丁巳」，「咸淳戊辰（一二六八），進士及第，調從事郎、處州軍事判官」等處叙述均若合符節，應爲同一人。朱遯山之父存恕從學于「久軒先生」（蔡沈之二子蔡抗）得「考亭之學」且「家庭夙夜問辨」，亦爲理學傳家者，許謙在其身後既作祭文，又代其子撰壙記，于情于理，均無不妥。金律本標題下小字注云「代」，文淵閣《四庫全書》本標題下小字夾注作「代作」，均得其實，惟後者與前提要所述矛盾耳。

〔二〕「二」，正德本作「一」，則「某某」之間不加逗號。

行狀

總管黑軍石抹公行狀

公諱庫禄滿，姓石抹氏，遼陽大寧人。契丹太祖后蕭氏能用兵，太祖併一諸部，擊滅鄰國，侵軼中夏，以大其國家，后與有力焉。故世后皆蕭氏，而蕭遂爲右族。金滅契丹，易蕭爲石抹氏。公四世祖庫烈兒，閔宗國淪亡，誓不食金粟，率部落遠徙窮朔，以復讎爲志。曾祖脱羅華察耳，招來懷輯，徒衆益盛。祖野仙，饒智畧，喜騎射，年少任俠尚氣。金聞之，欲縻以爵，深晦匿以自全。太祖皇帝龍興，挺身而歸，出奇計，單騎掩取金東京。金一旦失於重鎮，遂震讋莫能抗王師。從下北京，定幽燕，席卷青齊，收地數千里。拜御史大夫、上將軍，特將擊蠡州，死之。父查剌，剛勇善射，有父風。先是大夫募豪勇士爲前行，號黑軍，所向無敵，常自將之。至是仍受查剌公御史大夫，領黑軍，從下平陽、太原，降益都。南征力戰克敵，直取汴州，從征南京，先登。以功除真定路達魯花赤，兼北京路達魯花赤。公其長子也。

公生而卓異，幼少嬉戲，不與諸兒伍，出語輒警人。及長，魁梧俊拔，有大志。關弓滿二石，畫的于侯方寸，去百步射之，無不中，繼發必破其括。從兩騎逐兔北野山，遇樵者奔曰：「虎纔負嵎，慎勿往。」公不聽，馳而前。虎踞地大吼，從騎失色。公戒毋動，獨按擊復行，直虎十步止，挾矢以待。虎躍而起，引馬少避，一發中其吭以死。喜交士大夫，論古今治亂，忠臣義士，必慷慨感激。至事之幾會，前人所處未善，以片言發之，切中要領，雖老生嘆莫及。襲父職，授總管黑軍。上知其才，降制，畧曰：「起本將家，致身戎伍。祖野仙有展土開疆之效，父查剌著攻城畧地之功。尚克前脩，勉勉後效。」黑軍素畏服公。既領事，推誠撫下，不弛不苛，練習淬礪，常若赴敵。戊午歲，攻宋襄陽、樊城，晝夜苦戰，與從弟度剌立雲梯上，直衝其堞。公手殺十餘人，度刺死之。中統三年，李璮反淄、青。公從東討璮濟南，分地以守。璮劇賊皆精悍，數出兵奔突，公常陷陳斬獲以剉其鋒，後獨不敢犯公所部。帥衆攻城，盡鋭而進，城上矢石雨注，公不肯避，中飛矢，卒。軍士奪氣，聞者愴惜之，時年四十有一。

公之用兵，不師古法，而審勢知變，出奇無窮。人或謂公曰：「爲將當運籌發縱、左、右三軍，以逸使勞，而可以制勝。公每臨陣，喜先卒伍，得非大將所爲，且復有失乎？」公曰：「惡死好生，人之情。吾不用斧鑕驅〔一〕，大夫士不以身先之，誰肯捐軀以致命邪？且男子當援枹死事，書之竹帛，炳炳然後世，豈呫呫死户牖下，效兒女子乎！我嘗聞漢伏波將軍誓以馬革裹尸，真丈夫也！」蓋公平昔之志如此，而終以是歿。悲夫！

公娶蒙古氏，子男二人，長某，嗣職；次家兒，豐縣尹。卜是年某月某日葬興州書金山。公德業當書于太史氏，而孤某亦將請于立言君子銘其墓道，謹爲次弟其行事大致如此〔二〕，以備采擇焉。謹狀。

【校記】

〔一〕「鑕」，原作「鑽」，據正德本、藍印本、金律本改。

〔二〕「謹」，原作「詞」，據正德本、藍印本、金律本改。

治書侍御史趙公行述

公名某，字子英，其先甘陵人。祖避金季亂，南播潁川，因家焉。至元十三年，王師伐宋，公單騎從役，副帥宋都嶰授以兵。降臨江，下吉州，與有戰功〔一〕。時江淮初附，宋氏復奔于南〔二〕。吉之獷民假義稱兵，公以帥命往討〔三〕，道與賊别部遇，公設伏橋下，而蹙攻其前。賊趨橋走，伏發，皆殲焉。遂往擣其屯，賊知之，遽引衆出，與官軍道殊。諜知賊已過，還襲其背，擊敗之，斬其渠帥。徑前覆其巢，散其脅從，州遂以安。鐵面軍王昌誘初附五營衆爲亂，事露，株連五百餘人，皆論死。公争曰：「此屬特詿誤，非始謀。今悉誅之，無以安反側。不如僇其渠而撫其餘。」統帥從之，事乃定。累多錫金符，提舉瓜洲渡。

居頃之，以例免，改衡州路總管府治中。州之清化，聚衆爲盜區，公計興屯田，迄今寧息。在郡七載，解去。卜居儀真，杜門閑十又五年。延致導江張先生𩔖講明伊洛之學，潛心探索，究其指歸。行乎德懋，顯聞于時。

大德五年，遂以選起，簽江南浙西道肅政廉訪司事。先四年〔四〕，部郡鎮江旱，蠲民租九萬五千石。既而以飛語復徵，民無從出，則旁魯求辨。公始涖職，臺移覆其當，僚黨皆懲謗前卻，公獨奮然自以爲任。按行驗實，復之如初。會秋大風，海溢于潤、于常、于江陰〔五〕，飄溺廬舍，居民存者，困不粒食。公將發粟食之，有司以言上未有報，掌拒不聽。公曰：「災異若是，民瀕於死，寧便文字營爲從容計哉！如有不合，我當坐之，不以相及也。」遂發如干石，賴以不死者十七萬人。而沉骸腐胔，亦就掩瘞。昔汲黯以漢朝貴近臣，持使者節，便宜發粟，歸對孝武，片言陳謝，上雅敬重黯，慰諭不責也，人猶以爲難，謂義而知變。以公視之，果難乎哉！

七年夏，大雨水，蘇、秀、常、潤咸被其患，公巡部勸分，饑食徙復，且督脩圩堤，以防後災。居職踰三歲，刺姦發庸，不憚强禦。凡以爲民者，人能言之。遷江南等處行御史臺都事。十一年，江南大饑，郡縣財粟俱殫，獨徵賄積臺者爲錢猶數百萬，公請舉以賑民。長僚持之，猶豫未決〔六〕，微有所論，公輒正色争之。中丞廉公語解其間，公争之益力，詞不少假。廉公不以爲忤〔七〕，退謂人曰：「吾佐得趙君，尚何憂闕事哉？」行之一如公言。若公固所謂義形於色者也，而廉公之絀己從義，不矯以不忤，且誠以爲得，亦難能哉！推二公之道，可行於天下，惟公無私而已。

召拜御史臺都事，極言朝廷百官宜各共厥職，以起政事，識者韙之。今上時在東宫，雅知公賢，深所禮遇，嘗以字稱之不名也。居一歲間，公告歸，除淛東海右道肅政廉訪副使。將行，詣宫辭，上奬諭再三，賜以衣緞。使自擇其宜者，而親舉以授之，致恩渥焉。其見知聖朝若是。越俗多遽喪稽葬，公導之以禮，莫敢弗舉。禱雨而雨，祈暘而暘，心與天通，舉不違義。人謂三紀以來，越郡使者不愧職事，惟公與前按察使劉公仲脩而已。擢江南行臺治書侍御史。皇慶二年，甫及七衮，即致事而歸。君子以爲勇，可以勵苟得忘退者矣。

公之在浙西，官調所部造舟，自淮入河，至臨清。時山東歲祲，公建謂此有餘粟〔八〕，彼有困民，此皆縣官赤子，且舟載不載，勞費等耳，宜以有餘捄不足。行省是其議，乘便漕致粟五萬石，民賴以蘇。其自任類如此。其在都臺，有選吏以才格與憲銓，常出入門下，深自媒，公一不顧。及已除官，公不以告，直謝遣之。其人大恨，久知之，乃大服。

昔漢孝武時，號稱多才，或以智謀，或以勇功，或以文學刑名，濟濟鏘鏘，充仞朝廷，可謂盛矣。而汲黯獨以亢直處躬，孤植其間。以帝之雄才大畧，輕視群臣，至不冠則不敢見黯。雖以言中其病，祇謂之戆，而終以社稷臣待之。淮南謀亂，擬漢廷群臣，公孫弘之徒猶發蒙，而所憚獨黯，爲之低徊不發者久之。觀黯之才，似不群臣若也，其事不大施也，而見重一時，取信後世者如此，其有以哉？若《春秋》「大」爲「閑」，孟子所謂「大人」者，黯近之矣。

某不佞，被遇於公，式其行事，接其言論風旨，而得其所知〔九〕。蓋公之爲人，剛毅正直，獎善疾惡，出於天性。其爲政知大體，汲汲以教化風俗爲務，而清廉乃其餘事。觀其志，苟分義所在，死生禍福誠不足以動其心。雖立朝未久，業不大施，而事顯節完，孚於人人〔一〇〕。其行己大節，似汲長孺而才學過之，可謂「邦之司直」、人之儀則者矣。公兹謝事頤神，純嘏未艾，其事其德，方將登載信史，永垂無窮，固不待鄙述而後明。然知而無稱，厥心慊焉。謹采公行蹟，次第于編。若夫一言一行，雖足以爲稱，非大節所存，則畧而不書。然公之事可以言而盡，公之心之德不可以言盡也。後之載筆君子，或有考於斯，能即其事以求其心，於其所已施以觀其所未施，則公之心之德，亦豈難知也哉！

【校記】

〔一〕「功」，原作「多」，據正德本、藍印本、金律本改。

〔二〕「奔」，原作「𡚒」，據正德本、藍印本、金律本改。

〔三〕「以」，原作「一」，據正德本、藍印本、金律本改。

〔四〕「先」，原作「去」，據正德本、藍印本、金律本改。

〔五〕「潤」，原作「閏」，據正德本、藍印本、金律本改。

〔六〕「持之猶豫」，原作「之持豫」，據正德本改。

〔七〕「忤」，原作「件」，據正德本、藍印本、金律本改。

〔八〕「謂」，正德本、藍印本、金律本作「議」。

〔九〕「知」，原作「如」，正德本、藍印本、金律本俱作「如」，據文淵閣《四庫全書》本改。

〔一〇〕「孚」，原作「浮」，正德本、藍印本、金律本俱作「浮」，據文淵閣《四庫全書》本改。

許白雲先生文集卷之三

啓

答潘明之啓

辛亥歲，以厚幣相招，欲使廢學家塾，辭之。繼書來，欲不廢學，而受幣。

金華後學許某右某啓。

伏以賢如鮑叔，知管仲而分財；貴若陳蕃，禮徐卿而下榻。古來交契，素尚心孚。雖云同氣而相求，蓋亦善敬而可久。拍肩執袂以爲合，莫逃子厚之譏；巧言令色鮮矣仁，宜服仲尼之訓。責善者朋友之道，爲利乃盜蹠之徒。

歲在龍蛇，始識荆州之面；日陪燕喜，寧鄙牛醫之兒。入幙爲賓，升堂拜母。插架三萬軸，許觀人間未見之書；主家十二樓，時覩帳後所列之樂。反覆究六經之藴奥，上下謨千載之興衰。風雨對床，煙雲入筆。類律吕之相應，曾塤篪之不如。豈麾不去，招不來？必進以禮，退以義。

某窮鄉晚學，下里陳人。丁世路之多艱，備嘗險阻；入闤闠而僑處，何所見聞。慕古道真若望洋，得碩師不能卒業。哲人其萎矣，無從挹座上春風；至學難知哉，祇徒映窗前夜雪。

心思既竭，寢食屢忘。嗟四十而無聞，斷此生而休問。貧無儋石，猶寄鷦鷯之枝；誰有籯金，姑挾兔園之册。已踰十載，所得幾何？寧甘咈耳以騷心，尚勝沾體而塗足。豈謂故人之垂盼，忽厪聘幣之下臨。昨已引辭，實坐牽制。載酒肴從學，揚子雲詎敢拒之；有車轍在門，陳孺子亦所喜者。言之諄復，命更丁寧。最後錦箋之褒詞，仍許素飡而無位。載色載笑，食豈無薛公之魚；且戰且耕，世那有揚州之鶴。

此蓋伏遇明之少府聘君，英資挺特，德性剛明，不倚富而驕人，肯折節而下士。襲傳家東萊之舊學，讀淑人紫陽之遺書。此秀才展拓得開，積誠意豈有不動？筦庫飽韭溪之風月，冠綬爲花縣之神仙。薦剡先馳，飛騰可冀。暴公子之名聞已舊，宜被繡衣而來；劉更生之學積既深，終植青藜而照。然以軒冕爲餘事，長抱簡編以自娛。重煩行人之再三，欲得愚者之一慮。如某者卑污無似，齷齪自將。謂居交際之間，宜急義利之辨。龍門深邃，倘能容俗客之登；魚書殷勤，勿復通方兄之意。

其爲報謝，罔暨敷陳。謹具啓事，捧詣堦墀，祇候塵謝，伏惟垂慈〔一〕，俯賜鑒念。不宣。謹啓。正月日金華後學許某啓。

【校記】

〔一〕「垂」，原作「熏」，據正德本、藍印本、金律本改。

上憲使劉約齋啓　辭舉茂異

一經猶抱，懼皓首而無成；三語初投，喜青霄之有援。立身何似，知己難酬。伏念某家故業儒，幼嘗承學。屬宇宙之遷變，致身世之羈孤。鄴侯萬軸書，已成煨燼之末；顔淵五十畝，竟歸無何之鄉。甑幾生塵，席不暇暖。日忽忽其易暮，心遑遑而何之。欲奮蹇足於長途，思繼先人之墜緒。孫窗挾册，與曉雞而俱興；韓堂挑燈，對秋蟲而共語。淡乎無味，得不償勞。

既至壯年，始逢大匠。洗故學之荒陋，開大道之坦夷。使讀晦庵之書，而泝伊洛之源。可跂夫子之墻〔一〕，而見宗廟之美。攜手提耳，諄諄然而命之；測海窺天，巍巍乎其大也。譬爲山方覆一簣而進，俄哲人夢奠兩楹之間。欲爲托驥之蠅，遂作喪家之狗。更嘗鑽仰，終止繆悠。僅不失身，無能改德。放深林而友麋鹿，何異囊中之錐；集敗甕而鳴醯雞，有來户外之屨。祇餬其口，豈好爲師？不圖擅高科之美名，而乃出崇臺之特命。得非所望，聞之若驚。雖率土之濱莫非臣，然中人以下難語上。何寒士帡幪於大厦，實化工斡運於洪鈞。爲其不求，是以見取。

惟茂材異等之舉，始西都元封之時。必先定於鄉評，然後偕於計吏。蓋多得特達清脩之士，寧容厠尋常闒茸之人？是豈虚名，欲副實用。欽惟大朝立法而遴選〔二〕，亦舉前代故典而設施。取之者聞所聞，已縻好爵；將俾之覺後覺，容可素餐？自孔子而下，君臣之職分，則學校之官，教育之責重。人之大倫有五，義所當明；學之達德者三，誠則可進。事變之糅雜，物理之貫通。鬼神之幽，禮樂之著。先致知是爲博文之要，主持敬以收復禮之功。豈口耳之云然，宜足目之俱到。是須自得於己，而後可及乎人。詎謂下愚，可當大任，是以背翻愧汗，面發赧容。維鵜在梁，預知被服之不稱；彼鴞集泮，終見倚席而無堪。勿謂兩生之高，恐貽多士之玷。信非長語，允出衷情。

兹蓋伏遇憲使詹事資政相公約齋先生，中夏鉅儒，三朝碩德。氣和而行粹，心正而意誠。疏太傅之官雖成，寧許出關而歸鄉里；暴公子之名已舊，今睹持斧而來海瀕。暫爲一道之福星，將作八荒之霖雨。菘政伊始，求才爲先。門不停賓，座無雜客。遂使蓬蒿之迹，亦居桃李之蹊。某敢不深感盛心，大究所學？簸之揚之，糠粃耳，此時恐有累於高明；淬之砥之，干將成，他日或可歸於陶冶。過此以往，未知所裁。

【校記】

〔一〕「跂」，原作「跛」，據正德本、藍印本、金律本改。

〔二〕「大」，正德本作「天」。

回潘縣尉啓

薦鶚騰中丞之疏，敢盜虛名；烹魚得故人之書，有慚善頌。褒語過榮於華衮，交情未絶於布衣。光粲珠璣，春回蓬蓽。七襄莫報，三復深藏。

共惟某官積善之餘，流芳甚遠。攀龍鱗於南國，喬木之家獨存；展驥足於西淮，甘棠之笏故在。有先覺，親涵咏於麗澤；宜後昆，益浚[一]治其深源。左圖右書，窮往古來今之理；朝經暮史，非尋章摘句之儒。稟賦抱剛明之資，變化成精粹之氣。學惟爲己，言必驚人。久盤礴於胸中，時發揮於筆下。錦心繡口，將追韓杜之踪；鐵畫銀鉤，欲接鍾王之武。或笑談資釋氏之空性，或遊戲假莊生之寓言。不私其身，將用於世。登青雲而排閶闔，萬里壯遊；紆墨綬而佩銅章，一官自試。謹出納之司而會計當，習平準之書而輕重通。暫停冥海之鵬程，小聽華亭之鶴唳。方聞名之籍甚，忽賦詞而歸來[二]。謂宜綴視草之清班，乃復作爛柯之仙隱。江山行大猷之政，北部應無狐狸；溧水傳孟郊之詩，西臺當有鸂鶒。

念某天資椎魯，學問迂疏。道則高美若登天，不可幾及；邇出涯涘而觀海[三]，奚以自多？顧方仰彌高，鑽彌堅，豈謂德可久，業可大？鷗鳧野性，浮于江湖則誠宜；駑駘短材，加之羈靮必致蹶。雖無吟風弄月自得之樂，亦有傍花隨柳適情之遊。夫何爲哉？如斯而已。

罔敢要鄉黨之譽，復懶曳王門之裾。誤動長官之知，僱此秀才之舉。已非素志，徒增汗顔。踰垣而避豈自高，掛瓢而飲亦可喜。昨已投書而辭謝，忽承賀語之殷勤。感極而慙，懷之弗替。某惟知慕學，寧冀榮身？沮溺之道非中庸〔四〕，亂倫焉可；孔孟之言有天命，躁進何爲？復有誨言，幸毋棄我。

【校記】

〔一〕「浚」，原作「後」，據正德本、藍印本、金律本改。

〔二〕「忽」，原作「勿」，據正德本、藍印本、金律本改。

〔三〕「邇」，原作「爾」，據正德本、藍印本、金律本改。

〔四〕「沮」，原作「阻」，據正德本、藍印本、金律本改。

賀趙松澗除行臺治書啓

恭審北闕傳宣，南臺貳憲。横榻異數，沐雨露於九天；簪筆總權，凜風霜於十道。小人破膽，君子彈冠。

伏惟某官浩氣蟠空，清規照世。由學而大，中扃全以體仁；無欲故剛，外物不能屈己。

見善有如不及，除惡惟務藴崇。既尊所聞，行所知，使頑者廉，懦者立。横流砥柱，疑事元龜。馳别駕以開衡岳之雲，鼓歸棹而載湘潭之月。敦詩書，説禮樂，樂以忘憂；製芰荷，集芙蓉，確乎不拔。産棟梁固爲時用，豈丘壑所能久留？允稱臺中之評，起持浙右之節。風飛雷厲，鬼泣神號。澄清登車，破吴會姦貪之黨；便宜發粟，活江瀕阻饑之民。當道適逢於豺狼，啖□□逢於鷸蚌。解紛糾於盤根之際，還舊貫於立談之間。至今去思，傳爲奇事。

峻躋烏府，高泛紅蓮。謂分司處荆揚之遥，俾舉職居京畿之近。希知明主〔一〕，亟稱直臣。使者被繡衣，上注意海邦之右；天孫織雲錦，親承恩香案之前。威感山川，光生原隰。七郡遽興善治，列城自無冤民。行屬縣而雨隨，祭東門而暘若。所操公溥，自契神明。進陟副端，實符衆望。昔在廷皆知憚黯，今弄印無以易蕘〔二〕。白簡絳騶，耳目暫司於察視；内屏黄閣，腹心有待於論思。人所共期，理之必至。某愧識韓之太晚，辱知管之最深。鯫生得上於龍門，欣逢盛事；賀客敢私於燕厦，用布歡悰。

【校記】

〔一〕「希」，原作「絺」，據文淵閣《四庫全書》改。

〔二〕「弄」字原脱，正德本、藍印本、金律本俱脱，據文淵閣《四庫全書》本補。

賀憲使敬威卿除江西參政啓

恭審涣奉明綸，升參大柄。外開政府，任尤重於洪都；高炳台階，輝旁周於南海。除書甫下，迓吏斯來。切惟天朝分省之規，蓋循晉室行臺之制。德澤欲加於萬里，嘉謀兼賴於衆賢。肆選真才，共興善治。得人無競，有識交懽。

共惟某官奕世簪纓〔一〕，在庭詩禮。温良豈弟，藹和氣以接人；中正直方，肅秋霜而涖政。仁心及物，雅量鎮浮。究元經一字之微，大闡乃翁之奥學；萃正史百家之義，親承外氏之遺文。皆自得之筌蹄，庸發揮於事業。廉貪立懦，澄源清流。出皁邦財，優游㶇海之利；貳司國憲，增重横榻之威。均職貢於版曹〔二〕，進樞謨於宥府。從容引退，簡眷益隆。持斧來海瀕，勝之之名舊矣；攬轡清天下，孟博之志慨然。惟舉宏綱，豈苛細物。去良苗之稂莠，新泮水之宫墻。原隰光生，狐兔迹掃。私喜福星之徧照，俄驚化雨之遐沾。毗贊鈞衡，暫處藩維之遠；燮調鼎鼐，遄居廊廟之尊。

某自揆迂疏，誤蒙顧予。欣聞異渥，已陪燕賀之行；欲既懽悰，復贅魚緘之贄。

【校記】

〔一〕「奕」，原作「変」，據正德本、藍印本、金律本改。

〔二〕「職」，正德本、藍印本、金律本作「賦」。

賀蕭北野萬户破賊啓

北野四世祖，御史大夫，開國元勳。南方之役，侯聞命立行，與小校三人晝夜兼行，八日至贛。先是諸軍會者數萬，萬户十餘人〔二〕，皆顧望，莫肯出兵。侯至，詰前失，自從輕軍衝盪，擣其巢穴，且與衆預定滅賊之期，後皆如所料。都帥命諸將羅拜以寵之。

後學金華許某右某啓。共審征蠻任重，平蔡功多。勇而有仁，鼓三軍之士氣；算無遺策，奠千里之民居。露布升朝，凱歌載道。嘗謂兵雖凶器，武以止戈。堯舜時雍，且命皋陶作士；虞芮既質，猶迎太公爲師。居安慮危，有備無患。故於農事之内，即寓軍政其中。蒐狩在田，已辨鼓鐸鐲鐃之用；茇閲爲陳，復閑坐作進退之方。静足相維，動而必克。後世募從之制起，三代詰糾之政荒。聚不義而授不仁，怨者敗而貪者破。效死則可爲也，不教是謂棄之。然而勇不在師，智當謀帥。能將則多而益辦，善戰則弱可敵强。自平吴而論功，已修文而爲治。桃林牛，華山馬，武事何庸；郊藪鳳，宫沼龍，休徵備至。方四海之咸若，俄一隅之震驚。豈芻牧之失宜，致草竊之肆毒。固將安潢池之衆，奈久聚緑林之羣。天討有加，官軍既集。當决機而取勝，乃列壁而深居。欲尚巧遲，斯養虎以成患；不如乘勢，將縱賊而遺誰。顧方畧之如公，宜簡知而有命。

恭惟某官山河間氣，宇宙英風。擊南溟之三千，吞雲夢者八九。偉哉異器，篤生名家。漢室龍興，酇侯之功第一；周官虎氏，丁公之爵幾傳。學泉流而淵涵，思雲停而水止。垂弧有四方之志，投筆建萬里之侯。説禮樂而敦詩書，在軍旅不忘俎豆。以其餘力，旁及百家。談炙轂而何窮，事應機而必中。令下之日，行不違時。服矢韔弓，素學固萬人之敵；披甲上馬，用奇將三騎而從。視彼釜中之魚，小試囊底之智。司馬八日至關右，神速折新城之陰謀；光弼中夜入洛陽，號令變行營之精彩。披地圖而知險要，數軍實而簡卒徒。間諜既明，姦詐盡露。肆衝突而莫禦，漸散離而就擒。徵側游魂，須伏波而可滅；智高小醜，待武襄而後平。剪除鱷鯢，廓清煙瘴。戒干戈之載戢，懼玉石之俱焚。亦有旄倪，甘從俘虜。召見諸侯將，皆膝行而入門；右招十九人，設血飲以成事〔二〕。山川如舊，煙火復安。競笳鼓而歸來，羅橐鞬而迎拜。人争趨而賀戰勝，公自退而不言功。鼷鼠甚微，豈盡千鈞之發；海鰲能巨，試看一鈞而連。有深蘊而未揚，寧淺窺之可測？我知已審，言大非諛。

某與鹿豕遊，後燕雀賀。聞雞聲而起舞，焉用腐儒；銘麟閣而贊勳，以俟君子。無從抵掌，徒切傾心。謹具啓事塵賀，伏惟台慈，俯賜鑒念，不宣。謹啓。

延祐二年十一月日後學金華許某啓。

【校記】

〔一〕「萬」後原衍「一」字，據正德本、藍印本、金律本删。

〔二〕「設」，原作「謾」，據正德本、藍印本、金律本改。

文

復張子長文

二儀坱圠，萬彙阜蕃。氣立乎表，人生其間。得形質之正，賦性命之全。軀七尺而充塞宇宙，量方寸而包括乾坤。備其體而極其用，唯聖人其至焉。

若夫哲人知幾，君子務本。微顯闡幽，探賾索隱。相彼稼穡，基此耕墾。步終海岳，足始尋引。戰戰兢兢，勤勤懇懇。豈曰能賢？惟懼不敏。蓋其一心危微，萬變參伍。下器上道，來今往古。融一理而會通，貫萬事之旁午。學不究於至善，人雖生而何補？爾乃反身而誠，脩己以敬。心存道德，膺服謨訓。期不違以樂顏，必有事而希孟。欲内外之兩得，豈口耳之四寸？及乎心廣體胖，面睟背盎，知本先而末後，乃旁通而曲暢。稽理亂，鑒興亡。涉百氏，獵騷莊。或遊戲翰墨，或發揮文章。既自得於黽勉，隨所往而徜徉。其家也，甕牖蓽門，水飲蔬食，秋燈簡編，春雨耒耜。入則家庭無間言，出則鄉黨有美譽。吟風弄月總閑情，隨柳傍花皆樂意。其通則致堯舜，達禮樂，振遺音，返淳樸。富貴若固有，俯仰無愧怍。

然藏器待時，居易俟命。静而有常，動必以正。不矯矯以潔身，不汲汲以干進。嗟小人之務得，非君子之所性。至於咿喔呪呰，卑疵孅趨，望塵下拜，自鬻上書，營蠅苟狗，羶蟻餌魚，勢引利導，身辱名污，何其謬哉！亦有僞行釣譽，假隱求知。世俗易罔，君子可欺。少室索價，北山勒移，亦何取焉？

顧余下學，慕古莫企，小從大違，寸進尺退。功期九仞，業止一簣。晝荒遊而放心，夜起舞而攘袂。道途修躋天更長，歲月蒼茫水俱逝。以爲詭隨非計，便佞乏才。稽往事以慷慨，懷良辰以徘徊。苟有狗以達義，寧不俟乎良媒。何好友之未逑，乃飛書而見識。羡子夙知，尚友古昔。範模經訓，馳騁史籍。雖百家之縱横，猶三餘之掎摭。目五行而俱下，口一誦而終憶。援弓矢以有待，兹墉隼之可射。尚宜致廣極高，抑鋒止鋭。茂葉發於深根，大聲出於宏器。誠既積而莫揜，道何遠之不至。殷勤畢余言，庶幾感君意。

代副使趙公祭扎忽觶平章

惟公稟天地之清氣，爲一世之大人。工師之表，國家之珍。學備體用，心抱經綸。剛健如中流砥柱，屹立而不可屈；廉介如秋霜夜月，精潔而莫翳以纖塵。小人望之，以爲毅然不可犯；君子即之，則粹然春日之温。居家制行，夙以孝聞。非惟日有酒食之饌，必婉容養志以娛親。其出而仕也，以澄清天下爲己任。進而升於朝也，拳拳於堯舜其君。兩總憲綱，繼貳衡鈞。面折廷争，有回天之力。垂紳正笏，立於堂陛，其精神風采，足以厲乎大臣。退惡惟懼其不遠，進賢惟恐其不伸。銜命而使於四方，見巨姦大憝必去之，如農夫之務於芟芸。位居廟廊之上，而一區之室僅可以容身。儲無儋石，而飯蔬飲水，一童僕以自奉，惟事親延士，則曲致其殷勤。嘅清時猶或有虎狼之横道，欲起而驅之，庶幾乎風俗之淳。固將盡其忠節，奈適嬰乎逆鱗。被之以榮禄之美號，俾調燮於萬里之峨岷。扶老母，攜幼子，跋涉於中道；積憂勤，感霜露，竟長逝於淇水之濱。逆旅蕭蕭，傷哉公魂！

公之生三十有九年，而清名巨烈足流芳萬世者〔一〕，克塞乎乾坤。死生壽夭，貧富窮通，固天之所命，亦胡不慭遺以福斯民？公孜孜爲善，而造物者報之乃如此！彼蒼蒼不可問，而幸有此不死者存。天下有識者，蓋莫不爲公惜。某昔嘗受知而引置公之烏幕，今尤憒惋而悲辛。某司糾南邦，不能匍匐以發一慟，臨風遥奠，以薦其蘩蘋。靈無不在，來鑒盤飱！

【校記】

〔一〕「巨」，原作「臣」，據正德本、藍印本、金律本改。

代副使趙公祭王仁卿中丞

巍巍神州，正氣所鍾。篤生異人，出爲鉅公。惟公之心，既明且通。惟公之學，全天之衷。學造其原，知至理窮。用先其本，孝弟盡恭。親闈豫悦，閨門肅雍。復以是心，移之於忠。集賢職近，樞揆位隆。屢司邦憲，穆如清風。非苛而明，非察而聰。美必將順，闕則彌縫。孜孜奉國，蹇蹇匪躬。移疾勇退，丞將徵庸。文章滿家，星宿羅胸。退然外巽，浩然内充。近而即之，春和日融。人登公門，延欵顒顒。不棄薄德，不絶童蒙。入聽公教，答問撞鐘。出醉公德，如酌醇醲。有夷之清，其量能容。有惠之和，介存於中。小人自遠，君子所宗。未周六甲，炯炯雙瞳。胡厭斯世，入于幽宫。既富康寧，好德考終。令聞廣譽，南北西東。有子承家，克蹈厥宗。公其不死，人毋哀恫。

某昔受公知，化洽陶鎔。座捧簡白，池泛蓮紅。司察東南，踪若飄蓬。既聞訃音，已越秋冬。遥陳一奠，樽俎不空。酒殽芳香，粢盛潔豐。山河阻深，虎豹蛟龍。魂神應感，萬里皆同。颯然來享，去勿匆匆。潸然出涕，不知所從。

祭朱治中文

天賦異質，切磋早成。握珠抱玉，赫然有聲。龍門峻深，風雨一躍。出參賓筵，坐資畫諾。乾旋坤移，即捲而懷。婆娑山林，肥遯日嘉。伯夷既歸，伊尹亦聘。欲潔其身，豈義之正。美錦能製，屏星列乘。威行惠孚〔一〕，教興訟平。棠陰已成，菊圃方樂。金章望門，舟移夜壑。酒醪鍼石，遺愛在人。此心之推，一事之仁。公之文章，光艷不細。人知子雲，寧俟後世？丹旌翩翩，將返故宫。魂無不之，來鑒予衷。

【校記】

〔一〕「孚」，原作「浮」，據正德本、藍印本、金律本改。

書

上宋經歷書

八月三日，後學許某再拜致書經歷先生閣下：

《書》曰：「凡厥庶民，有猷有爲有守，則念之。」夫庶民，至衆也，焉得人人而察之？故孔子曰：「舉爾所知。」謀猷有小大，事爲有難易，所守有誠僞。難制者心也，難明者理也，難窮者事也。以難制之心，究難明之理，而應難窮之事，或中焉，或否焉。未能定心而不外求者，類然也，人豈易知哉！故大禹曰：「知人則哲。」爲政以得人爲先，雖十室必有忠信，況大邑通塗，肩摩袂屬，豈無遺逸而在下者？上之人不能援而進之，使之阨窮而莫敢告，是之謂棄才。舍有所藏，用有所行，而乃招之不來，挽之不進，知自潔其身，而不爲天下慮，懇懇乎木石居而麋鹿友，是之謂亂倫。或援之，或推之，不度其德，量其力，外以欺於人，内以欺於心，囂囂然而康而色曰：「予攸好德。」惟恐自鬻之不克售，實乃耆利無恥之人耳，是之謂不知命。棄才不可也，亂倫不可也，不知命尤不可也，君子適其可而已。

某生三十有六年矣。少經喪亂，及長，奔徙流離，艱難險阻，無不嘗之。三十而知學，聖賢之言是誦，仁義是求，猶望洋而莫知所止，企宫牆之美而不得其門。惟無先人之廬以蔽風雨，負郭之田以供饘粥，故日與呶呶者甘於咈耳騷心，以自給其弊緼藜糗，亦冀斆學之半而有進於萬一焉耳。先生過聽，將謂有所抱負，乃欲引而置之掾史之列，其亦欲免其凍餒而已耶？抑將有所任使，而望其有補於公道也？夫某以椎魯之資，遲莫之學，而先强仕年，處激揚之地，其不殆於事也幾希矣。古之君子未嘗不欲仕，道可以濟天下，德足以致中和，自修者已至，然後思及乎人，然豈汲汲於進哉！未至於此，而且汲汲焉，則爲養爲貧者也。爲養爲貧而仕，抱關擊柝可也，乘田委吏可也。浙水東七郡，户不下數百萬，食禄者千餘人，利害休戚，進退黜陟，皆係乎一司。而欲使無一物不得其所，澄源而清流，彰善而癉惡，樹之風聲而示之成憲，其爲任莫重於此者矣。某鄙人也，而謂可使贊畫諾於其間耶？不幸少孤而不逮事，雖欲養，誰爲養？一身之貧，則食其力以自足，顧敢見得忘義而爲知人之累耶〔二〕？若夫和而不流，剛而無虐，孜孜爲善，諤諤在庭，大府豈少其人哉？而某則未能也。勾稽簿書，署名案牘，行入隊趨，進旅退旅，伺官長之顔色爲喜懼，尸素而優游者，閣下何取焉？而某亦以爲愧也。

夫鳥俯而啄，仰而窺，終日經營而不能飽，莫寄於一枝，而有風雨之憂，鷹鸇之虞，方且搶然而飛，嘎然而鳴，悠然而自得也。主人見而憐之，網羅而得之，飲食之，振拂之，置之華堂之上，而日寓目焉。視其毛羽日益衰，光彩日益敝，蓋其樂放曠而畏拘檢也，故不若任其性爲愈爾。某之志有類乎此，故薦其説以終之，願先生垂察焉。某再拜。

【校記】

〔一〕「忘」，原作「志」，據正德本、藍印本、金律本改。

上李照磨書

八月三日，後學許某再拜獻書照磨彝齋先生閤下：

學之爲道，難矣哉！洙泗諸子親得聖人爲之依歸，諄諄然命之者至矣。然其才有高下，則其得有淺深。如天降時雨，溥博洋溢，而地有肥磽，則生物不能齊也。聖人之道大而公，故其發言周而密。自今推之，縱横反覆，無不從容中道。當時惟顔子明睿純粹，故與之言，終日不違。曾子篤實深潛，故獨聞一貫之旨。顔子早歿，其學不傳。曾子傳之子思、孟子，其書出而道益明。自餘傳之愈下，則不能無弊。豈惟不傳，至莊周、荀卿、李斯之徒而後有失也。雖親而炙之，其語言有不能肖於聖人者。如「仕而優則學」、「學而優則仕」之類是也。所謂學優而仕者，誠是矣，而謂仕先於學，可乎？仕者，上致君，下澤民，匹夫匹婦，不獲自盡，則責有所歸，其可嘗試哉？雖然，子夏有爲言之也。列國大夫，世襲其任，蓋有未學而食禄爲政者矣。然不明所以立言之故，使後之急於進者，指此以文其不學之過，其弊乃見爾。孔、曾、思、孟則無是言矣。開也謂「吾斯未能信」，則子説；由也謂「何必讀書」，則子以爲「佞」。曾子之學自格物至於修身，然後推之國家天下，子思謂「不明乎善」，至於民不可治。孟子曰「幼而學之，壯而行之」，其視子夏之言，大有逕庭矣。

某有志于學，未得其門而入者也。貧與賤，乃命分内事爾。先生命之曰仕，則未可也。夫有志於進取者，公卿之門，形勢之途，其足迹未免於數數。强者則進捭闔縱横之説，弱者則爲卑疵孅趨之容，甚而苞苴之行，筐篚之遺。蓋不如是，則難乎其進矣。選之以公，用之而當者，蓋千百而什一也。先生自洙泗載道而南，利欲之私，無所撓於胸中；奔走之徒，無自紹於門下。某每介于賓階而奉清談者，惟道德性命而已，干禄之言未嘗進也。今乃力以挽之，謂某有知己之遇則可矣，而於某之心則有未察也，故敢爲矯潔之行以要譽乎？環顧其中，未見有可行者，懼蹈夫仕優則學之失耳。假之數年，得以饜飫乎六經，優柔乎百家〔一〕，參稽於史傳，全鉛刀之利，庶幾一割焉。其成與否，則天也。莊周曰：「風之積也不厚，則其負翼也無力。」以尺寸之翼，駕尋丈之風，而欲以是干青霄，薄飛鵬，不爲蜩鷽之類也幾希矣。某何敢焉？某再拜。

【校記】

〔一〕「柔」，正德本、藍印本、金律本作「游」。

答吴正傳書

大《易》畫而人文開，《典》《謨》作而大道著。聖聖相傳，至夫子而大明，孟子没則日以晦矣。濂溪浚其源，程、張疏其流，朱子放而極於海，可謂光前絶後，宜其悠久而無息也。今朱子之書滿天下，誦而習之者，豈少其人？能升其堂而闚其室，於今幾何人哉！去其世若此未遠，猶且如是，則繼今以往，其明晦未可知也。堯舜之道，孔子集其大成，中雖有晦明，無害也。孔子之道，朱子發其大全，中雖久晦，無害也。今朱子之言滿天下，誦而習之者既多，安知不有知朱子如朱子之知孔子者？亦未須預爲之憂也。竊獨自悲，抱朱子之書而誦之，若操扁舟下滄溟，遇風濤而失楫，倀倀乎無所底止。方憂己之不暇，尚敢憂人哉？

足下氣質清淑，求之於朱子之書，凡所誦言，既已得其要領矣。方且遑遑若有所不足，諄諄若有所求，是不自貴夜光之明，而欲求熠燿之助也。雖然，辱交既深，固知足下之心無不誠，而言無不信。來書之云云，蓋亦真以爲有所未足，而欲求之耳。貧而求於富，寡而求於多，固宜矣。某之才之學，不逮於足下遠矣，而且以是來，蓋將警省其昏懦，鞭驅其駑怯，真不屑之教誨也。奉教以還，三復吟誦。初躍如其喜，且惕然而懼，故遲而不以書對者，有所不敢也。今足下以此爲疑，蓋深惜暗投其珠耳。姑誦聞之於師者，以復足下。

昔文公初登延平之門，務爲儱侗宏闊之言，好同而惡異，喜大而恥小，延平皆不之許。既而言曰〔一〕：「吾儒之學所以異於異端者，理一而分殊也。理不患其不一，所難者分殊耳。」朱子感其言，故其精察妙契，著書立言，莫不由此。足下所示程子「涵養須用敬，進學在致知」之兩言，固學者求道之綱領。然所謂「致知」，當求其所以知，而思得乎知之至，非但奉持「致知」二字而已也。非謂知夫理之一，而不必求之於分之殊也。朱子所著書蓋數十萬言，巨細精粗，本末隱顯，無所不備。方將句而誦，字而求，竭吾之力〔二〕，唯恐其不至。然則舉大綱，棄萬目者，幾何不爲釋氏之空談也？近日學者，蓋不免此失矣，吾儕其可踵而爲之乎？抑愚又有所聞，聖賢之學，知與行兩事耳。講問辨詰，朋友之職也。至於自得之妙，力行之功，他人不得與焉，非自勉無所得也。其雖愚鈍〔三〕，然不可謂無志於此。足下於斯兩者，涵泳從容，精修力踐，旦旦有得，幸明以告我，賜中流之一壺，則感責善之德深矣。

【校記】

〔一〕「言」，正德本、藍印本、金律本均無此字。

〔二〕「竭」，原作「謁」，據正德本、藍印本、金律本改。

〔三〕「其」，正德本、藍印本、金律本作「某」。

上劉約齋書

道於萬物，無所不在。用物而中於道與否則存乎人。均一事也，彼應之則非，此應之則是。非事物之理本有是非也，人於理有明不明，而措諸行事有當不當爾。昔者聖人與天同道，建皇極於上，天下之人莫不服其睿知而懷其道德，與之俱化而不自知其所以然。雍雍熙熙，囿於和氣，舉天下無一事一物不得其所。此不言而教，不動而化，堯舜之世，比屋可封者，其爲是故也。蓋陰陽運行無息，純粹清明之氣常少，而錯糅偏駁之氣常多，故聖人不世出。其得氣之清純而受大任者，既立乎其位而化當世矣，又深慮夫繼之者未善而晦斯道也，故不得已而後立言。此其以天之心爲心，而亘宇宙同胞其民也。

孔子之聖，適逢天運之失常，而不得立乎其位以化當世，又憂後世聖人之不復作也，故取前聖之言而折衷之，以爲不可易之大經。萬世之下，道之顯晦，則係乎人之明不明，而載道之器未嘗不全於天地之間也。《詩》以順情性之正，《易》以謹事變之幾，《禮》以固其外，《樂》以和其中，《書》以示聖賢之功用，而《春秋》以誅賞其善惡。孔子之意，豈不曰：吟詠乎《詩》以養其原，涵養乎《禮》《樂》以成其德，應事則察乎《易》之幾，使知懼於《春秋》，而取法《書》也？《易》《禮》《樂》《詩》循天理，緣人情，品量節制，猶若有意爲之，《書》與《春秋》則史官紀當時事實爾。孔子恐史之所録記，善惡混殽，不足以示懲勸，於《春秋》嚴其褒貶之辭，使人知所懼〔一〕；於《書》獨存其善，使人知所法。故《春秋》之貶辭多，而褒甚寡；《書》則全去其不善，獨存其善而已。雖桀、紂、管、蔡之事猶存于篇，蓋有聖人誅鉏其暴虐，消弭其禍亂，獨取乎湯、武、周公之作爲，非欲徒紀其不善也。是故羿、浞之篡夏，幽、厲之滅周，畧不及之。觀此則聖人之志可見矣。然則《書》者，紀聖賢盛德大業之全書，爲萬世之師法，綽綽乎有餘裕，雖火於秦而没其半，未害也。

後聖人而作史者，法於《春秋》作編年，而不敢加褒貶；法於《書》作紀傳，而不敢獨存其善而去惡。況傳聞之謬誤，考察之不精，輕信而不揆之於理，其誣罔聖賢，變亂事實者多矣。以堯之聖，《書》稱「明俊德」「親九族」，而史遷輕信，以爲堯舜同出於黄帝，著於《帝紀》。堯以二女妻舜，是從曾祖姑配曾族孫也，謂之明德親族可乎？以微子之忠賢，孔子謂爲「殷之仁」，而劉恕輕信，以爲微子抱祭器歸周，列於《外紀》。以殷王元子，殷未亡而遽歸周，是賣國自全之人也，謂之仁可乎？即二典《微子》之篇而觀之，則誣罔聖賢之罪昭矣。諸若此類，可勝舉哉！温公編年之書，其大義間有未明，朱子既釐而正之，前乎此惜乎猶有所未暇也。抑《外紀》成於劉恕困病之中，亦非得意之書歟？

先師仁山金某吉父生於《外紀》既成數百年之後，而於《書》逆求千古聖賢之心，沈潛反覆，覺與史氏所紀者大異。於是修成一書，斷自唐虞以下，接於《通鑑》之前，一取正於《書》，而兼括《易》《詩》《春秋》之大旨，旁及傳紀、諸子百家。雖不敢如《綱目》寓褒貶於片言隻字之間，而網羅遺失，芟夷繁蕪，考察證據，坦然明白。其於《書》則因蔡氏之舊而發其所未備，其微辭奧義，則本朱子而斷於理，勒成若干卷，名曰《通鑑前編》。某受業師門，昔嘗竊窺一二，而未獲見其全書。至於病革，猶刪改未已。將易簀，則命其二子曰：「《前編》之書，吾用心三十餘年，平生精力盡於此。吾所得之學，亦畧見於此矣。吾爲是書，固欲以開學者，殆不可不傳，然未可泛傳也。吾且歿，宜命許某次録成定本。此子他日或能爲吾傳此書乎？」某聞之，抱書感泣。今既繕寫成集矣。吾謂君子之身存，而其道之行不行者，天也；身亡，而其書之傳不傳者，人也。

先師學於北山何文定公〔二〕、魯齋王文憲公師友之門，而北山實勉齋先生之高弟。其爲學也，於書無所不讀，而融會於四書，貫穿於六經，窮理盡性，誨人不倦，治身接物，蓋無毫髮歉，可謂一世通儒。嘗大有志於天下，而不見用，其命也夫！平生所著書，今或有傳者矣。而此編上論堯舜以來，皆聖賢功用，殆非他書比。身没且十年而未克傳，此則人之過也。蓋山林之士，未嘗光顯於天下，雖抱瑰奇，人安知而信之？必得當世大人君子一品題之，然後可以發其蘊而新人之耳目，庶幾有信之者。韓退之擅一代之名，其文可必傳于世。島、郊、湜、藉之徒，獲交於退之，而其名至于今不朽。先生紹魯齋先生許子之的傳，而許子之學亦出於朱子，則先師未嘗不同其原也。先生於文章，今之退之也。得一品題之，冠于篇端，則是書可行于今傳之於後必矣。

古人非窮愁不著書，先師之身亦窮矣，而此書則未嘗發於愁也。凡憤惋悲切，感激奮厲，形於言辭，僅足發其心之不平，而非所以公天下也，然而傳者亦多矣。今以公天下爲心，著書以利後學，乃反鬱而未傳，則君子之所宜動心者。使未傳之書，因一品題之而得傳，則先生成人美之心盛矣，後學拜先生之賜大矣。然其書之可傳否也，則惟先生進退之。

【校記】

〔一〕「知」，原作「之」，據正德本、藍印本、金律本改。

〔二〕「定」字原脱，據金律本補。

回南臺都事鄭鵬南浼點書傳書

某比者方獲一識荊州，未能從容奉教，而除書亟下，高步烏府，拜别之日，殊深快然〔一〕。嗣後屏居窮山，幾與世絶。詗候之敬，弗克尋問便郵，以伸彝義，惟有江東暮雲，領引西望，以寓傾向之懷耳。即日伏想蓮幕優游，履用納福。

近辱蕭侯傳示教命，俾點《書傳》。舊不曾傳點善本前輩，方欲辭謝，又恐有辜盛意，遂以己意，謾分句讀。素學淺陋，不能識知聖經賢傳旨意，錯謬必多，惟高明正之可也。圈之假借字樣〔二〕，舊頗曾考求，往往與衆不合，今以異於衆者，具別紙上呈。標上舊題爲「蔡氏書傳」，謹按古來傳注，必先題經名，然後曰某人注，如《易王弼注》《書孔氏傳》《詩毛氏傳鄭氏箋》，未有敢以己名加於經上者。今羅以通前題曰《蔡九峰先生書傳》，使死而有知，九峰於地下敢安此僭乎？況羅以通全竊九峰序意，自爲序文，昭揭於前，而於九峰元序附于書後，其不知義甚矣。某輒以紙重護元標，乞命善書者易題曰《書蔡氏傳》，庶幾於義而安。

末繇參承，即日餘寒尚峭，惟冀若時以道自重。

【校記】

〔一〕「快」，原作「怏」，據正德本、藍印本、金律本改。

〔二〕「樣」，原作「樸」，據正德本、藍印本、金律本改。

與趙伯器書 延祐乙卯

自子敏教授去後，乏便不克寄書，日來想爲學日益，令祖相公尊履壽康，尊父、令叔動止咸吉。

某今歲留山中，頗得絶人事，與朋友旦夕相語，温習舊聞，微有新得。但目力不及，而寸心摧阻，非向時爲學比，其進蓋若挽强弩爾。思温一疾竟不起，五月十七日已成長往。心墮膽裂，魂消神喪，不知所以自處也。始期一二年間爲畢室家之願，付以祭祀之責，而某得以絶俗謝交，優游山林，以俟夭壽之命。而造物見誅，變生意料所不及。常以人之喜動而務進取者爲不安義命，而未必遂其汲汲之心。某切切務退，以求保全所畀賦，不欲戕之爾，天乃區區吝一静亦不以見畀，何耶？今則進退無據，後顧深憂，將何爲也？吾子聞之，亦能爲一嘆否？

王希文志甚專，力甚勤，然每爲虚曠玄遠之論，而欠循序縝密之功，大率得之朋友漸漬〔一〕，日固日深，遂以爲本所有也。數月間痛爲刮除，知就平實。近來年少氣鋭，喜怪厭常，仿想乎高大，而不知有細微，每每奇論如此。吾子知所向方，希文談道吾子純粹不絶口，固知不爲揺撼。否則迷不知復，流爲誕妄，非小失也。與希文暫歸城府，舟中觀吾子贈行序文，有訐直之風，無温厚之氣，多自廣狹人之意，少遜志務敏之心。且在我者，或未能盡超脱乎此，則爲是説亦太早計而自欺矣。

道固無所不在，聖人修之以爲教，故後欲聞道者，必求諸經。然經非道也，而道以經存；傳注非經也，而經以傳顯。由傳注以求經，由經以知道，藴而爲德行，發之爲文章事業，皆不倍乎聖人，則所謂行道也。傳注固不能盡聖經之意，而自得者亦在熟讀精思之後爾。今一切目訓詁傳注爲腐談，五代以前姑置勿論，則程、張、朱子之書皆贅語耳。又不知吾子屏絶傳注，獨抱遺經，其果他有得乎未也？不然，則梯接凌虚，而遽爲此訶佛罵祖耳。由是觀之，吾子之氣亦少鋭歟？且序文見褒者則爲太過，而某平生之學，未敢外先哲之言以資玄妙也。固疑此文有激而然，識者觀之，或有以窺吾子，不可不謹也。

山中朋友從臾成《幾微》一書，多得助所不及，欲借前《大地圖》校正，幸稟令祖相公，得暫付至，以備參校。或希文家人，或别有約，便實封寄何教授處。希文歸日，必可返璧，不致浮沈也。此身若拘囚，不可復動，未知何日。千萬惜日問學爲正之歸，毋負向日歲寒之言，幸甚。

【校記】

〔一〕「率」，原作「牽」，據正德本、藍印本、金律本改。

代人上書補儒吏

某月某日，後學姓某謹熏沐裁書，再拜上獻于某官閤下：

周官自公、孤至下士凡八等，外取於諸侯，内舉於學校，皆以德以才。大夫而下，大事則從長，小事則專達。是受一命以上，皆得以行所學，而遂其志。其贊治之吏曰史，則官長所自辟，蠲其課役，而使之造文書、給趨走而已，謾不敢可否事。漢初用蕭、曹爲相國，而二人皆出於吏，是以由吏入官者，終漢世不革。自縣郡佐史、斗食吏進而爲公卿者，往往多碩德大才，如于定國、丙吉、薛宣、袁安、楊震之徒數十人，皆是選也。然雖爲吏，其於政事進退予奪，皆得預參，廷辨面争，不專以詭隨爲事。是周之吏賤，而漢之吏貴矣。

大朝式考古訓，自吏擇官，故由吏升而爲公卿者不可一二數。今聖天子下明詔，設科取士而官之，德至渥也。有不得預於此者，則使由吏以進。夫取才於學，周制也；選官於吏，漢法也。由儒入吏，由吏拜官，則兼周漢之任人。然則今之爲吏者，可謂貴；而士之生斯世，可謂幸矣。

某幼而誦，長而習，亦思以自治其身者有及乎人，而欲進無道，固知竽門非鼓瑟所也。方今文運開明，茅拔彙征，而某猶且佔畢呻吟於窮閻之下，則自棄甚矣。今亦既上名公府，而平昔局束固守，不能自衒鬻，立聲譽，以動上人之聽，而圭竇蓽門，儲無儋石，故亦無攀援之勢，以爲進取之資，則是徒溷案牘，不得自奮也。惟明公寬仁愛人，汲引後進，有如不及，而某猶且緘嘿，不一自鳴，則終無可以進之日矣。伏惟憐而幸之，陽和一噓，轉寒爲燠，使預爲斗食之列。誠冀平日小有得者一試之爾，亦豈敢望復有升陟，如漢之爲吏者哉！惟明公鑒之。某再拜。

許白雲先生文集卷之四

論

學校論　乙巳

三代取士於學校，爲致治之術；後世養士於學校，爲飾治之文。治道所以不同者，在於學校廢興而已。昔者聖人有高世之慮，過人之智，舉天下而經綸之，以謂非人材不足以爲治；而衆人者，非教誨鼓舞之不足以成其才，此學校所由興也。自閭里之塾，至於黨庠、術序、國學，教以三物，造以四術，尚賢以崇德，簡不肖以絀惡。其教之也詳，而取之也嚴，是故天下無不學之人，而用者無不材之士。以天下之大，付於人理之，而皆求備於學，故學校者，爲治之原也。聖人，百世之師。事不師古，而徒曰「我善爲治」，而不本於學校，不法於三代，吾未見其可也。

嬴政破滅吾道，非毁聖賢，銷簡編而尚鋒鏑，左仁義而右謀詐，遂使百世不復見三代之善治者，秦之罪也。秦不足道也。繼秦之後，足以有爲之時屢矣，將大有爲之君時出，而習聞其説，樂爲其所爲。設科擇人，而不取於學校，其流至於以文辭翰墨詠天下之士，亦陋矣。然則使百世無善治者，非獨一秦也。魏晉以變詐攘奪得天下，烏足以知此？陵夷至於隋，俗益薄而僞益滋，道日喪而文日勝。雖或開學校，聚生徒，養之不能用，教之不法古。唐宋立學徧郡縣，得其名，未見其實，大抵失於養士以飾治爾。夫天下之人，皆習今而厭古，以耳目之所迨者爲常，一旦捨其舊而新是圖，則將驚駭眩瞀而不知所止。事之既失，不遠而復可也。隳三代之法者，固秦之罪。復三代之古，以救秦之弊者，實漢之責。東都光武起自諸生，故功成而興學；明帝尊敬師傅，臨雍拜老，開學館，招經生，近古爲盛，亦不過舉祖宗之舊法，未能復乎古也。其責豈不在西漢乎？高祖馬上得天下，間關百戰之餘，繼以亂臣叛將，承踵接武，弓不及韔，胄不及免，已入於長陵之土矣。況以溺冠慢罵之資，輔以叔孫通綿蕝鹵莽之學，責人不可求備也。文帝時，天下衣食足，可以施仁義，而謙讓未遑，惜哉！然則使百世無善治者，漢文之過也。武帝舉遺興禮，置博士弟子，倡爲章句訓詁之學，豈經濟之道哉？聖人之教，於此盡矣。嗚呼！

或者以爲湯舉伊尹於野，高宗舉傅説於徒，文王舉太公於釣，豈必皆學校？曰：人生自八歲皆入小學，及十有五年，選其俊秀者入大學，以養成之。學校之外，豈有遺材乎？如伊、傅、太公之倫，學成而隱者也。堯之舉舜也，何如？曰陶唐之學，其詳良不可得聞，而堯、舜，性者也，亘古今一堯、舜耳。當此之時，比屋可封，則其教化亦可知矣。禮樂至周而大備，非聖人之自私也，理也，勢也。吾故曰：爲治者不本於學校，不法於三代，未見其可也。

朋黨論

余讀歐陽子《朋黨論》，洞見小人之情狀。嗟乎！君子之生斯世，何其不幸歟！愚以爲朋黨之禍固小人爲之，亦世道衰而君子少也。何也？以其可以名指而數計也。唐虞之民，比屋可封，可以名指而數計乎？惟時小人則可以數計，曰共工，曰驩兜，曰三苗之君，曰鯀。堯舜之世，指小人之名而數計之，足以見天下皆君子，而惟四小人也。朋黨之論興，亦指君子之名而數計之，足以見天下小人多，而惟數君子也。

蓋嘗論天人之理一致耳，天之氣有陰陽，人之類有善惡。夫陽生於子而極於巳，消於午而盡於亥。春夏之時，雖或有嚴厲蒼凉之氣，不能終日，以陽方盛，不可奪故也；秋冬之時，雖或有炎蒸温燠之氣，亦不能終日，以陽既衰，陰得以專故也。以堯之時，而四凶人間於其間，爲善類之玷，故務决去，若衆陽之消微陰，不勞力而已復於和氣之中矣。陰道既盛，陽不得而勝之，猶國家之運衰，聖賢之君不作，羣小人進用，而數君子方欲與之力争而較勝，彼陰邪小人必牽引醜類，排抑摧沮，無所不至，馴致其禍，自履霜而至堅冰也。君子小人不兩立，而寡固不可以敵衆，勢然爾。且黨之所逮，非惟居位食禄者而已。下而草茅布衣，凡行義有以異乎小人者，必皆搜擿而無遺。夫舉當世天下之善士，至今可以指其名而數之，則君子之少，可知矣。

《易》之爲書，道陰陽而明吉凶者也。在《夬》之上六曰「無號〔一〕，終有凶」，微陰爲衆陽所決，雖號亦凶也。《剥》之上九曰：「碩果，不食，君子得輿」。陰盛矣，惟孤陽如碩大之果獨存，譬君子在上，勢雖孤，猶爲衆人所仰望也。聖人之抑陰扶陽蓋如此，陽不可絶，剥窮則復。君子雖少，君人者能用之，猶可以爲善國，且將拔彙以進矣，在處之何如耳。

朋黨之禍始於漢，其亡國也不旋踵。唐不能監之，而又亡；宋不能監之，而又亡。嗚呼！使唐宋之君知殷監之不遠，而觀象以玩辭，則不蹈前人之危轍矣。

【校記】

〔一〕「號」，原作「歸」，據正德本、藍印本、金律本改。

雍姬論

祭仲專，鄭伯使其壻雍糾殺之。雍姬知之，謂其母曰：「父與夫孰親？」母曰：「人盡夫也，父一而已，胡可比也？」遂告祭仲，仲殺雍糾。甚矣，雍糾之不智也！國之大事，而謀及婦人；欲殺其父，而先告其女，其死宜矣。

余獨悲夫雍姬之不獲於義也。夫非有私憾而欲爲賊也〔二〕，奉君之命除逼己者，其勢不兩立，非夫誅父則父殺夫。糾雖爲大夫，而不如仲之專，幾不密則禍立至。其言曰「父與夫孰親」，固知謀泄，則夫必死。身既從人，則當天其夫，乃不能擇義，而以是爲問，遂至於夫戕而君危，惜哉！君臣也，父子也，夫婦也，人之大倫也。一事而三者預焉，此君子所難言也。非常之變，遇之者不幸也。雍姬之事，非常之變也。

聖人制禮，情之施於所親，其等衰皆在於服。女子在家，喪父母三年；已嫁，則喪夫三年，而於私親降。由是觀之，蓋可見矣。且父而死，君命也，泄謀而死其夫，猶己殺之也。然姬非不知親其夫也，蓋昔日未嘗聞姆師之訓，故於大義不能權其重輕，特卜於母以決其疑爾。則未知姬所問之意也，盍亦告之以三從之義，申之以敬戒之言，謂父固所當親，而已嫁則從夫者也，以是詔之，姬必有以處之矣。彼以請問之道來，乃遽語之以狂悖之語，姬以爲天下之大義誠如是也，遂殺其夫而不顧。姬之不義，母之教也。且「人盡夫也」之一言，豈惟陷其女於惡，將使天下後世爲人妻而聞之者，販易其夫，視若奴隸，意之所適，則雖奔誘棄背，亦或莫之禁也。壞夫婦之倫，傷君臣之義，祭氏之妻不容誅矣。

雖然，此雍姬之不幸也。夫不可殺，而君事不可敗，則將視其父之死而不救歟？使姬而知義，其處此也如之何？諫其夫使辭於君，不得命而先仰藥而死，不忍見其父與夫之相殘也，庶乎其可也。

【校記】

〔一〕「非」，原作「悲」，據正德本、藍印本、金律本改。

説

夾谷可與字説

潁川夾谷君名立，字可與，聰明人也。好學篤志，制行潔修，言語有章，威儀彬彬。謂余曰：「父命以名，而友以字我，子其爲我説。」竊以爲君之名若字，聖人之言也，豈容贅一辭？而訓詁辭義，前修講之明矣，愚何敢贅？然此經凡六言而目有四，其次第淺深，皎然無疑。自學而至於立，固已深造，進於權，則大全矣。

余觀君之以禮律身，以義度物，其幾於從立而進於權者歟〔一〕？昔者聖人使漆雕開仕，其自言曰：「吾斯之未能信。」夫盡心知性以知天，苟一毫不自慊，不啻爲未信也。聖人其不知，人而誰知？於開猶不得察其心之未盡者。惟開也自知之明而不敢必是，亦爲學者師也。知人古所難，而自知亦不易。以余之昏陋，企君不可及，君明於自知，則亦以今之所至，驗之聖人之言，實其虛而充其所容，守其可而求其未可，吾見君之化於道矣。

【校記】

〔一〕「從」，正德本、藍印本、金律本作「能」。

姚原魯字説

延祐丙辰五月二十有七日，信安姚君過余，揖而進，自道其姓名字，出書一卷授余曰：「此吾友贈我以名若字之説，君亦幸以教我。」余取而讀之，有述姚君之語曰：「予名洙，父命以原魯代名」。又贊之曰：「至哉！乃翁之字其子也。」

余謂子生三月，父命之名，禮也。盈天地之間皆物，莫不有形與聲，惟動物之聲自己出，人則靈而用夫物者也。物之無窮，皆欲以供乎用，是以智者緣其形以聲名之，然後天下皆知名是者足爲是用，命之無不如意焉。人之類則又有上下、親疏之等，而以父子君臣之屬，名而別之矣。然其生也無窮，而各欲親其親，姑謂之曰子，則衆人之所同也。故假物托類，私以名其子，爲子者亦知此吾之專名也，故有命呼則唯而起。其父兄以是而呼之，他人亦得以是而呼之。自忠質趨文，而自卑尊人之禮，至於既冠而成人者，又緣其名取義以字之，所以尊其名。則字者朋友之責，而以其名獨歸之父兄，亦所以全父兄之尊也。故曰幼名、冠字，周道也。然周公之於召公、原壤之於孔子、曾子之於子夏，猶直名之而未盡以爲諱，是則古之道也。

今姚君自爲名，而父字之，何謂哉？乃所願則使其子學孔子之道歟？蓋洙，魯水也；魯，聖人之居也。今洙之地非魯矣，猶求其原，不忘本也。聖人之道，常道爾。載之於經，充塞乎天下，猶水之在地，無往不有也，奚陳迹之尚而必求洙之原於魯乎？子在川上曰：「逝者如斯夫，不舍晝夜。」於水見道體之流行也。夫水漸涵濡潤，無細不入，其用微矣。及流而爲川，瀦而爲海，震蕩漂汩，汪洋漫衍，則物之鉅未有過之者。道之費不尤著於此乎？觀水必求其原，學道庸可不探其本乎？道之流行無間，形於目，接於身，錯綜於萬事，罔或非出於此，則統宗會元，其有在乎？雖然，語大而遺細，言遠而忘近，不知下學而務上達，譬之日月星辰皆天也，舉棄之，而獨指蒼蒼者曰「天之全體在是」，正今日學者之病也。

抑又有說焉。原者，水之始也；壑者，水之委也。蒙發於山，順而趨下，三危之黑水，積石之黄流，濟之沈伏，弱之散渙，渭之清，涇之濁，其始固不可同也〔一〕。及其歸于大壑，和比合同，始不見其跡；無損無益，始知其大。揚觱沸之泉，而曰聞道一日莫己若矣，則又非學也。

且水，險物也。刳木而乘之，放于中流，一瀉千里，方快於心，而操之少懈則覆矣。其原則濫觴耳，是又不可不懼。

【校記】

〔一〕「固」字原泐滅，據正德本、藍印本、金律本補。

雜著

跋潘明之所藏吾丘衍書素書

道備於六經《語》《孟》，學者舍是則無所歸。周衰，老聃最先出，其言不能合乎《中庸》，然平陽嘗用之於漢。蓋其清静爲宗，而以柔道行之，所守者亦約之故也。世傳黄公《素書》，其老氏之徒歟？子房，千載偉人，精忠貫日月，英氣蓋宇宙。時然後言，動中機會，功成志遂，明哲保身，三代而下，一人而已。自今觀之，子房之心學果盡得之此書乎？昔時圯上授受，果今之書乎？不必深論也。

明之潘君學道本於經，而旁通曲究，見《素書》而喜之。蓋景慕子房之爲人，而併及其書也。道在天地間，亘古今若一，賢人君子得之者如合符契，惟其所遇之時不同，故其設施有異爾。倘使子房生三代盛時，亦必興禮樂，致文明，功業不止如是而已。故效先覺者，當探其心，不當泥其迹。沙丘之馬牝而黄〔一〕，九方皋可謂善相者矣。明之之意豈果書云乎哉？明之所藏本，武林吾丘衍書，衍以小篆妙今世，此卷尤可觀。

【校記】

〔一〕「沙」，原作「泥」，據正德本、藍印本、金律本改。

跋陳君采家藏東坡墨蹟

伊尹元聖一德，身任天下，其就湯就桀，動皆至誠，固不可以後世常人之心議之也。子厚、東坡之論，亦各有所見爾。坡翁詞翰絶古今，其片言隻字皆可寶。此紙筆法精妙，凜有生氣，觀之使人興起。陳君其爲天下寶之。

跋妙沙經

彝倫常典，萬世不可變者，經也。古之聖人，法言懿行，載之六籍，而垂示終古者是已。聃瞿氏之言類名經，其道可常耶？否耶？吾不學之，不知也。抑嘗聞釋氏之徒誦其師之言，雖不可與吾道合，要皆以調伏此心爲主，而後可以盡其性。至於禍福因果，則其論之下者也。

楊德公夢有告以《妙沙經》，且求於人而得之，謂善果可由是致。然以爲世罕有，而人或未信也。質之於習其道者而信，且欲求言。余辭以不知，而請愈力。余謂天下之言，雖道不同，亦各有理。《妙沙經》之理何在耶？吾不知也。夫夢生於想與因，非想與因，則心未有所主故爾。昔人夢鹿而得鹿，是亦想之類。今夢經而得經，其想耶？其非想耶？吾亦不知也。

回南臺都事鄭鵬南浼點書傳書 蓋鄭有讀書凡例之問。

某比辱指使點正《書傳》，不揣蕪陋，弗克辭謝，輒分句讀，污染文籍，高明不以爲鄙而麾之，旋拜書教，詞旨謙抑，若待君子，某何敢當？

讀書凡例亦非所敢知。其少年繆悠，爲貧賤所奪，不能力學，故根微源淺，所達幾何？雖一登碩師之門，其所成就，如斯而已。讀書之法，無過熟讀精思，詳問明辨，無他道也。但恐大師宿儒有自得之學，非晚輩之所可測識者耳。

千里相望，無由侍立下風[一]。即日春莫暄暖，伏冀順時爲國自重[二]。

【校記】

〔一〕「侍」，原作「待」，據正德本、藍印本、金律本改。

〔二〕「重」，原作「量」，據正德本、藍印本、金律本改。

跋趙閑閑注心經

先王之道，以養生送死，繼志述事爲孝。浮屠氏欲以真空悟人，而謂亦可覺死者，故凡天下之爲子者，莫不奔走趨事，庶幾祖考之一覺於魂揚魄落之後，其不靡然而從者鮮矣。

院判白公飯僧以薦厥考，而閑閑趙公書《心經》以遺之，誠足以爲孝思之助耶？抑遊戲翰墨而已耶？觀其表章句義若有自得者，則其志或可見矣。此卷失而復得，子通其寶之。而觀院判公所以孝其親者，而勉繼其志，春秋祭祀，以時思之，固不必切切於覺云也。

右金正大八年樞院判白某飯僧薦父，閑閑趙秉文亦與交，因書《心經》遺之，且自爲注釋。其卷失之已久，曾孫子通爲御史掾，行部閩中，復得之〔二〕。

【校】

〔一〕此段金律本以爲序，首無「右」字，置於正文前，

書菴贊爲石抹執中作

典謨訓誥，其名爲《書》。經史百氏，《書》之類與？古今立言，浩若煙海。學貴博文，旁搜遠采。智哉君子，菴以居之。書契以來，網羅無遺。燕坐斯菴，熟玩精索。日就月將，知至物格。萬言參錯，一理混融。斥排異説，信執其中。書亡道存，心化神應。待變無窮，何出非正。

北野兀者贊 并序

夫道寓有形，心妙衆理。物無大，未有違乎道；心雖微，未始遺乎物也。故能全其德者能用物，不則扞格而不通，跌蕩而無據〔一〕，感於外并喪其内矣。北野蕭侯以兀者自號，是全其德而用物者與？且彼己相形，重此輕彼，囿於形者也。擴然無迹，物我俱亡，達者之觀也。自物觀心則心可均，自私用智則去道遠。彼兀者能止以止衆，其全於德者

與？或曰：莊周所謂道德，固同於吾耶？侯故儒家，其名之也何庸？夫爝火之光，足以繼日月之不及；桔槔之汲，可以濟雨露之未濡。彼有取焉而取之，豈能亂吾所謂道德者哉？又曰：兀者，傷於形者也，奚可貴？彼固曰：外形骸而有尊足者，則侯之意蓋欲愚智晦明，以全其德者也。作《兀者贊》。

魯鄭有人，無形心成。遊形之内，保始之徵。塵垢不止，以鑑之明。羿之彀中，命也不中。唯不知務，是以輕用。人以其全，笑吾者衆。受命獨正，遊心乎德。死生不變，萬物皆一。直寓六骸，何有乎兀。莊周寓言，洸洋自恣。孟軻亦云，辭不害志。有本如是，是之取爾。

【校記】

〔一〕「趺」，原作「趺」，據正德本、藍印本、金律本改。

李齊賢真贊

目秀眉揚，神舒氣緩。妙手描摸，毫髮無間。形色天性，所貴踐形。人見其貌，莫知其心。我知若人，交養内外。和順積中，睟面盎背。朝瞻夕視，如對大賓。力行所學，無負其身。

題趙仲明神

氣清而腴，髯漆而疏。二十餘年，貌肖不渝。蓋人可見者，君之面；其不可探者，有罔象之珠。進之進之，無愧此圖。

趙昌甫詩卷

昌甫以辛丑歲副月魯花使宋，大臣阻蔽，不使廷見，拘之他所。月魯花病卒，昌甫欲自決，不果。囚繫三十六年。大兵下江南，然後歸。

馬宏不殉王忠死，常惠終隨漢節歸。亡國折衝無善策，使星千載自光輝。

答或人問

《太極圖》之原出於《易》，而其義則有前聖所未發者。周子探大道之精微，而筆成此書。其所以包括大化，原始要終，不過二百餘字，蓋亦無長語矣。謂之去「無極」二字而無所損，則不可也。太極者，孔子名其道之辭；無極者，周子形容太極之妙。二陸先生適不燭乎此，乃以周子加「無極」字爲非，蓋以爲太極之上不宜加「無極」一重，而不察「無極」即所以贊太極之語。周子慮夫讀《易》者不知太極之義，而以太極爲一物，故特著「無極」二字以明之，謂無此形而有此理也，以此坊民至今猶有以太極爲一物者[二]，而謂可去之哉？朱子辨之精，而曉天下後世者亦至矣，此固非後學之所敢輕議也。此外則無可疑可辨者矣，非朱、陸二子之思慮不及也。

太極兩儀之言，《圖》本於《易》也。而兩儀之義，則微有不同，然皆非天地之别名也。《易》之兩儀指陰陽奇偶之畫而言，《圖》之兩儀指陰陽互根之象而言也。《易》以一而二，二而四，四而八，八而十六，十六而三十二，三十二而六十四；《圖》以一而二，二而五，五而一，一而萬者也。《易》以陰陽之消長而該括事物之變化，《圖》明陰陽之流行而推原生物之本根。《圖》固所以輔乎《易》也，惟以兩儀爲天地，則大不可。以《易》之兩儀爲天地，則四象八卦非天地所能生；以《圖》之兩儀爲天地，則五行亦非天地所可生也。夫太極，理也。陰陽，氣也。天地，形也。合而言之，則形稟是氣，而理具於氣中；析而言之，則形而上、形而下不可以無别。所謂《圖》以陽先生於陰，與太極生兩儀者異，此猶有可論者。

太極之中本有陰陽，其動者爲陽，静者爲陰，生則俱生，非可以先後言也。一元混淪，而二氣分肇，譬猶一木析之爲二，兩半同形，何先後之有？《易》之辭簡，故惟曰「生兩儀」；《圖》

之言詳，故曰「動而生陽，動極而静；静而生陰，静極復動」。陰陽既有兩端，出言下筆必有先後，其可同言而並書之乎？况下文繼之曰「一動一静，互爲其根」，則非先後矣。而下文又曰「分陰分陽，兩儀立焉」。乃先言陰而後言陽，此周子錯綜其文，而陰陽無始之義亦可見矣。當以上下文貫穿觀之，不可斷章取義也。雖然，動静亦不可謂無先後，自一氣混沌，其初始分，須有動處，乃其始也。元、會、運、世、歲、月、日、時，大小不同，理則一也。其氣之運行皆先陽而後陰，一歲之日，春夏先而秋冬後。春夏，陽也。一元之運，子先而午後，子至巳，陽也。數以一爲陽，二爲陰，一固先於二。人以生爲陽，死爲陰，生固先於死。孰謂陽不先於陰乎？但未動之前，亦只爲静，此乃互根之體，終不可定以爲陽先爾。

所謂太極之下生陰陽，陰陽之下生五行。及乎男女成形，萬物化生，圖中各有次序，則是太極與天地五行相離，則又不可也。陰陽不可名天地，前既已言之矣，太極、陰陽、五行下至於成男女而化生萬物，此正推原生物之根柢，乃發明天地之秘，而反以爲病，何其異耶？太極剖判，此世俗相承之論，非君子之言也。太極無形，何可剖判？其所判者，乃一元之氣，閉物之後，溟涬玄漠，至開天之時，則輕清者漸澄而爲天，重濁者漸凝而爲地，乃可言判爾。太極、陰陽、五行之生，非果如母之生子，而母子各具其形也。太極生陰陽，而太極即具陰陽之中；陰陽生五行，而太極、陰陽又具五行之中，安能相離也？何不即五行一陰陽，陰陽一太極之言而觀之乎？所謂「乾道成男，坤道成女」，則二氣不待交感而各自生物，又不可也。此一節自

「無極之真，二五之精，妙合而凝，乾道成男，坤道成女，二氣交感，化生萬物」作一貫説下，安得謂不交感而自化生耶？成男成女，朱子謂此人物之始。以氣化而生者，氣聚成形，遂以形化而無窮。真精合而有成，而所成者則有陰陽之異。其具陽之形者，乾之道；具陰之形者，坤之道。又合則又生，至於無窮，皆不出乎男女也。

今所問之言果有所疑耶？或直以周子之言未當也？如其果疑，則以前説求之，或得其梗槩；直以言爲未當，則非敢預聞此不韙也。待承下問，敢以爲復。

【校記】

〔一〕「坊」，正德本、藍印本、金律本作「防」。

七政疑〔一〕

唐堯命羲和居四方，考天象，惟舉分、至、四中星，而知日之所在。又言以閏月定四時成歲，而知月之所行。典文簡古，存其大法，推步之術未詳。西漢《天文志》始曰：日東行，星西轉。而《周髀》家有「日月實東行，而牽西没」之説，其論天轉如磨者則非，論日月右行者則是。自是志天文者轉相祖述，以爲定論。言日月，則五星從可知矣。唐一行鑄渾天儀，注水激輪，一晝夜天西旋一周，日東行一度，月行十三度十九分度之七，晦明朔望，遲速有準。然則二十八宿附天西循而爲經，七政錯行而爲緯，其説爲得之。而文公傳《詩》，亦猶是也。

蔡仲默傳《堯典》，則曰：天體周圍三百六十五度四分度之一。繞地左旋，一日一周而過一度，日月麗天亦左旋。日則一日繞地一周，而在天爲不及一度。月則尤遲，一日不及天十三度十九分度之七，積二十九日，復有餘分，而與日會合。氣盈朔虚而閏生。《典謨》之傳，以經文公是正，而公蓋許之矣。意以爲日者，陽之精，其健當次於天。月，陰精也，其行當緩。月之行，晝夜常過於日十二度有奇，是陰速於陽，不若二曜與天皆西轉，則於陰陽遲速爲順合宜，蓋亦祖横渠先生之意，其説可謂正矣。

然愚以古説校之，其可疑者有七：

天體左旋，七政右逆，則七政皆衬著天體，遲速雖順其性而西行則爲天之所牽爾。然有所倚著，各得循序。若七政與天同西行，恐錯亂紛雜，似泛然無統。一也〔二〕。

日，君道也；月，臣道也。從東行則合朔後月先行，既望則月在日後。及再合朔〔三〕，是月之從日，爲臣從君，順〔四〕；若西行，則日在月前，至望後再合朔，必日行後月，是君從臣，爲逆。二也。

大而一歲陰陽升降，小而一月日月合朔，此正天地生物之心，而陰陽得於此會合，而以造就萬類者也。以一歲之運，陰盛乃生意收斂之時，而品物流形，舉霄壤之間曷嘗有一息間斷哉？其所以於盛陰閉塞之時而生生猶不息者，正以日月之合，以繼助元氣之偏也。然凡進者，陽道也，生道也；退者，陰道也，死道也。日月東行，則月之進從日之進。西行，則月之退又符於日之退。三也。日月雖皆進行，比天行不及則如退。

日月五星行無殊〔五〕，金、水在太陽前後，率歲一周天，爲最速；次火，次木，惟土積重厚之氣，入天體最深，故比五星形最小，行最遲，而二十八載一周天。若七政皆西行，則向謂遲者今反速，向謂速者今更遲。是金、水行最遲，故一日即退一度，而一歲周天。土行最速，常及於天，大約二十八日始不及天一度，而二十八歲然後周。四也。

星雖陽精，然亦日之餘也。以日之陽，次於天，且一日不及一度。星之陽，不及日遠甚，而木十餘日、土二十餘日始不及天一度，是木、土之精反過於日遠矣。五也。

五星以退、留、遲、疾、伏，伏、疾、遲、留、退五段推步。姑以歲星言之，大約退九十三日，而留二十三日，而遲、疾、伏共行二百六十餘日而復留，而復退，是行常三倍於退，而退四倍於留之日。然行乃其常，而退乃其變也。若西行，則行爲退，退爲行，是五星進日甚少，而退日何其多？六也。

星家步星，伏行最急，疾行次急，遲行爲緩，留則不行，退則逆而西，此皆以星附著天體而言者也。若七政隨天西行，則天自天，星自星，不可附著天體，且附著則爲東行矣〔六〕。然則星家所謂遲、疾、伏皆爲最緩而不及天；所謂留則不可言留；乃行而與天同健，一日皆能過於太陽一度；至於所謂退，乃更速過於天運矣。七也。

由是言之，則古法比蔡《傳》爲密。文公不可復作，而吾師亦已下世，無所質疑，姑識于此，以俟知者而問焉。

【校記】

〔一〕本篇亦見《讀書叢説》卷二。

〔二〕「統一」，原作「一統」，據正德本、藍印本、金律本乙。

〔三〕「再」，原作「在」，據正德本、藍印本、金律本改。

〔四〕「順」，正德本、藍印本、金律本前有「爲」字。

〔五〕「行」字原脱，據《讀書叢説》補。

〔六〕「且」，原作「旦」，據正德本、藍印本、金律本改。

八華講義

《書》曰：「惟學遜志，務時敏，厥修乃來。允懷于兹，道積于厥躬。」人生無知無能，必學而後有所得〔一〕。學者當順遜其志，虚心以求，專以是爲務，無時而不敏，則所脩者即源源而來矣。蓋爲學之要甚速，人病不求爾。苟專力以求之，則無時無處非益也。其效之速既如是，能篤信而深念於此，攻之愈深，則道之積於身者日盛矣。遜志則有細密之功，時敏則無間斷之患，其來其積皆自此得之。古來論學，實始於此，固萬世之成憲也。

然而所學果何事耶？學爲聖人而已。聖人果可學而至耶？聖人之性非與人殊，不過盡人倫之至而已。學者以聖人爲之標準，知其的，日行以求其至[二]，明其道而不計其功。至於聖賢之分量，成效之淺深，皆自然而然，已不得預也。一有計較期必之心，則非所以爲學矣。

且天之生人也，其倫有五，曰君臣、父子、夫婦、長幼、朋友。五者天下之達道，擧天下之事錯綜萬變，莫不畢在五倫之中。天之賦人以形，即命之以性，其類亦有五，曰仁、義、禮、智、信。五者天下之常道，擧天下之理，枝派萬殊，莫不畢在五性之中。《詩》曰「天生烝民，有物有則」。人倫，物之大者也；五常，物之則也。昔者聖人「使契爲司徒，教以人倫：父子有親，君臣有義，夫婦有別，長幼有序，朋友有信」。曰「勞之來之，匡之直之，輔之翼之，使自得之，又從而振德之」，使教者以是而教，學者由是而學，蓋人倫之外無餘事也，五常之外無餘理也。父子之所以親，爲人心本有此仁；君臣之所以合，爲人心本有此義；心本具乎禮，長幼所以有序；心本具乎智，夫婦所以有別；朋友之所以交，非心本有此信乎？五常之理，元具於吾心而無少虧；人倫之事，日接於吾身而不能捨。此道之所以不可須臾離也[三]，此學之所以當遜志而務時敏也。

五常之道配乎人倫，雖各有所主，然而未嘗不互相爲用。父子主於仁，而深愛和氣，愉色婉容，是仁之仁；父母有過，諫而不逆，是仁之義；應唯敬對，周旋慎齊，是仁之禮；先意承志，樂心不違，是仁之智；生敬死哀，事親有終，是仁之信。此子事父之大畧也。君臣主於義，而以君成禮，弗納於淫，爲義之仁；道合則從，不可則去，爲義之義；責難於君，陳善閉邪，爲義之禮；達不離道，澤加於民，爲義之智；托孤寄命，節不可奪，爲義之信。此臣事君之大畧也。由是而推之，保身以盡夫孝，致身以盡夫忠，細微委曲，莫非五常之用也。又反而推之，父慈其子，君使其臣，亦莫非五常之用也。又廣而推之，夫婦之别，長幼之序，朋友之信，而五常不可勝用矣。鈞是人也，鈞賦是性也，聖人生而知之，安而行之；衆人則迷而漸遠，故效先覺之所爲，乃可明善而復其初。然而天下之理豈易窮？天下之事豈易周？非盡博學審問慎思明辨之功不可也。

自中古君師之職分，則敬敷五教之任不出於司徒，而切磋琢磨之責全在於朋友。或扶持開導，獎勸誘掖於人欲未萌之先，或攻擊淬礪、防閑禁遏於天理既虧之後。心之方虚，則使戒懼於不睹不聞之際；意之初動，則使謹慎於己所獨知之時。是以講貫乎仁之理明，則父子得其正；義之理明，則君臣得其正；禮、智之理明，則夫婦、長幼無不得其正矣。是故朋友之名，雖居五倫之後，而於學問之事實先；朋友之職，較之四倫若輕，而於學問之功實……重。學者欲極夫四倫之理，宜盡朋友之道；欲盡朋友之道，在明夫信而已矣。天之道一於誠，其流行則爲元亨利貞之德；人之性一於信，其昭著則爲仁義禮智之綱。故曰誠者，天道；思誠者，人道。信者，誠之異名。能盡人之信，則可契於天之誠矣。朋友講習，非信無以成德也。

某少而失學，長而寡聞，闒茸迂疏，鹵莽滅裂，雖嘗立於碩師之門，歷時淺而用工微，環顧其中，未少有得。諸君過聽，强要而來，欲以輔仁，内實懷愧。諸君天資卓犖，問學有素，年若道似，畧無相踰，未知所以奉益也。然愚平昔誦聖人誨子路「知之爲知之，不知爲不知」之語，深所服膺，每欲以信自守。講問辨析，有分寸之知，敢不傾竭爲諸君言？苟所不知，不敢穿鑿爲諸君誑。諸君其亦篤於信以求信，天性敦於朋友以求盡人倫，交勸互發，非彼得則此得焉，庶不孤此會也。

【校記】

〔一〕「後」，原作「復」，據藍印本改。

〔二〕「求」，原作「來」，據正德本、藍印本、金律本改。

〔三〕「臾」，用作「吏」，據正德本、藍印本、金律本改。

題節婦朱氏詩卷

余讀《禮》至《昏禮》「萬世之始」、「壹與之齊，終身不改」，其禮嚴，其辭峻，是知夫婦者，天地之義，陰陽相須，容有貳乎？故夫死不嫁，此婦人守身之大法與？及讀《儀禮傳》乃有「夫死，妻穉，子幼」而適人之論，是蓋不得已而然。又知聖人制禮，爲中人立法，賢者固不必俛而從也。婦人之職，奉祭祀，事舅姑，主中饋，相其夫君者非一端。而委身之後，守死善道，則其大節也。世之知義者，固能行之，蓋亦鮮矣。

古汴朱氏年四十而嫠，家徒四壁，獨撫幼女，冰蘖自守。紡績織紝，以供衣食，奉公賦，養其姑，甘旨不廢，生事死葬，皆能以禮。辛勤且二十年，此其生質貞介，與禮義合，可謂加於人一等矣。

蕭君仲堅叙列事實，名公鉅儒皆爲詩辭以贊其美。將上之朝，以求表厥宅里，宜哉！雖然，朱氏盡婦道而已，未必求知於人也。古者婦人之令不出閨門，使朱氏復知此義，寧不反有愠乎？若夫國家彰善之道，自宜採摭，書之國史，千載之下，聞之而有興起者，奚但旌顯一時而已哉？然則又非朱氏之榮，乃國家之光也。

詞

次韻潘明之祝英臺　秋思

上簾鉤，開硯匣，詩興在風柳。磊磈胸懷，臨鏡謾搔首。看他冉冉來鴻，匆匆歸燕，時不再，且須傾酒。　釣鰲手，無奈萬里煙波，空舟竟何有？未卜行藏，心事幾凭牖？最宜野月穿窗，山雲擁户，箇中樂，有人知否？

蝶戀花　正月十一日

楊柳池臺春信早，簾捲東風，猶帶餘寒峭。暖透博山紅霧繞[一]，洞簫扶起歌聲杳。　初試花冠金鳳小，鬢亂釵横，長怯傍人笑。銀燭未殘樽未倒，雞聲漏永頻催曉[二]。

【校記】

〔一〕「繞」，原作「曉」，據正德本、藍印本、金律本改。

〔二〕「永」，原作「水」，據正德本、金律本改。

附録

學箴

東平王生麟自蕪城來，求受業於余。適余病劇昏瞀，莫能相告以道。留連僅一載，蓋垂橐而歸。於别也，復求一言，因書近作《學箴》以遺之。

聖人在位，言行皆道。素王無民，己任於教。天高淵深，學貴知要。緊人一心，酬酢之機。理備萬物，欲流易危。先民有作，唯此之治。精義入神，匪思不得。執辭泛求，幾逐於物。審是之宜，惟學之則。操之有道，有夢斯覺。闇然日章，如追如琢。舍心弗全，非聖之學。行平聲讀。至順二年九月十又七日金華許謙益之父書。

《元史》取學術足以輔教傳後者著《儒學傳》，而金華許謙居其一焉。謙字益之，世稱白雲先生，受學於同郡金履祥。履祥學於何基，基學於黄榦，榦則朱子入室弟子也。傳授之正，厥有源委，故當時登門者以爲榮幸。東平王君麟踰齊魯，涉江淮，遠來從先生遊。及朞謁告歸省，先生懼其荒而業也，手書所著《學箴》以勉之，而大要以存心爲本。吁！先生之教人者如此，史之所稱信不誣矣。既而王君以鄉貢進士典教昌平，其所以淑諸人者，又豈出乎先生規矩之外哉？惜余不及見之。嗣子延陵與余同官翰林，出此卷求題，輒疏其授受所自，識諸左方，以致景仰之私云耳。永樂辛卯三月望日右春坊大學士兼翰林侍讀永嘉黄淮書。

右《學箴》一篇，金華許謙先生書以遺其徒東平王麟。辭優理至，誠有以得乎爲學之要。今麟之子延齡爲翰林檢討，用表章之，間以示予。讀之，三復起敬，有以見先生教人以道，而麟必能造其閫奥，惜乎未有以考見其成也。且予聞麟之事先生克盡其道，居維揚時，聞先生殁，悲不自勝，即爲發喪。後凡遇生辰忌日，必設祭，去酒肉不食。先生所著有《尚書表注》《大學疏義》二書，麟又爲刻板以傳。於此可以見先生之德漸漬於人心者深，而麟之所以報先生者亦極其至也。《傳》曰「民生於三，事之如一」，麟蓋有焉。近世斯道不明，教者不以正，而學者無其誠，有朝立館下而夕相詆訾。雖韓昌黎猶不能無憾於籍、湜輩，矧其他乎？求而麟之所爲，邈乎遼絶，麟可謂有道乎哉？先生之教於是乎在矣。不揣僭踰，用敢書此于後，以警夫世之爲師弟子者。先生字益之，號白雲道士[一]，《元史》有傳。麟字兆祥[二]，領元鄉薦，仕爲昌平教諭以終。然所用未究其所學，吁！惜哉。因書此于卷末以歸延齡，宜寶之勿失也。永樂辛卯夏五月端陽日翰林學士兼左春坊大學士廬陵胡廣拜手謹書。

昔聞翰林檢討王延齡先生云其先君從許益之先生學，得考亭之正傳。先生嘗手書《學箴》一幅以遺之，延齡珍藏于家，將終，授其甥李公方曙。方曙持以示予，字畫遒勁沉實，非表裏一於敬者不能作，見之不覺正立拱手。其辭則以一心爲酬酢萬變之主，然不能無欲以間之，在治而去之也。學貴知要，知要則能守約，故其傳萬世無弊也。學者宜服膺於是焉。後學東吴張洪拜書。

理學之在天地間，猶布帛菽粟之切於民生日用，不可以一日捨也。捨之則民凍且餒矣。雖有夜光之珍、連城之璧，奚以爲？故自三代以還，歷漢唐而宋，濂洛諸君子始接洙泗之傳，而大集於考亭。及考亭門人勉齋傳之，而得北山何文定公、魯齋王文憲公，二公相師友；而又得白雲許文懿公傳之，然皆婺人也。親相授受，不失其傳，考亭之學至是蓋益明矣。予嘗見公《白雲集》一帙，讀之，恨未全也。兹於方伯江浦張公所又得一帙，蓋讀之，末則附録示門人王君麟《學箴》一篇，系以永樂間諸翰林題跋，公亦欲予言之。

益嘆夫文懿之言皆諄諄懇到，不背師説，真有功於理學也。公其出而全之，豈不深有便於後學欲尋文懿之緒餘者哉！天順六年壬午夏六月既望，翰林侍讀學士直文華殿後學雲間錢溥謹跋。

【校】

〔一〕據《元史》，許謙自號「白雲山人」，世稱「白雲先生」，無「白雲道士」之號。

〔二〕「兆祥」二字原脱，據光緒知服齋叢書本《元儒考畧》補。

題許白雲先生文集後

二十六年前，余從今國學李先生遊，得《許白雲先生文集》一帙，愛之不啻拱璧，惜謄寫不佳。後官比部，命胥吏沈純者録出，欲刊行之，顧力有未逮。及爲郡於吉，遷廣藩，力可爲矣，而庶政填委，北陌南阡，奔走之不暇，劻勷搶攘，事有急於此者。雖然，先生之名在天下後世，昭如日星，不係於言語文字之有無。區區言語文字，豈足以盡先生之道？而刊不刊，亦不係斯文之顯晦也。姑藏之以俟時云。成化乙酉冬十月穀旦後學江浦張瑄謹書。

許白雲先生文集補遺卷一

史詠詩集序

見心《史詠》始周威烈王，訖於五季，凡一千五百三十首，先師之執友見心先生徐公所作也。昔侍函丈間，嘗聞先生學優而聞多，慨然有志於天下，取《通鑑》所載君相諸臣，疏其爲人大較，相與商略，既定其得失，從而長言之，名之曰《史詠》，其義深有功於名教云。用是敬慕，欲一見不可得。

今年春，先生之仲子津抱其書二三册而來，既躬覽而議其概。竊惟《書》《詩》《春秋》皆紀事之文也，二百四十二年之事權其輕重，筆則筆，削則削，善善惡惡之意白矣。《書》道帝王之政，故獨取其善；《詩》雖詠歌之文，然被諸管弦，傳在人口，皆策書所載者，況聖人所删定，美刺尤章章，亦史之類耳。大雅不作，王風下降，絶筆於獲麟。秦漢以還，史家類善惡具載，莫能予奪，無復《詩》《書》《春秋》之遺意。蓋彼無精審之權度，務成一家之書，雜然紀次，欲使後之覽者知所自擇，固致謹之意也。然史所以彰善癉惡，尚論古今人物，苟不能推見至隱，誅奸諛之意，發潛德之光，使是非不謬於道，猶爲立言以詔後乎？此《史詠》所以作也。

今觀是詩，分類立名，已凛凛乎大義。如孟子、鄒衍，《史記》同傳，今則别諸子於諸儒。登豫讓於節義之首，名曹丕父子無異於諸臣，又如謂漢高爲義帝發喪而宴樂於彭城，孝文惜露臺之百金而不愛銅山之巨萬，光武之量不及伯升，昭烈之賢過於光武，邵陵、厲公、高貴鄉公本非凡主，特迫於大權之已移：若此者，皆微顯闡幽之意。協之於音韻，播之於聲歌，殆將使人詠之繹之，自興起其善善惡惡之意，於《詩》《書》《春秋》之遺法，蓋一舉而兼得矣。不圖衰老獲遂夙心，猶以不見全書，不能盡知先生之論爲有餘憾，然以類推，他亦從可識矣，故書而歸之。

先生諱鈞，字秉國，見心其自號。隱德弗仕，婺之蘭溪章林人。

歲元至順三年正月二十九日後學金華許謙序。

（《史詠詩集》卷首，《重修金華叢書》本）

按：阮元《四庫未收書提要》卷三《史詠集二卷提要》謂：「宋徐鈞撰。鈞字秉國，蘭溪人。與金履祥友善，履祥嘗延致以教授諸子。是編卷首載許謙序，末有張樞、黄溍及其子津後序。」清汪啓淑《蘭溪棹歌》之九十九首「詠史詩傳定遠尉」自注云：「《詠史詩》，宋定遠尉徐見心著，許白雲爲序。」

論孟集注考證序

古之聖人得其位，皆因時以制治。孔子酌百世之道以淑天下，而其事主於教。孟軻氏推尊孔子，傳於後世以迄於今。故《論語》《孟子》者，斯道之閫奥也。繇漢而還，解之者率有不獲。至二程夫子肇明厥旨，今散見於《遺書》。嗣時以後，諸儒所著班班可考，然各以所見自守，有得有失，未有能搜抉融液，折諸理而一之者。子朱子深求聖心，貫綜百氏，作爲《集注》，竭生平之力，始集大成，誠萬世之絶學也。然其立言渾然，辭約意廣，往往讀之者或得其粗，而不能悉究其義；或一得之致，自以爲意出物表，曾不知初未離其范圍。凡世之詆訾混亂，務新奇以求名者，其弊正坐此。此《考證》所以不可無也。

先師之著是書，或隱括其説，或演繹其簡妙，或攄其幽發其粹，或補其古今名物之畧，或引羣言以證之。大而道德性命之精微，細而訓詁名義之弗可知者，本隱以之顯，求易而得難。吁！盡在此矣。蓋求孔孟之道者，不可不讀《論》《孟》；讀《論》《孟》者，不可不由《集注》。《集注》有《考證》，則精朱子之義，而孔孟之道章章乎人心矣。

謙自壯年服膺師訓，即知讀朱子之書。其始三四讀，胸中自以爲洞然顯白，已而不能無惑；學之頗久，若徐有得焉，及即其書而觀之，乃覺其意初不與己異；學之愈久，自以爲有得者不遂止於一，而與鄙陋之見合者，亦大異於初矣。由是知聖賢之言，理趣無窮；朱子之説，雋永當味。童而習之，白首不知其要領者何限。先師是書，亦憫夫世之不善學朱子之學者也。

《傳》曰：「仁者見之謂之仁，知者見之謂之知，百姓日用而不知，故君子之道鮮。」謙於是深有感焉。故翻閲羣書，用加讎校，藏諸家，傳諸其徒。若好事君子能廣而傳之，是固謙之所望，亦先師之志云爾。

至順改元十月朔門人許謙百拜謹序。

（《論孟集注考證》卷首，《金華叢書》本）

按：《金華理學粹編》卷三謂「金先生所著《論孟考證》《通鑑前編》皆未遑刊定，垂没以屬先生。今二書得以大備而盛行，先生之力也」。

通鑑前編序

《通鑑前編》者，仁山先生之所著也。先生姓金氏，諱履祥，字吉甫，婺州蘭溪人。自言世本項氏，其先項伯入漢，以恩賜姓曰劉。暨五季吴越有國，避武肅王嫌名，從文更爲金氏。

先生幼知嚮方，長而好學，天文、墜形、禮樂、刑法、田乘、兵謀、陰陽、律曆之書，靡不畢究。及壯，事文憲王先生柏，從登文定何先生基之門，講貫愈精，造詣益邃。何先生蓋受業於黄文肅公榦，文肅公則朱子之高弟弟子也。先生嘗一舉進士不利，遂絶意進取，以布衣游諸公間，率以文義相處。當宋季年，睹國勢阽危，慨然欲以奇策匡濟，爲在位所沮，議格弗上。其語祕不傳，然當時計畫之士，咸歎其策不用。德祐初，以迪功郎召，解巾褐，入史館編校。蓋將漸進用之，而國已不可爲矣。

中年以來，遺落世務，築居仁山之下。顓以講學著書爲事，訓誘學者，諄諄不倦。言論風指，皆可誦法。先生神勁而清，氣候明潔。平居獨處，終日儼然。至與物接，則盎然和懌。閨門之内，相敬如賓。生平篤於分義。有故人子坐事，母子俱繫奚官，其後分配爲隸，子母不相知生死者垂十年。先生傾貲營購，卒贖以完。其子後貴，先生終不自言，相見勞問辛苦而已，聞者莫不歎息。方從王先生時，與同舍生夜步庭中，指謂之曰：「某星入某次，其分野當有某變。」已而果然。鄆人李某者，嘗侍坐於先生，言次及其鄉里，先生因歷歷爲言其山川風土物産之宜，如指諸掌，某大驚服。先生之於學，其精博類如此。所著述有《書表注》《論語孟子集注考證》《大學章句疏義》行於世，文集如干卷藏於家。

先生嘗謂司馬文正公作《資治通鑑》，秘書丞劉恕作《外紀》，以記前事，顧其志不本於經而信百家之説，是非既謬於聖人，此不足以傳信。自帝堯以前，不經夫子所定，固野而難質。

夫子因魯史以作《春秋》，始於魯隱之元，寔周平王之四十九年也。然王朝列國之事，非有玉帛之使，則魯史不得而書，非聖人筆削之所加。況左氏所記，或闕或誣。凡若此類，皆不得以辟經爲辭。迺用邵氏《皇極經世》歷、胡氏《皇王大紀》之例，損益折衷。一以《尚書》爲主，下及《詩》《禮》《春秋》，旁採舊史諸子，表年繫事，復加訓釋。斷自唐堯以下，接於《通鑑》之前，勒爲一書，名曰《通鑑前編》。凡有十八卷，《舉要》三卷。既成，以授門人許謙，曰：「二帝三王之盛，其徽言懿行，宜後王所當法；戰國申商之術，其苛法亂政，亦後王所當戒。自周威烈王二十三年以後，司馬公既已論次，而春秋以前迄無編年之書，故是編不可以不著也。」

先生之殁，今二十有五年矣。是書雖存，世亦莫能知者。謙永懷夙昔之話言，獨抱遺編而太息。門人御史臺都事汝南郭炯爲南臺御史日，嘗欲刊行是書，有志而未果。今肅政廉訪使平陽鄭公允中，爰始解驂，聿崇正學，尚論格人，章明善道，載閱是編，三復嘉歎，謂宜立於學官，傳之後世。迺詢之監憲左吉公，亦克欣贊，暨僚列賓佐罔不協從，亟命有司鋟諸文梓，共捐秩禄以佐其費。厥功告備，將表上送官，而命謙爲之序。

謙深惟先生以高明之學，負經濟之才，生於季末，道不克用。暨運啓休明，則年既老矣。其所著述，間已獲行於世。惟是編之作，廣博精密，凡帝王經世之大猷，聖賢傳道之微旨，具在是矣。或者得以充延閣之儲，備乙夜之覽，庶幾發揮聖學，啓沃淵衷，裨我國家稽古之治，爲生民無窮之澤，則先生爲不朽矣。謙不佞，不足以明先生之心，發盛德之藴，敢纂録先生行事之大略，以標諸卷首。若夫著作之意，則已備於先生所自序，兹不詳述。

皇元天曆元年十有二月庚子，門人金華許謙謹序。

（《通鑑前編》卷首，明正德丙寅慎獨齋本）

按：《金華理學粹編》卷三謂「金先生所著《論孟考證》《通鑑前編》皆未遑刊定，垂没以屬先生。今二書得以大備而盛行，先生之力也」。

絳守居園池記注後序

韓子誌樊紹述墓，謂紹述有所著書總六十卷，雜文總三百十一篇，詩七百十九首，今皆亡矣。近世謂紹述文之存者僅一卷，亦未之見也。惟《絳守居園池記》獨傳，艱深陰怪，殆不可讀。豈紹述之文盡若是，而此篇以拔乎萃而能久邪？以獨奇而爲志怪者所寶，反得久邪？往年余得是文而讀之，强爲之句而多所未解。及觀吴君正傳補正、趙氏注釋，始得究其名義。然徐而誦之，意若猶有異者，因重句之，而疏其説於右方，將復正於吴君焉。愚嘗謂六籍之下，盡文章之妙，正無過於《孟子》，奇無過於莊周。周雖外於聖人，而其學則自有所本，汪洋自恣之辭，皆出於是，豈徒尚奇倔而已哉？紹述之辭深已，探其本或未也，雖然，亦豈易至哉？其間有精到之語，皆蕩滌塵滓，採掇菁華，可但以險怪目之乎？文章之法，固不在是，但取其怪以資笑談，亦過矣。

延祐庚申四月十日，金華許謙書。

（《絳守居園池記注》卷末，《續金華叢書》本）

按：書題下小字夾注謂「此吴先生録東陽許氏定句疏説」。是篇後復有吴師道識語：「泰定丁卯，予在宣城得趙氏注《園池記》刊本，大德中，知晉州日，翰林徐公琰、閻公復所爲序引者讀之，與向所見抄本多異。凡予所欲補正者，往往增改，而猶恨其有未盡也。因以其本，復加刊定。篇中諸亭名，元注未之考，向略考見其端。而許君按據文勢，辨正條理，悉以圈抹著之，皆與今改注合。竊伏精鑒，俾存而弗削焉。吁！自予始校此文，逮今二十年，參之見聞，屢經竄易，計今尚未得爲定藁也。區區者猶若是，況乎聖經賢傳之奥，而欲以一見了之，不亦舛乎！併書以自儆。至順三年歲次壬申十一月二十二日，吴師道識。」

跋趙孟頫題畫詩

松雪與明遠契友，故其爲畫神化莫測，與他書不同，誠爲至寶。覽者勿以尋常視之。至正壬申金華許謙題。

（《石渠寶笈》卷十，文淵閣《四庫全書》本）

按：本篇見於《石渠寶笈》録「元趙孟頫題畫詩一册（上等日三）」，前述詩册行款等，後録許謙跋語。

蘭溪南陽趙氏宗譜序

甚矣！譜牒之學不可以不講也。昔者聖人錫之土以立國，錫之姓以立宗，世代綿遠，猶可得而知也。秦人變古，富民有子則分居，貧民有子則出贅，宗枝既分，而其流派有不可得而稽焉。漢司馬遷採《世本》《世系》而作《帝紀》，採《周語》《國語》而作《世家》，自是天下始知姓氏所出。魏晉興衰，齊民遷徙，其四方混淆甚矣。唐太宗驅群雄，定天下，惡故家恃其門第，輕其爵禄，命高士廉約史傳，辨賢否，先宗室，後外戚，右膏粱，左寒畯，爲《氏族志》。高宗納許、李之説，改爲《姓氏録》。當時恥之，號曰勳格。暨後有《衣冠譜》《姓氏紀》《元和姓纂》，源委頗明，而世次終莫定也。宋興，士大夫篤嗜古學，歐陽永叔、蘇明允各爲《族譜》。永叔則依《漢年表》，明允以《禮》大小宗爲次，例有不同，皆足以考其昭穆也。

趙君天英南陽大家，集其譜牒，自始祖虞部郎中至五世祖清獻公，紀其親疏，如指諸掌，宗族中有以仕宦顯者，有以文學鳴者，亦盛矣哉！然於趙得姓，不稱於天水，而繼於南陽者，不誣祖誑世也，其賢於人也遠矣。今歲之秋，徵序於余，固辭不獲，書此復之。然而克紹先傳於罔極，則又在於天英子子孫孫之自勗也，是爲序。

至元二年八月望日，金華許謙撰。

（《蘭溪趙氏家譜》卷首，民國戊辰年重修）

按：趙天英即趙元俊，字天英，宋名臣趙抃之後，自三衢遷婺之蘭溪，始作宗譜。時爲之序者有許謙、虞集、柳貫、黄溍、胡子仁、杜本、張樞、徐原、吴沉、蘇伯衡等。許謙與趙氏族中多人有交往，見於本集，此譜序當無可疑。然此文與《方氏宗譜》（民國庚辰重修）卷一之《方氏宗譜序》文字雷同，惟將「趙氏」换成「方氏」，「趙君天英」换爲「方君諱紱」（乾隆庚子重修本《金華固塘方氏宗譜》卷一作「方君諱楷」），本族由來相應改换，且後者末謂「大元至正十九年（一三五九）歲次戊戌八月望日東陽許謙謹書」，而另一本《河南方氏宗譜》中亦録此篇，末謂「元至正十八年（一三五八）歲次戊戌八月既望日東陽許謙撰」。實則據本集卷首《元史載白雲先生行實》「元順帝至元三年（一三三七）冬十月，金華處士許謙卒」，可知二作俱爲僞作，且至正十九年非戊戌年，其謬尤甚。

至順辛未年重修宗譜序

自契爲司徒，教以人倫，天下方知五常之道。至於魯叟設教，答子路之問政，曰：「必也正名乎！名不正則言不順，言不順則事不成。」其詞簡，其理明。孟子亞聖傳其道而申明之，有曰：「學則三代共之，皆所以明人倫也。」夫一家之人倫，父子、夫婦、長幼而已。然父子、夫婦，至親分定，故其倫義猶易知。至於長幼則有親疏、衆寡之不齊矣，苟名不正則大倫不亦其隳耶？故宗譜者，列尊卑，次先後，使天序秩然而不紊者，實在於兹也。予嘗蹤山水，過松山，馬氏子道成者出宗譜以見示。予不佞，僭書此於簡首以爲馬氏諸君告，諸君尚知所重哉！

歲大元至順辛未春二月朔白雲許謙書。

（《（東陽）松山（酉陽）馬氏宗譜》，民國辛未年續修）

按：本篇録自東陽《松山酉陽馬氏宗譜》卷一，應爲至順辛未（二年，一三三一年）重修馬氏家譜時許謙所作，後同治甲戌（十一年，一八七四年）重修家譜時收入，民國辛未（二十年，一九三一年）續修時復收。

范氏世牒題詞

忠賢名世，道統流芳。世珍。

（《蘭溪香溪范氏宗譜》卷一，光緒乙未年重修）

按：香溪范氏即范浚之族，朱熹曾爲范浚作《香溪范子小傳》，許謙題詞前有金履祥題寫并篆「范氏宗圖」。

題倪氏譜

族譜之設，其有關於名教也大矣。世之人以非急務，而不經意者甚多。因循之間，遂至於世系不明，尊卑無序，而人道廢，有識者得不以是關心焉？婺之倪氏，世有聞人，宗族甚衆。上而得繼齋先生修舉於前，下而得乎其承事君表章於後，使千萬世而不泯者，水木本源之義，其誰之功乎？

（《龍門倪氏七修族譜》卷首，民國乙丑年重修）

白雲居士許謙。

按：族譜卷首并有「倪氏家乘」四字，謂「白雲居士許謙題」。《譜》卷三五「世録」載第六世倪公度：「公度字孟容，行十二……嘗與北山何公基、魯齋王公柏游，聽其言必與二季評於既退之後，心有所疑，輒復貽書論之，二公益加嘆服。」倪公武：「公武字孟德，行十四，字箕谷……讀書有契悟，必求印正於北山、魯齋二先生，魯齋雅敬之，謂其弟孟陽曰：『孟德之學有源有委，非淺近可窺。』」倪公晦：「公晦字孟陽，行十五，性聞敏，喜文辭……時北山先生隱居盤溪，紫陽高弟楊船山亟稱之，與王魯齋、王敬巖、王立齋、汪元思卒業焉，由是所學益進……其卒也，魯齋深悼其降年不永，緝其遺書朝夕省覽，有不得相與終業，恐卒墮八人之歸之語。」倪公遇：「公遇字孟際，行元十八，逸宕有俠士風……中年一就平實，始從父兄治家人生理，雅敬何北山、王魯齋諸君子。」第七世倪普：「普字君澤，行仍二，別號警齋。自幼不凡，作詩文援筆立就，往往有驚人語……與何北山先生子欽同筆硯，有《詩準》《詩翼》之輯，漢、晉、唐、宋古文之批點，復從諸父游王魯齋先生之門，爲爲己之學。魯齋稱其外木訥而内精斂，雖終歲同窗共案，莫測其學之淺深。」可知倪氏與理學尤其北山一系關係深厚密切。

題吴氏家述

昔李先生潛訓其子以不欺，而寧遲于取應，後三子相繼第進士。其一人名朴者學于程門，致位尊顯，而先生贈開府儀同三司。夫世其德且榮名崇追之，子道其庶矣乎！然二者得兼，固人之所願。抑富貴在天，世德在我。在我者可以勉，人則不能必于天。有諸中，失于外，君子且將曰：「幸哉！有子如此。」況内外兼之，而在外特未大慊于志，由是而之焉，又自有致其光昭之道乎！

友人吴君師道自其大父暨應奉公善蓋于其鄉，既賢且文，數奇，不進于進士，用是遺其子孫。君奮儒科，爲大邑，所至有聲，亦既錫光幽壤矣。均弘盛典，其有待於官資之崇歟！孔子曰：「孝者，善繼人之志，善述人之事。」太史公曰：「爾爲太史，無忘吾所論著。」余觀此，竊有契云。

東陽許謙謹題。

（吴師道《吴禮部文集》卷二十，《北京圖書館古籍珍本叢刊》第九三册）

按：師道自著《吴氏家述》，「歷叙其大父母、父母之所以培養深厚與夫爲善之道以期其後人之意」，當時名公如杜本、吴存、許謙、柳貫、張樞、危素等均有題志。

圖説

婺山之下，羣峰環繞，恍如城郭然也。其北煙巒陡峻，東西競秀，其南則怪石嶙峋，無土壤，卉木益奇而佳。明堂寬闊，澗溪溶溶如帶。余四顧樂甚，曠然曰：「美哉！一宗子城也。其無滋他族雜處此土，以與許争乎。」今夫山下出泉，有源有派，而乃巒層層波疊疊，繞如城郭然。嘻！昭兹來許之譜系義準諸此矣。

夫許，太岳之胤也。派别支分，吾意後之子孫殆有思乎其饘粥，一拜跪炎農，秩宗之教有存焉者；居家何似，居官何似，月旦之品題，東陽之典則猶如昨也；其他德可崇賢可象者，又曷勝溯洄而景仰歟！愛山水者毋乃起興于是，且即山水亦時而笑人，時而傲人矣。無論其他，即彈丸之地，猶是山水也一。聞昌平闕黨之所在，義門君子之鄉，嗚珂里之所居，百世下誰不聳然心異之！勿異也，後之視今，猶今視昔耳。今有忠孝，有廉節，有縉紳先生、文人學士、義夫貞婦于此，重其人者必謂文在于吾里中，又以爲此吾族某山某丘之所鍾異也，某水某壑之所毓奇也。夫人而誠賢也者，足跡偶經，争侈談以芬齒頰，況生於斯，長於斯，聚族於斯者哉！而不然者，同族姓，共里居，適有所語及，輒期期然問勿對，欲言而心醜之，然則笑傲人者，人也，非山水也。山水有以環繞居民，居民獨無以環繞山水歟！吁嘻！吾知之矣。耕耨，族之堅壁乎？禮義，族之干城乎？忠信貞順，閨閫之重門乎？以此衛一身一家，且即以此藩籬乎上國，保障乎遐方，是皆譜系之世世垂芳者也。許氏之族其不愧矣。夫則取環繞之象，奠宗子之城，而以爲如郭也固宜。

高陽後裔白雲許謙撰。

（《高陽許氏宗譜》卷一，光緒丙戌年重修）

按：許謙《送許克勤卜新昌教序》亦云「許，太岳之胤也，其先出自神農」，柳貫亦稱許謙爲「高陽許先生」，見後《洞山如存精舍説》按語。

汝南周氏淵源考

周氏之源始於《禹貢》雍州之城，天文井鬼分野周岐。周，岐山之周，原出自姬姓黄帝，帝嚳墓在河南歸德府城南。子后稷墓在陝西西安府郃陽縣。封於郃，其地扶風漦鄉是也。子不窋塚在陝西慶陽府城東。失其官，竄於西戎。曾孫慶節，立國於幽，其新平今之生平驛是也。漆縣今之漆水驛。東北有幽亭。慶節生高圉，[高圉]生皇仆，皇仆生差弗，差弗生毁渝，[毁渝]生公非，公非生亞圉，亞圉生公叔祖類，公叔祖類生古公亶父。八世孫古公亶父爲狄所滅，徙於岐山之下，改名曰周。其地梁山。生文王，陵在咸陽。

傳至武王，陵在咸陽。武王克商而有天下，十五世孫平王，太王生王季，墓在陝西鄠縣。王季生文王，文王生武王，武王生成王，墓在咸陽。成王生康王，[康王]生昭王，昭王生穆王，穆王生共王，共王生懿王，懿王生孝王，孝王生夷王，夷王生厲王，厲王生幽王，幽王生平王。旺氣種於陝西，故平王東遷於周南，南即洛水。《禹書》：治水時神龜負貢出，故名洛汭。平王少子烈食采汝墳，十九世傳至邕。烈生懋，懋生文，文生昇，昇生興，興生晏，晏生安，安生宏。懋生文，壽，壽生容，容生休，休生暉，暉生寬，寬生員，員生宏，宏生明，明生隱，隱生成，成生邕。

秦并其地，遂爲汝南著姓。生秀，秀生仁。漢續周嗣，復封汝墳侯，謚曰正。汝墳下濕，遷安城，贈周子南君。十子，球、琱、瑛、瑴、瑩、敖、璐、璋、璘、琅。長球九子，各分支派。球世居汝南，後執金吾生應，爲平陵令，生孝廉中，即道，道生二子：詢、約。詢仕刺史。約受金吾，官中郎，生燕泱，曹掾，生五子，膺朝、子羽、子仲、子明、子良。皆爲刺史。膺朝子南純孝，哀感異類，詳載邑志。十二世至訪。南生洵，洵生嘉，嘉生隆，隆生歡，歡生揚，揚生防，防生舉，舉生勰，勰生良，良生恂，恂生敏，敏生訪。漢末，四世祖避地江南，至吴，因家廬江潯陽。復回。晉永嘉五年辛未，贈揚烈將軍，合兵擊軼，兵敗，奔安城。公帶子撫，楚、光同伐餘黨，蔭父職。父喪，襲爵，贈雋楊將軍。十六世至崇昌。楚生瓊，瓊生虓，虓生興，興生疆，疆生靈起，靈起生炅，炅生二子法僧、法尚，法尚徙安昌，法僧生二子：鳳、鴻，鳳、鴻遷南陽，鴻生譎，譎生擇從，擇從生萬，萬生應，應生克構，克構生潯，潯生從崇昌。唐永泰元年乙巳爲廉、白二州史，從青州徙湖廣道州寧遠縣太陽邨，生惠安，其子曰虞賓。虞賓生十二子，寧遠、從遠、超從、從連、連芳、芳輝、芳榮、榮聚、聚松、清儒、汝元、啓元。仲子從遠遷營道永州府道州學西居。營樂里安定山，而子孫衆多，世居營樂里。三世孫惇頤從遠生智强，智强生輔成，輔成生惇頤。宋嘉祐六年辛丑至九江南康，愛廬山阜之勝，卜筑蓮花峰下溢浦之濱。惇頤生二子，長壽生六子，伯達、虞仲、叔夏、季友、季仲、季次。次子燾生三子：繽、絪、緼；曾孫：鏕、銘、鎮、銖、鈁、鈺，宣和七年乙巳冬十二月隨隆祐太后駕扈蹕南渡，遷臨安錢塘，子孫散居他郡，不勝識。

東陽許謙敬叙。

（《鎮溪周氏宗譜》卷一，二〇〇五年重修）

按：本篇當自舊譜轉録，所憾舊譜未見。

仁山先生墓志銘

三代盛時，圣賢繼作，道統日以修明，百姓日用而不自知。蓋時雖治亂而道無一日不在天下也，道學之名何自而立哉？秦漢以降，千有餘禩，圣賢亦不復作，天下貿貿焉而無一人能識其用，儒者何從得之以尊其身而能稱名於天下耶？吾是以嘆斯道爲不傳之妙物矣。我宋仁山金先生溯源鄒魯，倡道伊洛，事同郡王柏，柏從何基之學，基則學於黄榦，榦親承朱子之學者也。而仁山實得其傳，爲世崇儒，卓乎不可尚也已。始謙未及門，冀一接其人而不可得。

國家喪亂，人事弗齊，自謂文物遺獻若仁山先生不易得耳。後幸獲侍左右，日聆清誨，始克鋤劌胸茅，而收功於先生也。

一日，先生之嫡孫漚走八華山房，請曰：「欲銘大父墓上之石，望毋外辭。」謙則追感未已，漚雖不委，謙固當沐手拜述，況請乎？先生幼聰察，父兄或授書，輒成誦。及壯，造一貫之説，以身任道，無少固讓。宋世衰微，先生視勢不可爲，絕意進取。然負其經濟之畧，而尤不忍坐視其亡。襄樊之師日急，宋人莫之敢當。先生因進乘閑搗虛之策，請以重兵由海道直趨燕薊。備叙海舶所經巨洋別島，遠近難易，險阻要處，乘時以御，則襄樊之師不攻自解。宗社大計，不得不言。當國者呵之，卒爲其沮。及後朱瑄、張清獻海之運經由海道，視先生所上之策，較之無咫尺差異，然後人服其確論。宋將改物，定鼎無常，所在盜起，先生屏跡金華山中，追逐雲月，吟嘯自如。平居儼然，如泥塑人；至與物接，然盎若春融。訓迪後學，諄切無倦。學者四集，著述表其書，聞於朝。由是朝廷采收卷望，名重當世。諸公謂宜甄録以表遺直，薦章交上。德祐乙亥以迪功郎史館編校起之，先生辭不赴召。遂終老仁山。又以蘭溪爲部都邑，意其有中州風。大德癸卯三月壬辰日，卒於正寢，距所生紹定壬辰三月丁酉日，享年七十有三。以禮葬小鉤羅山。子三：穎、頩、頠。孫二：浚、漚。

　銘曰：

仁山巍巍，道久倡隨。嗣人閟幽，鉤羅之隩。克世其德，雖逝不隳。我銘樂石，斯坎藏之。

門生許謙著。

（《瀔西長樂金氏宗譜》卷十六，民國丁亥年重修）

按：瀔西長樂金氏即金履祥之族。

郡馬山堂先生行實

先生宋兵部右侍郎伯椿之曾孫也。祖行之，遊太學，有才名，爲成均白眉。父叔遠以太學生歷官寧海縣縣丞，其所莅有惠政，民皆戴之。先生於公爲幼子，齠齡即負異資，博通經史。方弱冠，補邑弟子員，而咸寧郡王趙必來中表世姻也，深愛之，因以女配焉。補忠翊郎，未任而郡主捐館。元兵巡浙江，而伯兄御幹公死焉。先生因寓外家獲免於難，嗣後矢志不仕。平生坐不北向，入山惟恐不深也。自祖居遭兵火之後，於祖塋之前筑山堂一所，因自號焉。前後竹木交蔭，花卉羅砌，四壁圖書，一簾風月，因自賦一絶云：「離亂相仍數十年，羞將户素立朝端。不如卜築東山下，日與幽人共往還。」隱居其地，謝絶世故，足跡不入城市者數十年，以教授爲業，弟子從之者日衆。

時與仁山金先生書劄往來，同郡王先生，俱先生道學友也。郡主生二子。繼娶永康應少師可投孫女，生二子。後以疾終于正寢。其臨終時囑其子曰：「吾族世沐宋恩，析圭儋爵者不可勝計。今遭國祚頓移，雖云天意，無可奈何，凡吾子姓，自當退處山林，以示不忘朝廷之意，安可苟禄以爲不忠不孝之人也？吾死，當題吾墓曰大宋處士吴淳之墓，吾意足矣。」言訖而終。

先生諱淳，字性之，因隱山堂，故號焉。嗚呼！先生文學深邃，造詣精醇。生時嘗修家譜，因遭兵火，故其文不見於世。然其清風高節，余嘗親炙其休光，故摭其梗概于萬分之一耳。

吴寧許謙謹撰。

（《浦陽大輅吴氏宗譜》卷三，民國庚午年重修）

按：《宗譜》卷一「廉潔高士」下有吴淳傳，謂：「宋郡馬公淳字性之，侍郎伯椿公之曾孫也。父卓軒公爲台州寧海縣丞。公自幼穎異，長而好學，以世姻尚台城咸寧郡王趙必來之主，是爲郡馬。悲憤宋亡，遂矢志不仕，身不入城郭，戒其子孫毋事胡元。結屋於祖塋之前，自號山堂隱士，讀書教授子弟，從游者甚衆。」吴寧爲東陽舊稱。

象州知州永康天薦公壙誌

予友五拔字天薦，其先出於浦城，後有令長溪者，因家焉。傳至曾祖堉，仕婺州守，爲宋死節。元登極，籍其家，祖深、考□逃避龍丘，生予友。天資高嶷，甫能言，授以《孝經》《語》《孟》，入耳皆不忘。六歲就學，莊重如成人。及仁山金先生設教吕成公祠下，乃獲相與同叩其門墻。先生嘗告之曰：聖人之道，中而已矣。予友由是事事求其中者而用之。又嘗告之曰：吾儒之學，理一而分殊，不患其不一，所難者分殊耳。予友由是致其辨於分殊而要其歸於理一。迨金先生殁，予友益肆力於學，自謂爲學之道無他，在無間斷耳。予既東還，以目眚倦於應接，屏跡入八華山，聞予友登進士第，授象州知州，至錢塘溺水而亡。訃音至，爲之痛哭流涕者數日。每語人曰：哲人之亡如此，天道何無知哉？忽其子佛擇日葬隴頭，謁予誌。予因老昏瞀，故略爲之叙次云。

（《紹興章氏會譜》，民國刻本）

按：《（雍正）浙江通志》卷一二九「至順元年庚子王文曄榜」條下有章五拔之名，注「金華人，知象州」，即此人。

送存翁王君之天台學録序

君子言治必曰三代，而三代取人必由學。人未有生而貴者，故雖世子貴人，亦與國人齒讓。然則興於學者，豈特卿大夫士哉！有三物之教，四術之修，責之也專，取之也信。切礪漸磨，優柔厭飫，故其德行道藝皆足以有爲而佐邦國之治。自治教之職分，任人之途非一，而學者亦人異其心，責之不能專，取之不必信，而學校具文而已爾。雖然，任教之職，又可不知所務乎？時有古今，民之秉彝無古今也。前言往行可以識而蓄其德者猶彬彬也。以是爲務，則達材成德，獨有媿於古哉！

吾友王存翁將赴天台學録，過余求言以自勉。余知子已久，顧今尚何言以勉子！抑惟今在學校之教者，類有會計之勤，趨走之勞，苟知所務，欲舉其職且不暇，尚能教人盡其材耶！子其矯今之弊而惟古之修，自强己之所困以率人之進，勿名之訹，勿利之疚，亦庶然教者之務矣。

歲泰定三年十月上澣三日，金華許謙叙。

（《鳳林青口王氏宗譜》卷十三，咸豐丁巳年重修）

按：本篇後有王叔誠《存翁先生跋》：「先師許文懿公講道金華，未嘗輕以文贈人。

誠友王存翁親承心法之言，而志躬行之道，及貳教台庠，公喜其道行，故重與之以斯序。序之作也，泰定三年十月，在誠登門受業之前七祺。今誠避寇於國賓北山之别業，雨窗話舊，其姪仲瑾出示先大夫存翁凡宦游所贈詩章，而公之叙文在焉。日月易邁，四十餘載，手澤尚新。嗚呼痛哉！存翁之在台庠，及爲本郡學正，皆能以道成人，可謂服膺公所謂『勿名之訹，勿利之疚』之訓辭矣，年登八十有一而逝。倏又久閲星霜，嗚呼惜哉！撫卷感慨不已，起敬惟謹。自嘆衰落，尤羡仲瑾之克世其儒業，遂誌歲月，俾慎藏諸。」許謙之二子許亨曾爲此手卷作序，見後附許亨佚文。

王邁贊

白雲許先生贊曰：淳熙咸淳間，烏邑之能文者，惟傅蕊、傅寅爲盛，兩施次之。若邃於研幾，篤於踐履，以衍道脉之傳者，惟邁一人而已。觀其北山何公並薦於朝，則其賢益有徵焉，而不獲永年，以竟其所施，惜哉！

（《鳳林青口王氏宗譜》卷五，咸豐丁巳年重修）

按：譜載「億三七次子曾十八」：諱邁，字正叔，號梅谷。博通諸經，尤長於《詩》，以

《詩經》登留夢炎榜進士，需次弋陽縣尉。撫字經略，綽有政聲，晚年尤鋭志理學，與北山諸公時以經學相括磨，交游最密。諸生施郁等多信從之，爲結廬於龍門山，奉而學焉。淳祐四年郡守趙汝騰以其經明行修，與何基并薦於朝，授崇正殿學士説書，未到官而卒。歸葬孔可山，北山何基銘其墓。後附許謙此贊。

樓徵士公贊

心穌而惠，又確以誠。寤寐先哲，遵古攸行。孝孚閭里，行重鄉評。逸民高蹈，儒者章程。謂公慥慥，無媿斯名。

白雲居士許謙題。

（《義烏梅溪夏演樓氏宗譜》卷二，光緒戊戌年重修）

按：此譜卷首有許謙弟子朱震亨手書「天福有德」十六字，柳貫亦有同題《樓徵士公贊》，唯未見許謙自稱白雲居士，俟再考。

處士丙三公像贊

公上承善慶之緒，下紹詩禮之傳，力穡課子若孫，更無外慕。衣食僅足，不求盈餘，終日泊如也。《賁》之上九曰「白賁無咎」，公乃近之。

又贊：

孝友日篤，忠敬自持。語言不苟，動息以時。生氣儼若，仰之敬之。

白雲許謙撰。

（《浦陽人峰楊氏宗譜》卷二，民國癸酉年重修）

按：《宗譜》卷五行傳引謂「丙三諱邦基，字德業，號□□。生於泰定丁卯二月初八日，卒於洪武己酉七月廿八日。娶趙氏，生於至治癸亥正月十六日，卒於洪武己未九月初十日，合葬父墓。生一子志禹。」

張彦光徵君畫像贊

經濟之才，宏博之學，識見之高，制行之確。誠一代之偉人，乃萬夫之先覺。

（《蓮塘張氏增訂遺芳集》卷五，乾隆甲辰年重修）

按：張彦光名文華，行百十六，辟制置使屬僚，辭不赴。《蓮塘張氏增訂遺芳集》收入許謙之作多篇，皆可考實。另，此贊語亦見於《蘭溪望江樓徐氏宗譜》（民國丙戌年重修）卷一，題作《元贈奉直大夫提舉使司提舉使芬公像贊》，疑爲僞作。

元承節郎良瑞祖像贊

公諱良瑞，字進之，號石泉，行萬三九。性好静，讀書至忘寢食，雖祁寒盛暑，不廢講誦。仕於元，初授承節，後舉爲提領使。公訪於仁山，仁山曰：「讀書談道，足以自娱，此何爲者？」公拜謝曰：「謹受教。」乃隱不仕。居家，肆志於學，爲仁山編《濂洛風雅》，鋟梓以傳於世。年六十四而卒。娶江氏，合葬十三都白露山追遠庵。

青衿聯袂，白眉最良。詩編濂洛，學遡何王。猗歟東魯，郁乎齊芳。柱笇之麓，石泉猶香。

東陽白雲許謙讚。

（《東魯唐氏宗譜》卷一，光緒甲午年重修）

按：正德《蘭溪縣志》謂《濂洛風雅》七卷「石泉唐良瑞編類」。

沈允承先生贊

躭古善文，博衣緩帶。正直齒於宗親，考友孚於内外。觀象玩占，諳曉陰陽，而其見大；咨畫運籌，勝決攻守，而其功最。才器當道，詩聲社會，尚夷陵之清介，陶陶然詠舞雩於萬籟。

後學東陽許謙題。

（《金華雙溪沈氏宗譜》，乾隆癸卯年重修）

按：本篇見於《金華雙溪沈氏宗譜》卷一，其前爲葉琛《宋處士允昭公贊》，後爲金履祥《克寧公贊》、吴直方《克顯公贊》。

宋處士百一公贊

天福有德，克鞏克昌。子子孫孫，弗替引長。

白雲許謙題。

（《義烏葉氏宗譜》，咸豐己未年重修）

按：本篇見於《義烏葉氏宗譜》卷之一上。百一公爲義烏二世祖葉夢德之重孫、第四世蔭黄堂小四公之子、第六世吴溪祖肇發之父，本贊前有王柏作《小四翁像贊》。

始遷祖宋隱士貴道公像贊

宋室播遷，王綱弛紐。二帝北轅，大夫茇舍。僕僕風塵，碌碌車馬。奔競者多，高尚者寡。惟我葉公，棲於巖野。敬禮賢英，屏絶詭詐。卜居八石，以開來者。創垂美善，珪璋聲價。桂蘭輻輳，苗爾奇葩。千秋奕禩，世衍其華。

白雲許謙拜題。

（《（龍游）八石葉氏宗譜》，咸豐辛亥年重修）

按：本篇見於龍游《八石葉氏宗譜》。據毓秀堂《八石葉氏行譜》載：貴道公爲廷忠公之子，名玖，字貴道，行玖一。其「自新安至龍游八石，見夫山環水繞，可卜鍾靈毓秀之徵；修竹茂林，堪稱樂業安居之所，遂家焉。娶胡氏、李氏，子一，宗。」

雅畈始祖十朝奉敬甫公遺像贊

贊曰：

孝友日篤，忠敬自持。語言不苟，動息以時。千里卜吉，綿爾宗支。生氣儼然，仰之欽之。

白雲山人許謙謹題。

（《金華雅畈葉氏宗譜》，民國丁巳年重修）

按：遺像及贊見于《金華雅畈葉氏宗譜》卷一，卷三「系圖・文彬公派下」第三十六世「宗韶」下注「行十朝奉，由括倉遷居婺州雅畈，提入雅畈譜爲第一世始祖」。卷一《重編宗譜序》稱「吾始祖敬甫公由括蒼遷居雅畈，尊祖而敬宗，親親而尚賢，閱五世，慶十六公分居馬海，慶十七公分居鐘湖，雖所處不一地，聚族不一方。要其所恃承先志而庇後世者，靡不本此意爲兢兢。」又同卷《分還雅畈族祠序》謂「婺與括蒼爲鄰邑，其人之往來遷徙，互見疊出，莫可勝紀。然凌替者多蕃昌者少也，何也？以積未厚故流不長也。惟我族四十一世祖敬甫公十朝奉者由括蒼卯峰遷金華長山雅畈，迄今六百餘年。簪纓奕代，瓜瓞延長，民服先疇，士承舊德，宦者名於世，富者甲於鄉，抑何寖昌寖熾，方興而未有艾也？……敬甫公以忠厚起家雅畈，歷世積功累仁，傳至子孫，亦皆純繼祖德。」正與許謙贊中之語所述相符。

老老堂銘

蔣君聲父，春秋六十有七矣。燕其鄉之大夫士耆年以上者十有六人於堂，而扁之曰「老老」，昭尚齒也。友人許謙與焉，喜而爲之銘。銘曰：

自古在昔，飲酒於鄉。歲盈六十，乃坐於堂。維鄉之飲，崇禮明誼。肆覲于鄉，王道易易。駿龎既漓，俗流寖微。頒白提挈，老孰安之。慈子嗜利，德色借鉏。逝如頽波，孰從其初。維聲父氏，反古之道。燕樂高年，曰堂老老。秩秩有筵，匪伏匪臘。爲喜速賓，曰閒我稼。子姓如雲，奔走來御。出後杖者，無怠不吴。廬井革心，舊俗用謝。維吾聲父，諸老之一。實爲嘉會，侯主此室。老豈自稱，維以視教。自家徂鄉，庶曰知孝。昭哉聖世，未有遺年。作其尚齒，疇爲之先。顧瞻一鄉，聲父則然。太常之書，有扁斯懸。刻辭在側，蘄久弗諼。

（《八華山志》卷下，民國戊寅年重修）

按：本篇亦見於《（道光）東陽縣誌》卷二三。許謙講學八華時，曾與蔣聲父有唱和往來。本集卷一有《游里城棲霞寺，衆將還書塾》《蔣聲父和前韻後，衆不果還，再用韻》二首，所謂「蔣聲父和前韻」即與蔣聲父之唱和，其詩見載《八華山志》卷下，見前本集所引，不贅。詩後注謂「聲父公以子蔣源從學八華，嘗與白雲公往來相講」，編者按語謂：「蔣聲父之子從白雲遊，與孚吉、三畏齊名。金華學案不列入，以其無遺著也。」

洞山如存精舍説《白雲集》《遺芳集》《遺文考》

汝昌謹按：《清文考》洞山誤作「洞口」，精舍誤作「菴」，説誤作「跋語」，今據《白雲集》改正。

金華張仁原善將葬其父，乃作菴於墓側而請名於余，余名之曰如存。蓋孝子不忍忘其親，親之亡，事之如存焉。故爲元堂以封之，爲明器以納之，樹之石以表之。芻牧弗禁，獸蹄鳥跡之交於下也，於是繚以垣，守以人，因爲宫室以居之，則子孫歲時之來省也，豈不朗然若有聞其聲，蕭然若有見其容焉？《傳》曰事亡如事存，故余有取爾也。雖然，豈特止斯庵而然哉？孝子思其親，當歿其身，無斯須而忘乎心，故《傳》又曰：「致愛則存，致慤則著。著存不忘乎心，夫安得不敬乎？」然則微斯菴，固無以起其追慕之情，而所以見如存者，則顧其心之思弗思何如爾。尚慎思哉，如存其存矣。

（《蓮塘張氏增訂遺芳集》卷一，乾隆甲辰年重修）

按：張仁字叔善（文中誤爲「原善」），行義三，官金陵録事司判。柳貫《洞山如存精舍記》謂：「金華張仁……既卜兆洞山……間則問名於高陽許先生，先生以如存命之，而爲之説曰：『親之亡，事之如存焉。而所以其如存者，則顧其心之思弗思何如耳？』……既受而服之，又請予爲辭以著之。」見《柳待制文集》卷十四。又，據標題後小字夾注「《白雲集》《遺芳集》《遺文考》」，謂本文録自上述三集。據張書紳《重刻遺芳集引》：「適正德間板燬燼中，未有續梓者。予與世龍兄懼其湮也，雖盛弗傳，因謀諸族之賢者協梓，以垂不朽。始事於萬曆癸酉之夏，訖工於甲戌之秋。」則正德時《遺芳集》中已有許謙此文，不知是否自《白雲集》中引録，然今傳《白雲集》版本中俱無此文，俟再考。

文懿許公上仲咸公書

謙頓首仲咸至友：

孝親葬遼百里，回路易用常罩身。《記》謂「群居則絰，出則否」。非有故而出，不易衰服也。士惟公門脱齊衰，他處不脱也，况葬事之重乎？既葬，則奉主以歸，以車載主於前，以隨於後恐不安爾。但今人服喪，往往於朝夕奠哭時暫服，事畢隨脱去，爲俗久矣，故不以爲此重也。若果恐駭人之目，則且自哭所處。

向謂子義祀於别室者，于祔祭處言之，説未葬時事。所謂别室者，不在正寢耳。今殯猶在室而存几筵，自宜祭於此也。室以奥爲尊，古之制也。今居室非古制，何奥之有？

殤有三等，遞降亦止於三。應服期者，故宜降至五月，非謂皆五月也。大功者，長殤七月，上殤五月，下殤三月，其餘無可降者，則亦不服矣。

凡喪服，以年計者不計閏，以月計者則計閏。無服之殤，哭之以日，易月而止，言父母不關餘親。七歲，哭之八十四日。一歲，哭之十二日也。生未三月者，唯以月計，不以日計。若正月二十日生，三月初一死，則是三月矣。問正月十五日生，三月初一死，則是三月矣。問正月十五日至四月十四日，卻是四月矣。假如甲子年十二月三十日生，丙寅年正月初一日死，亦曰「三歲」，以歲準月可見也。不具。

文懿許公上仲戚公書第二書

謙頓首仲戚賢友：

比錢塘往還，俱沐相過，連辱厚貺，問之若虛衆爲，蓋頭之地，亦荷慨助，慚感慚感。諸疑署已看過，因便歸璧。墓道必待彦修到城區處，但未知何日可相見也。匆匆復狀。不宣。

（《蓉麓戚氏宗譜》卷二，民國庚午年重修）

按：仲戚公即戚崇僧，譜同卷《朝陽公行狀》謂：「先生諱崇僧，字仲戚，姓戚氏……貞孝生象祖，以舉爲東陽縣儒學教諭，再遷信之道一書院山長，娶義烏朱氏，生二子，先生其次也。先生幼有志操，好讀書，通史事，善事父兄，年二七從鄉先生文懿許公講學於鄰邑東陽八華山，探索義理，考評制度……學者因稱之曰朝陽先生。」同卷有《朝陽府君上文懿公帖》：「崇僧學對疑條，未獲質於函丈，謹録拜聞，暇日請賜正焉。奉乞尊照。不備。戚崇僧書。」似正與上第二書相對應。《全譜提綱·道學傳家》謂「十一世祖崇僧師事許白雲先生，同門推爲高第。」

八華學規

諸君以某一日之長來相與游，未必有益也。然羣居而不同志，則事無成，故敢與諸君約。

心靜明理之本

念慮馳騖，紛華牽引，皆心不靜。

貌恭進德之基

傲惰之氣，戲慢之容，皆貌不恭。

剛毅乃足自勵

志不堅必有退縮之心。

謙讓可以求益

氣不下必有拒人之色。

有善當與人共

學問人可共聞，不可私以自妙。

有惡勿忌人攻

至友正欲聞過，不可陰爲陽掩。

以上各自省察，去其所有，勉其所無。

出入以時

晨入各書名於册，以至先後爲次第，昏時散歸。

有故必告

非時特出，必告。或一日，或半日不至，次日直書前故於名之下。

言語毋雜

是非無預於己，人之陰私皆不必言。

議論毋嘩

相與議論，當温言盡意，以求理勝，剛暴之氣勿形。

觀書毋泛

所明經外，觀通有常。

作事毋惰

有爲期於必成。

勿相爾汝

稱友以字，自道以名。

勿作無益

非進德修業則爲無益。

右請互相警省，同歸於善，幸勿外敬内慢，面從退違。

（《八華山志》卷中，民國戊寅年重修）

按：本篇亦見《汭南許氏宗譜》卷一（名爲《八華山學規》，僅録原文），文字小有差異，爲許謙講學八華時所定之學規。

童稚學規

仁義禮智信，謂之五常。父子、君臣、夫婦、長幼、朋友，謂之五倫。父子主仁，君臣主義，夫婦主智，長幼主禮，朋友主信，聖賢教人，是要盡此五者，學者所當知。

讀書是要學聖賢言行，所讀經書才曉得幾句一義，便要反身依樣子著實爲善去惡，如此方不虛費工夫。

學者第一要守個信字。

事事着實便有長進。

第二要用個勤字。

一有怠惰便無合殺。

立身以恭敬遜讓爲本。

立必拱手直身，不可跛倚。

拱手必當心。

坐必端正，不可身足動摇。

行必安祥，不可履閾。

言必誠實、和緩、明白，有問則對，應遲者罰。

揖須低頭屈腰，眼視自足，謂揖爲相唤者，撻三下。

歸見尊長，途中遇相識不揖，雖揖不如禮者，皆罰。

長幼當有序，坐則長居上，幼居下；立則長居中，幼居側；行則長居前，幼居後。

凡與人言，自稱其名，學中除親戚有分者隨所當稱相呼外，餘皆以兄弟相呼，不得言爾我。

長者有問，起而對。朋友有故到案前語話，起而答。

讀書須要平仄端正，字句分明，不可雜以他聲。緩誦熟記，背念時全無齟齬爲上。不通者，纍至十本，撻三下。

失誤一字，則爲不通。

説書一誦本文，二明訓詁，三解句義，四通章旨，不依此者，即以不通論。

朋友當相與切磋。有疑來問，當實告之，不可欺誑。知而不肯告，不知而撰説以誤人者，皆有罰。不可以小有才而陵人，當自黽勉以求進；不可以無知識而畏人，當自奮發以力學。

貴賤貧富得之於天，各有定分，不可以己富貴而驕誇，不可以己貧賤而諂妬。（《八華山志》卷中，民國戊寅年重修）

按：本篇亦見《汭南許氏宗譜》卷一（僅録原文），爲許謙講學八華時爲童稚所定學規。

張伯誠先生（殘句）

白雲許謙稱之曰：先生之德，篤實清介。

許謙亦曰：先生天機駿利，襟度融朗，有浴沂詠歸氣象。（《兩浙名賢録》，明天啓刻本；《宋元學案》）

按：此兩殘句前者見於徐象梅《兩浙名賢録》卷三理學（他處亦作「篤誠清介」如《金華徵獻略》），後者見於《宋元學案》卷八二「張思誠先生潤之」。張伯誠，即張潤之，號思誠子，少游北山何基之門，盡得北山之學。

題仙都碩畫(殘句)

魯齋先生之父仙都公嘗手書武侯見先主及寇萊公出師澶淵共九條名曰碩畫。魯齋自題識于後。吾鄉諸名賢俱有跋語,許白雲云:可見公之父子抱經濟之具而不及施。

(《金華縣志》卷七,康熙三十四年增刊本)

按:所謂「魯齋先生之父仙都公」即王柏之父王翰(澣)。《吴師道集》卷一七《王魯齋先生父仙都公澣所畫碩畫後題》謂:「古人之用天下,其考視成敗得失毫髮不差,而圖畫之方,設施之序,未嘗不豫定於胸中,不然,則不能以有成矣!魯齋先生之父仙都公嘗手書武侯見先主下至寇萊公出師澶淵八九條,名之曰《碩畫》,皆南北分隔之時,攻取制勝之策。公自有所見,非後學所能識也。嘗聞魯齋早慕武侯,熟窺天下之勢,議因蜀取秦,以俯拾中原。今此《畫》首武侯,是亦家庭講聞之一驗,惜乎其俱不得試也!所謂考觀而定素者,徒見於此而已。楊雄《諫止單于朝書》有『石畫』字,鄧展云:『石,大也。』則與碩通。公當是取此。」柳貫集中亦有《跋仙都府君王公手書碩畫》(卷二十),爲「吾鄉名賢」跋語之一。

倪伋贊

志潔行方，經綸雷雨。翽鳳祥麟，争先快覩。上應列宿，器誠公輔。溯洄伊人，通今博古。痛大道之不行兮，歸去來兮而解組。惟笑傲於煙霞兮，啓有道玄孫而追尊高祖。

（《梁溪倪氏宗譜》卷首）

金山始祖塤公贊

性好恬静，志樂丘林。潛心經卷，繼晷焚膏。遭金元之亂，隱跡金山，創新業，置田園，爲金山之鼻祖也。

白雲許謙書。

（《金山徐氏宗譜》卷一，民國丙子年重修）

宋蘭陰州學正諱經公像贊

全城毓秀，鍾斯賢能。上宗孔孟，下述朱程。明經講易，德教誕新。流芳後世，模範式程。

白雲許謙題贈。

（《章氏宗譜》卷一，民國丁丑年重修）

許白雲先生文集補遺卷二

送劉漢臣歸武川

抱膝住青山，長日青山對。煙雲散不收，昏晨變奇態。應知住山心，不在萬物内。乾坤古神器，機運誰謝代。以道獵衆能，兀兀意獨在。歸去令史翁，天根同一慨。

幽居有感寄劉漢臣隱居

太古固無言，有言純樸喪。詩書已失真，龍馬終成象。身在羲皇後，心在羲皇上。萬事多變遷，真宰自無恙。

（以上《武川詩鈔》卷十一，《重修金華叢書》本）

按：此二篇亦見《（嘉慶）武義縣志》卷十一「藝文下」。武川爲武義舊稱，許謙有《送逯公平赴武義教序》，謂：「武川居金華上游，地狹而土肥，有高山茂林，所産者棟梁之奇材，東南之美箭，故其民富庶，而風俗勁急。舊爲東萊先生講業之地，其流風餘教猶有存者，士大夫能道詩書通古今者，往往有之。頖宫承前代之舊，歷年之久，幾不能待風雨。前後掌教者雖欲經營葺理之，而屢不果。昔者吾友掌教是邑，歷歷爲余道者如此。」可知作爲昔日吕祖謙講學之地，武川到元時仍有流風餘教，許謙有武義籍友生，劉漢臣或即其中之一。

秋夜不寐，觸物感事，雜然成章，言無泝例，適興而已，凡十二首

其一

秋風撼庭樹，涼月流素輝。蟋蟀鳴床隅，飛螢入羅幃。憂來不得寐，散步騫我衣。感此時節换，種種雙鬢絲。羲軒大聖人，寧復留今兹。衮易斡元化，委順夫奚疑。願堅樹德心，没身以爲期。

其二

庭前餘畝地，性頗耆甘菊。植苗日已長，時至酒亦熟。攜壺對秋英，朝夕共幽獨。春風拂嘉樹，朱紫粲溢目。蹙金羅裳衣，新聲間絲竹。此日胡不樂，日月如轉燭。霜露綈絡清，寒香謾盈掬。子意人所從，余樂矢弗告。

其三

巍巍岱嶽尊，蔚爲衆山宗。東南聳日觀，赫赫初暾紅。在昔七十君，登封告成功。上有古車轍，我欲求其蹤。大門險而豁，小門曲以通。攀緣至中道，力盡無由從。

其四

鳳凰甘竹實，麋鹿樂食薦。生民宜室家，展矣求邦媛。絶代有佳人，窈窕兼倩盼。蹇修爲我理，佩纖結繾綣。庶幾百年心，解后今夕見。譬彼七襄女，迢迢隔河漢。焉得授君綏，徒能覿君面。

其五

我家東國洛，高貲甲中州。良田藝稻秫，桑麻翳連疇。嗟彼日月除，夙駕將遠游。煌煌幾名都，挈挈懼不周。朝游百花園，暮飲倡家樓。何當據要津，快意酬恩讎。忽忽崦嵫景，須臾爲誰留。幡然憶故國，惻惻徒心憂。致遠豈無車，濟盈亦有舟。子胡不來歸，狐死知首丘。

其六

芍藥貯春秀，穠姿弄柔媚。擬笑已傾城，衆芳詎能比。摘華不食實，何如菽粟味。括談竟危趙，寧愚乃存衛。有斐世所欽，敦行古來貴。

其七

首山終身卧，莘野三聘起。去齊接淅行，梁招車暫止。春雨膏群物，凄霜草秋靡。柔轡驅駑駘，祖道别閭里。瑶池王母居，計日策可指。羊腸盤太行，流沙導弱水。咫尺不得前，良圖非謹始。願爲雙飛鴻，棲息清江沚。

其八

昔有狂接輿，躬耕樂其貧。楚使致君命，金車爛盈門。先生笑不應，行留尚逡巡。一朝感妻言，跡遁聲不聞。惜哉先生賢，智不及婦人。

其九

昔有北宫子，懷德不自知。衣褐食粢糲，陋室剪茅茨。因人論窮達，自失踽踽歸。道逢東郭生，言天釋其疑。逌然將終身，始悟非人爲。君子貴聞道，匪石不可移。胡爲浪動心，戚戚還嘻嘻。

其十

盈盈谷中花，皎皎當窗女。朝衣日窺鏡，揚晢還自許。風雨凄暮春，花飛返無所。玉顔長不改，恥與施嬙伍。一朝歸度朔，骨肉陰爲土。飾貌不飾心，泯滅何足數。

其十一

何山名不周，疇觸天柱折。女媧上智人，煉石補其缺。日月軌道行，共辰衆星列。從兹轉大鈞，萬物欣以悦。堯年水襄陵，湯世九澤竭。瑟調柱奚辨，璧白緇不涅。愚公厭王屋，胡寧一簣撤。孫子傳其愚，千載名未滅。

其十二

青青巖下松，猗猗澗中蘭。長山饒靈異，佳氣長鬱盤。尚論多哲人，逸駕不可攀。舊聞赤松子，牧羊在兹山。安期煉五石，奕具白石間。餐霞吸沆瀣，松下時往還。振袂登前崗，高揖凌雲煙。姑含御風術，且復轥軥寬。

（《皇元風雅》卷二十，《續修四庫全書》集部第一六二二册）

按：蔣易《皇元風雅》録此，與下首《題浩然齋》共十三首，蔣易有題跋詳下。此十二首詩乃許謙寫寄吴師道之作，吴師道跋《許益之秋夜雜興詩》謂：「右古詩十二首，白雲先生許君益之之所作也。乙亥之夏，某病目甚劇，至秋稍平，則以文字承教於君。君勸以損讀省思，毋爲此無益也。一日，忽寄此詩來，且以書言之曰：『吾欲子之見之爾，慎無和也。』蓋君平時罕作詩，以爲不發于興趣之真，不關于義理之微，不病而呻吟者，皆非也。然則此豈苟作哉！觀其文貌音節，上泝晉魏，而寄興高遠，旨味淵泳，則有得于紫陽夫子《感興》之遺者也。既不鄙而教我，又慮其苦心動疾而愛我，君之於我，乃至此哉！後二年而君卒。又二年，某歸自江東，始克拜其墓下。絶響僅存，手墨如故，嗟九原之不作，悼知己之實稀，因叙梗概于後，爲之輟筆泫然。」見吴師道《吴禮部文集》卷一八。此十二首詩或題曰《秋夜雜興》《雜興》等，本十二首爲一組，《金華詩粹》卷三題曰「雜興」而僅録其四、其八、其十三三首，謂「三作俱有深情」。

題浩然齋

元氣塞太虚，闔闢理昭著。惟人萬物靈，剛大鈞所賦。藐然配坤乾，豈不以是故。安行孰能希，智鑿失其素。吕梁束河流，疾風水奔注。苟無操舟術，咫尺不可泝。康莊範馳驅，千里積跬步。務兹芸苗功，無爲揠苗助。秉心慎終始，恢乎有餘裕。齋居日已省，目擊内環顧。

名言諒非艱，允出乃其庶。

（《皇元風雅》卷二十，《續修四庫全書》集部第一六二二册）

按：本篇接於上十二首《秋夜雜興》之後。蔣易跋謂：「右詩共乙十三首。乙亥仲冬，易自虎林還，舟次蘭江，望金華山，有《懷許先生》詩一首云：『泊舟蘭江岸，遥睹金華山。兹山鍾秀多，佳氣長鬱盤。自從乾淳來，文獻何班班。至今高蹈人，嘯傲羲黄間。我欲從之游，歲暮衣裳單。求道諒無勇，佇立空長嘆。』遂訪正傳縣尹。示易此卷，且言：『先生平日未嘗作詩，近忽寄此，興致高遠，真所謂有德者必有言也。』乃命其子録以贈余。比還岸，舟發已良久，余并岸走十里許，始及登舟。舟人問焉往，余告之故，皆揶揄大笑，余亦不覺失笑。臘月二日重録于思勉齋，就識左方。」後人亦多將此詩與前十二首《秋夜雜興》詩合并而論，通稱許謙「古詩」，如陳旅《跋許益之古詩》謂：「右國子博士吴正傳氏所藏金華許先生古詩十三首。先生不喜矜露，人罕見其辭章，今寫此以遺正傳，豈非以相知之深，相好之篤而然歟！旅嘗病夫近世有儒者、詩人之分也，深於講學而風雅之趣淺，厚於賦詠而道德之味薄，要之皆非其至焉者，其至焉者無儒與詩人之分也。先生沉潛載籍，大而聖賢心學之藴，細而名物度數、文字句讀、音義之詳，靡不究極，隱居終身，不以自外至者易其素守，計其平日之所以用其心者迨若未遑他及。而此詩冲澹醞藉，音節跌宕，而興致高遠，乃若專久于爲詩者，是豈可以向所謂儒者目之哉？其庶幾吾之所謂至焉者邪！觀其詩，想其爲人，蓋亦一世之豪傑而不見於用者邪。旅學不進而志未衰，欲受教於淛河之東，而先生已矣，三復遺墨，不勝悵罔而歔欷也。」見陳旅《安雅堂集》卷一三。宋濂亦有《題許先生古詩後》：「文懿先生許公嘗賦《秋夜感興詩》一十二首，録寄其友吴公正傳。至元末，吴公自建德尹入教國子，既已謹志其事，俾陳監丞衆仲題於卷後。他日閲篋衍，又得先生《遣興詩》十首，吴公手鈔録於前卷，復與衆仲各有論識。衆仲之言病夫世之論詩者有儒者、詩人之分，而謂先生獨能兼之，可謂知言而無復遺憾者已。龍泉章君三益久慕先生之學，近獲此卷於吴公之子濬仲，將琢石勒置龍淵義塾，以濂頗與聞先生之道，請申言之。夫自陳伯玉倡爲《感遇詩》三十八首，而李太白繼作，遂衍爲五十有九，君子稱其得《風》《雅》之正。至於文公朱子《感興》之什，其數比陳僅餘其半。方之於李，則將闕其三之二。言辭固若不多，然於太極陰陽之數，家國治亂之由，異端害道之故，無所不及。非惟二子不能道之，黄初而降，大曆以前，吾恐未有臻斯理者也。今先生之詩，其音節則倣二子而絶仙佛之誕，其旨趣則本文公而寫性情之真。雖言無統例，與朱子少殊，而其寄詠之深，隱憂之切，實有出夫二子之外，其於傳世固無疑者。而濂於衆仲之言，則不能無所感焉。詩、文本出於一源，詩則領在樂官，故必定之以五聲，若其辭則未始有異也。如《易》《書》之協韻者，非文之詩乎？《詩》之《周頌》，多無韻者，非詩之文乎？何嘗歧而二之！沿及後世，其道愈降，至有儒者、詩人之分，自此説一行，仁義道德之辭遂爲詩家大禁，而風花煙鳥之章留連於海内矣，不亦悲夫！於是衆仲之歿已久，而吴公亦不可見，無從質正。始因三益之詩爲書其末，以足衆仲之所未言。雖然，濂之語激矣，夫豈知詩者哉？」見《宋文憲公全集》卷四五。

贈許三畏留别三首

美材非不多，礱斲有所待。爾生能清淑，如白可受采。靈明螢照夜，污滓波翻海。精探復力修，歲月德可改。罔念固作狂，勉勉敬與怠。

善人不可見，敝帚直千金。往聖淵源在，遺經旨趣深。青燈供夜讀，黄卷對朝吟。至道非難致，危微在此心。

大逵雖九達，捷徑嫌多歧。剛明履中正，君子貴自持。我亦觀爾成，豈忍言别離。尚須勤致書，慰我旦暮思。

（《八華山志》卷下，民國戊寅年重修）

按：本篇又見《仰高許氏宗譜》卷二四。據《八華山志》：「三畏字光大，梅岗東宅人，父訓孫，由邑庠貢入胄監。三畏自幼即師事白雲公，才氣英特，以德業自期許，白雲嘗勉之以詩，《留別三首》其最警切者。白雲存時著述甚富，及歿，光大乃萃其遺稿，手鈔家藏，待後以傳，賴以不墜。年僅四十七卒，後暨光應、存仁、存禮俱配祀八華書院。」然此組詩三首在本集中散見於《潁川趙璉從予游逾二載，復同夜坐草亭，考索理義，始至大辛亥癸未，至皇慶壬子五月而止。誦讀之餘，時相與步武庭中，倚樹凝立，仰觀俯察，莫匪佳趣，間以所見，輯成韻語，得十餘篇。於璉之行，書以贈之》與《次韻丘旵道》中，前詩第十五首即本詩第一首、第十六首後半部分即本詩第三首，後詩第一首即本詩第二首。此三首詩當皆屬同詩異題，或源於許謙集原爲草稿，「詩文雜亂而無統紀，簡策歷久而頗殘缺」（李伸《許白雲先生文集序》），限于目前資料，似難以斷論，故雖見於本集，但仍作爲補遺收入。

贈金月華

少年苦跋涉，中歲頗悦道。秋霜苗未實，播根恨不早。乾坤眇無際，至理日探討。蒙頭媿種種，羲娥復佻巧。誰能分九圭，使我長不老。

（《金華詩粹》卷三，四庫存目叢書集部第三七一册）

按：金月華其人兩見於本集（《贈金月華》《題金月華藥物火候二圖》），其爲道士無疑，此詩就詩意而言，較符合金月華身份。然其文字全同本集《送高經歷》第五首，亦屬同詩異題，限於目前資料，無從判斷，亦暫作爲補遺收入。

詠揚州瓊花

舊有靈株出寶臺，石闌干裏暮春開。奇葩露浥懸璚佩，老幹煙籠護紫苔。天使移根龍捲去，洞仙分種鶴飛來。誰爲培養凋零久，造化重生不用栽。

（《全元詩》，中華書局）

按：此篇見於《全元詩》第二三册頁三八九至三九〇，注出自明楊端《揚州瓊花集》卷三。

朝真洞詩

披棘捫羅步步躋，石危苔滑路幾迷。嶺窮始見虛明境，回首萬山雲樹低。

（《（萬曆）金華府志》卷三）

按：此篇亦見《（康熙）金華府志》卷三，因二者現存本文字均漫漶不清，恰可相互補充。詩在「金華洞」條下，均先録金華洞之簡介，后録金履祥《朝真洞》《冰壺洞》《雙龍洞》三詩，次録許謙此詩，再録黄溍詩、林命《冰壺洞詩》、戚雄《雙龍洞詩》等。

宿鹿田西寺

廣福曾游處，凉宵復此留。青山仍在眼，白髮自盈頭。鳥道藤蘿月，猿聲竹樹秋。地幽心更静，何處是丹丘。

（《金華詩録》卷十一，重修金華叢書本）

按：本詩後原注「鹿田寺即舊寶福院，『廣』字疑誤。」亦見於《東陽歷朝詩》前集卷二、《（康熙）金華府志》卷二四、《（康熙）金華縣志》卷七、《（康熙）金華邑志》卷八等，或題曰「宿鹿田寺」，字句略有不同。據《（康熙）金華府志》，鹿田寺在縣北三十里，有東而西庵即舊寶福院。前人多有紀游詩文，吴師道即有《再和鹿田寺吴存吾詩韻》《和吴存吾題金華山鹿田寺》等。

題張嗣留教授自家意思齋

大鈞播羣動，氣化流宇内。藐焉七尺軀，萬物本皆備。意動或未誠，覃思尤恐泥。發微失毫端，頓爾霄壤異。燕坐觀我生，方寸大無外。輕冰春始融，澄潭月初霽。猗歟無極翁，爲發千古秘。境妙不容言，庭空草交翠。

（《蓮塘張氏增訂遺芳集》卷一，乾隆甲辰年重修）

按：張嗣留字搯，行似三，官泉州府學教授。名其齋爲自家意思齋，題詩者還有黄溍、胡助、吴萊、唐懷德、葉儀、葉謹翁、俞實叟、汪仁壽、胡師淵、錢慧、方輝等，錢大椿爲作《自家意思齋記》。

題蔡氏世譜

一本由來無後先，支分派遠始紛然。能將譜牒稽家世，自得源流指掌間。血脉親疏方有别，子孫賢否并相傳。君家獨得名臣裔，千載芳名永不諼。

（《金華洞源蔡氏宗譜》，道光戊申年重修）

白雲居隱許謙跋。

按：本篇見於《金華洞源蔡氏宗譜》卷一。

題徐偃王廟

惠應靈祠肇在周，孚民盛德播皇州。威名顯著祈求應，廟食靈山萬萬秋。

（《古塘徐氏宗譜》，咸豐庚申年重修）

按：本篇見於《古塘徐氏宗譜》卷一，該譜卷一除「序」外，次録唐韓愈《偃王廟碑記》、宋袁甫《重修偃王廟記》、明諸葛伯衡《徐偃王傳略》，次録多人《題偃王廟詩》，許謙詩列於第二首，繼趙抃後，汪藻、謝暨、劉章等之前。

陳景傳索予賦鄭氏義門詩，走筆奉此，觀者采其意而略其辭可也

統宗法廢浸難稽，忍見燃萁五字詩。不是鄭門能合族，更從何處驗民彝。

天理昭昭若日星，爲流人欲遂昏冥。百年孝義留芳澤，要守須還問六經。

（《永樂大典》卷三五二八）

按：本詩前有作者小傳：「許謙，字益之，金華人。謚文懿。」陳景傳，即陳堯道，字景傳，號山堂，義烏人。吴師道有《和陳景傳寄方韶文四韻》，見《禮部集》卷九。

贈耕雲先生拯溺詞

驚聞汀海奮長鯨，滔滔魚鱉禍蒼生。神鞭鬼馭胥魂繞，倒海傾河銀屋皎。金戈鐵馬勢鏦鏦，百萬貔貅横鬭風。危樓獨倚遥天碧，檻外長江盈百尺。欲赴鰲流兮，恐激怒於馮夷；坐臺待水兮，恐瓦影不蔭乎黿魚。徹夜悲號聲慘切，范范四望誰爲力。片帆摇曳濟羣黎，禹木縱横任所之。扁舟泛泛江之滸，衆者便便咸鼓舞。人去樓空浪逐煙，舍水依山幸有天。恩波浩瀚沾溝壑，德望崔嵬列山岳。竹塘歸隱汀海空，黄鸝是處歌春風。芰荷香細槐蔭茂，芳名暗度薰風透。悠悠斷岸蓼花汀，欸乃相傳千古名。江村明月梅花白，德輝掩映增顔色。翹首東南瞻彼蒼，吉星高照君之身。君不見，華陰捄雀報楊生，清名四世列台瀛。又不見，北堂渡蟻宋昆玉，芳聯棠棣食天禄。評濟物兮，固仰荷天休；矧濟人兮，必萬福來求。君雖笑傲煙霞裏，善慶餘流鍾繼體。蘭芽玉樹植文林，牛斗高聯九萬尋。荆山擁抱無瑕玉，浪熳紅鱗聽春育。橋梓争輝耀婺州，狂瀾迴倒障中流。奮士雅之擊楫，登元禮之仙舟。濟斯民之陷溺，拯廊廟之沉浮。此雖後人之自力，而亦明公盛德之所留。不聞古人云，大德得名還得壽。公之壽，近稀有；公之名，高山斗。又聞古人云，仁者必有後。

東陽許謙拜贈。

（《竹塘徐氏宗譜》卷一，民國癸未年重修）

附許亨佚文

手卷序

余歸自燕山，方卧病謝客。邑子王叔魯過余茅簷之下，出其先大父學正君存翁先生爲台學糾録時諸先達贈行之卷，且進且言曰：「首簡之文，子之先君子文懿公之所作，及一時名大夫士之所賦也。兵燹之餘，家藏故書十亡八九，而此卷幸存。今再裝潢成軸，子爲我誌其後，以示不忘先德之意。」予伏而讀之，爲之言曰：

昔吾婺王氏衣冠之盛，甲於諸郡，且子之從祖御史君嘗魁多士於宋咸淳末年，文名實烜赫於當時，學正君之從吾先君子游也，同門之士咸推爲明允誠篤，身體力究。其臨財廉，其交友義，雖仕不至顯，而所至皆以善教稱。今叔魯又以才俊選爲邑弟子員，敏於爲學，文辭日進，水湧山出，有司方貢之於秋闈，將見登名天府，繼御史君之芳躅，蹈學正君之篤行，使政事施於當時，聲名流於方册，則王氏衣冠之美復見於今日矣，豈不偉歟！《詩》曰：「毋念爾祖，聿修厥德。」叔魯其勉哉！第此文作於泰定丙寅，距今甲子適一周，而先君去世亦幾五十載矣。卷中諸賢無一存者，感歲月之遼邁，悼先德之日遠。撫卷流涕，不能已已。謹書而歸之。

歲洪武十七年七月朔日，金華許存禮謹誌。

（《鳳林青口王氏宗譜》卷一，咸豐丁巳年重修）

按：有關本篇事參見許謙《送王存翁天台學録序》。

明故處士北山公墓志銘

金華許存禮北平府儒學教授

東陽許益亨踵門泣而告曰：「益亨先君子易簀之際，有言：『吾承先世遺澤，知力爲善士，幸得全歸，以無忝於祖考。汝能無忘吾平日之訓，以嗣乎前而裕乎後，吾目瞑矣。』又言：『平生交友，後先凋謝，今知我者，莫若金華許存禮。汝葬我亭山之原，而屬許君文墓上之石，庶其不朽乎！』不肖孤未即死，敢拜以請。」予忝與君爲同門友，不敢讓，爰叙而銘之。

君諱悌，字伯順，姓許氏，婺之東陽人。晉孝子孜之裔。世載令德，蔚爲名家，而昭仁子姓尤爲繁衍。九世祖瓊捍睦寇以衛都邑，鄉人世廟祀焉。曾大父諱元凱，大父諱文奎，皆隱德不耀。父諱熊，學行尤著。富而能施，不屑世故，自號樵隱，黄文獻爲誌其墓。君立志凝静，不事紛華，受業南陽葉先生景翰。晝誦夜思，殆忘寢食，講貫往復，勿得勿措。予時年少氣鋭，讀書十數過，自謂可了其大旨，見君之用功勤切，赧然覺己疏也，故與之交，久而益親。既辭南陽先生歸，充然若有所得。其立身行己，皆足以發，家庭内外，雍如肅如也。待人以誠，出言以信，未始矜己之長而方人之短，故剛不爲屈而柔得以歸。二親在堂，先意承順，湯藥必親。閒居手不釋卷，於岐黄楊郭家言無所不涉獵。浙東部使者聞而賢之，舉充儒學官，移文宣閫，轉達行中書。君以時事驛騷，雅無宦情，謝曰：「吾母老矣，能舍晨夕之養而往徇升斗之禄乎？」因所居，以北山處士自號。

及元季，烽燧日逼，大軍將下金華。母夫人徐氏初喪未葬，欑殯白巖山中，鄰邑摽掠者群至，思犯其柩，君與兄不顧白刃，涕泣以守，賊感其誠而去。睦於兄弟，際時艱虞，公私百爲，不避勞瘁。姻族有違言者，必質於君。君平氣以柔之，温言以諭之，不亟不徐，衆皆慚悔而退。其有爭財不決者，則代爲措處，而不求其償。冠婚喪祭，一遵朱子成規，而將之以誠敬。先塋在南山之下，歲時展省，無少違缺。遇始生之辰，必往拜墓，悲慕終日，殆不忍歸。故額其室曰顧雲，表孝思也。九世祖廟歲久廢圮，且規制卑陋勿稱，樵隱公率從子怡撤而新之，重門峻室，有階有廡，去師巫之褻而節之以禮制，割常稔之田爲經費之用，君左右爲有力焉。君神清氣和，退然若不勝衣，乃是非所在，凜不可犯，又若剛毅者。每訓子弟以遵祖敦族，和鄰睦親，擇交慎行，毋聽婦言，毋忘詩禮之澤，尤爲切要。暮年益喜爲詩，皆清潤可諷。《北山遺稿》若干藏於家。及寢疾，子姓有以禱祈請者，君曰：「死生，命也，安用此爲？」未旬日翛然而逝。

君生元延祐戊午四月四日，卒於洪武乙丑五月十三日，享年六十有八。娶賈氏，先十四年卒；繼室金華何氏，先一年卒。以丁卯十一月廿六日合葬於懷德鄉亭塘山之原，君所自卜也。子男一，即益亨；女一，適同邑慶符縣知縣徐孟深，皆賈出也。孫男三，向、謇、守；孫女一，尚幼。於乎！積善之家必有餘慶，許氏自曾孝子孜，至今千餘歲，簪纓代不乏人，居昭仁者仕籍獨不大著，以君之茂才積學，庶幾足爲張之，而時不我與，是可悲也。雖然，視彼冒昧以進而卒喪生平者，孰得孰失乎？是宜有銘。銘曰：

或抑而延，或奮以顛。彼焰其炎，我樂吾全。彼捷其途，竭蹶以趨。我乃長裾，乃笑我迂。知飾乎外，盍究厥內。玉表珉中，曾勿知慨。世濟其美，鬱而未發。有學有文，祇以自説。木本水源，必復其始。久而彌張，君有孫子。塘山之原，松柏丸丸。清名不磨，樂石有鐫。

（《昭仁許氏宗譜》卷二五，同治丁卯年重修）

按：北山公即許悌，與許謙、許亨之仰高許氏爲同族別派。